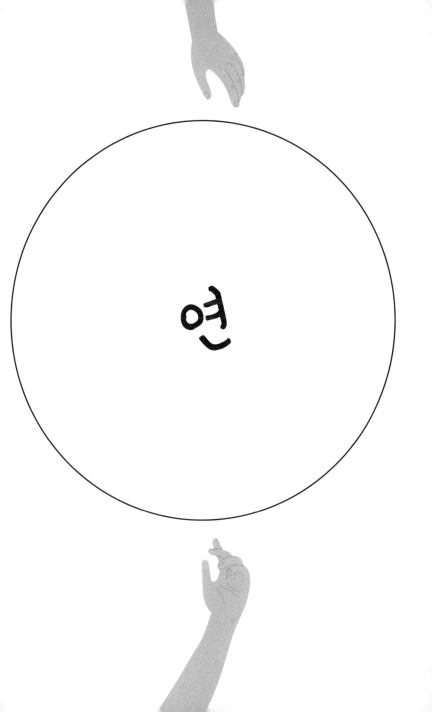

연

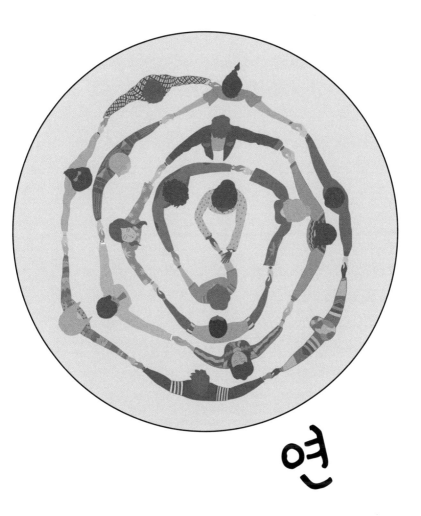

연

래티샤 콜롱바니 저 _____ 임미경 옮김

밝은세상

연

초판 1쇄 인쇄일 2022년 9월 27일 | **초판 1쇄 발행일** 2022년 10월 12일

지은이 래티샤 콜롱바니 | **옮긴이** 임미경 | **펴낸이** 김석원

펴낸곳 도서출판 밝은세상 | **출판등록** 1990. 10. 5 (제 10 – 427호)

주소 (10881) 경기도 파주시 문발로 119, 202호

전화 031–955–8101 | **팩스** 031–955–8110 | **메일** wsesang@hanmail.net

블로그 blog.naver.com/balgunsesang8101 | **인스타그램** www.instagram.com/wsesang

ISBN 978–89–8437–452–2 (03860) | **값** 15,800원

자크에게,

타르 사막의 아이들에게,

교육에 평생 헌신한 내 어머니께 이 책을 바칩니다.

연을 좇아 하늘로 떠난 다니를 기리며

차례

프롤로그 _ 11

1부 _ **해변의 여자아이** _ 24

2부 _ **희망 학교** _ 102

3부 _ **그 후의 삶** _ 211

에필로그 _ 300

내 앞에서 걷지 말아줘. 따라가고 싶지 않아. 내 뒤로 가지도 마.

이끌어갈 마음은 없어. 내 옆에서 걸으며 그냥 나의 친구가 되어줘.

_알베르 카뮈

불행은 강하지만 인간은 불행보다 더 강하다.

_라빈드라나트 타고르

프롤로그

레나는 묘한 감각에 쫓기며 잠에서 깨어났다. 뱃속에 나비 한 마리가 들어있는 느낌이었다. 방금 떠오른 태양이 마하발리푸람 마을 위로 빛을 뿌리고 있었다. 교실로 사용하는 건물에 딸린 오두막집 내부는 벌써부터 후덥지근했다. 낮 최고기온이 40도까지 올라갈 것이라는 일기예보가 있었지만 에어컨을 설치할 생각은 아예 할 수조차 없었다. 이 마을 주민 모두가 에어컨 없이 지내는데 혼자 예외가 될 수는 없으니까. 힘없이 돌아가는 선풍기 한 대가 방 안의 더운 공기를 휘저었다. 가까운 곳에 바다가 있었지만 간간이 불어오는 바람은 습기를 잔뜩 머금은 데다 어부들이 해변에 널어 말리는 생선의 독한 비린내에 찌들어 역한 냄새를 풍겼다. 유난히 무더운 계절, 태양이 푹푹 찌는 열기를 내뿜는 7월에 학교 문을 열게 되었다.

오전 8시 30분이 되면 아이들은 처음 입어보는 교복의 어색한 느낌을 떨쳐 버리지 못하고 학교 문으로 들어와 운동장을 지나 단 하나뿐인 교실로 모여들 것이다. 레나는 그동안 머릿속으로 수없이 꿈꾸고 상상하며 오늘을 기다려왔다. 학교 설립 계획을 실현하기까지 가능한 모든 힘을 쏟아부었다고 해도 과언이 아니었다. 미치지 않고는 감히 엄두를 내기 힘들 만큼 무모한 계획이었다. 오로지 해내야만 한다는 사명감과 의지 하나로 이루어낸 결실이었다. 진흙탕에서 아름다운 연꽃이 피어나듯 인도의 외진 해안 소도시의 작고 가난한 마을에 아이들을 가르치기 위한 학교가 문을 열게 되었다.

이 마을의 수천 명 주민들은 벵골만을 끼고 살아가고 있었다. 마을 뒤쪽에는 오래된 사원, 앞쪽에는 소들이 순례자들 사이에서 태평하게 어슬렁거리는 해변이 있었다. 페인트로 외벽을 새로 칠한 학교 건물은 운동장 한가운데에 서있는 벵골보리수나무 한 그루와 함께 주변 풍경에 소박하게 녹아들었다. 이 마을에 학교가 생긴 건 그야말로 기적에 가까웠다. 레나에게는 눈물겨운 승리이자 기쁨의 축제였고, 꿈의 실현이었다.

이 기쁜 날에 레나는 쇳덩이를 매단 듯 팔다리가 무거워 몸을 일으킬 수 없었다. 지난밤에는 뇌리에 달라붙는 망령을 쫓아 버리려고 몸을 뒤척이다가 설핏 잠이 들었다. 꿈속에서 현재와 과거가 뒤섞였고, 레나는 새 학년을 맞은 교사 시절로 되돌아가 있었다. 학생 카드를 만들고, 교실 비품과 수업에 필요한 용품 목록을 작성했다. 수업 준비 때문에 바쁘고 여념이 없었지만 방학을 마치고 새롭게 맞이한 새 학년의 설레고 들뜬 분위기가 좋았다. 표지가 반질반질한 새 공책 냄새, 연필과 수성펜이 가득 들어있어 가죽 표면이 두툼하고 팽팽해진 필통, 얼룩 한 점 묻어있지 않은 다이어리, 아무것도 적혀 있지 않은 칠판을 대하는 동안 말로 표현하기 힘들 만큼 설레고 즐거웠다. 매년 찾아오는 새 출발의 순간은 마음을 새롭게 추스를 수 있는 기회였다. 지난밤 꿈속에서 레나는 활기차고 분주하게 집과 학교 복도를 오 갔다. 일상의 소소한 순간에 행복이 깃들어 있었고, 주어진 일과를 차질 없이 수행하면서 안정적이고 보호받는 느낌을 받았다.

이제 그 시절의 평화롭고 안정적인 삶을 기대하긴 힘들었 다. 레나는 지난날의 기억을 떠올리는 동안 다시 헤어날 길 없는 고통의 바다로 뛰어들었다. 과연 올바른 선택을 한 것 인지 회의감이 밀려들었다.

나는 지금 인도 대륙 최남단 가장자리에 위치한 시골 마 을에 와서 무얼 하고 있는 걸까? 운명은 무슨 변덕으로 이 름을 발음하기조차 힘든 이 마을에 나를 데려다 놓았을까?

이 마을에 반드시 와야 할 필연적인 이유는 없었다. 이 마을 주민들은 여전히 낡은 관습을 그대로 유지하고 있고, 하루하루 거칠고 가혹한 환경에서 벗어나지 못한 채 살아가 고 있었다.

나는 이곳에 무엇을 찾으러 왔을까?

새로운 세계에 몸을 담그면 고통을 지워버릴 수 있을 것 같았다. 레나가 생각하기에 인도는 세상의 좌표와 기준이

통용되지 않는 곳이었다. 이곳에서는 이미 확실하게 검증된 가치에 대해서도 의문부호를 달았다. 이 멀고도 낯선 마을에 정착해 살아가다 보면 잠시도 뇌리에서 사라지지 않는 고통을 떨쳐 버릴 수 있지 않을까 생각했다. 고통과 불행을 벗어던지고 싶은 처절한 몸부림이었지만 파도가 사나운 바닷가에 쌓아 올린 모래성처럼 부질없었다. 이곳에서도 고통은 계속 파도처럼 밀려왔고, 헤어날 길 없는 무력감이 무더운 날 축축한 옷자락처럼 살갗에 찰싹 들러붙었다. 학교가 첫걸음을 떼는 오늘 고통이 고스란히 되살아났다.

레나는 침대에 누워 가장 먼저 학교에 도착한 아이들의 발걸음 소리와 말소리를 듣고 있었다. 필시 마음이 설레고 들떠 아침 일찍 일어난 아이들이었다. 오늘 하루의 기억은 저 아이들의 뇌리에 평생 남게 될 것이다. 아이들은 이른 시간에 앞서거니 뒤서거니 학교 운동장으로 들어서고 있었지만 레나는 몸을 움직일 수 없었다. 그토록 힘겹게 싸워가며 학교 설립을 위해 애써왔는데 정작 이 중요한 순간에 의기소침해지다니 어처구니없는 일이었다.

이 학교를 세우기 위해 용기와 인내, 결단이 필요했다. 학교 설립 정관을 만들고 당국의 허가를 받아내는 게 끝이 아니었다. 레나는 학교가 문을 열게 되면 마을 사람들이 자녀들을 앞다투어 보내주면서 마침내 달리트에게 금지해온 교육의 기회를 누리게 된 걸 하염없이 기뻐해줄 거라 믿었다. 하지만 순진한 서구인의 시각으로 본 착각일 뿐이었다. 주민들을 설득하는 게 그토록 힘들 줄 미처 몰랐다. 그나마 쌀, 렌틸콩, 차파티*가 최고의 지원군이 되어주었다. 레나는 학부모들에게 아이들을 학교에 보내주면 배를 곯지 않게 해주겠다고 약속했다. 이 마을 가정에서는 자녀를 열 명에서 열두 명까지 낳는 게 일반적이었다. 딸린 입이 많아 굶주림이 일상인 이 마을 사람들에게 급식 제공은 강한 설득력을 발휘했다.

유난히 설득하기 힘들었던 주민들도 있었다. 어느 가정을 방문했더니 어머니가 딸들을 손으로 가리켜 보이며 말했다.

"이 아이는 보낼 수 있지만 저 아이는 집에 남아 있어야 해요."

레나는 나중에서야 그 말에 담긴 슬픈 현실을 알게 되었다. 이 마을 아이들은 노동을 해야 굶주리지 않을 수 있었다. 아이들은 귀가 먹먹해지는 기계 소음과 뿌연 먼지로 가득한 정미소, 카펫공장, 벽돌가마, 광산 등지에서 일했다.

*효모 없이 반죽해서 얇고 납작하게 구운 인도 전통 빵

재스민 경작지, 차밭, 캐슈너트 농장, 유리공방, 성냥공장, 담배공장, 논, 쓰레기 매립장에서도 아이들의 노동을 필요로 했다. 먹을거리를 구하기 위해 거리로 나가 물건을 팔거나 구두닦이, 넝마주이, 심지어 구걸을 해야 하는 아이도 있었다. 농장이나 채석장에서 날품팔이를 하거나 자전거 릭샤를 끄는 아이도 있었다. 인도는 아동을 대상으로 하는 노동 착취가 일상화된 나라였다. 레나는 언젠가 신문에서 인도 북부 '카펫 벨트'로 불리는 카펫 산업지대 탐방 기사를 본 적이 있었다. 그 지역 카펫공장에서는 아이들이 자리를 이탈하지 못하도록 직조기에 묶어놓은 상태로 하루 20시간씩 일을 시켰다. 인도 사회의 최빈곤층인 불가촉민을 희생양 삼는 현대판 노예제나 다름없었다. 불순한 존재로 취급받는 불가촉민은 오랜 세월 카스트 제도의 희생양이 되어 살아왔다. 불가촉민은 어린아이들조차 카스트 제도가 정해놓은 차별적인 관습으로부터 자유로울 수 없었다. 아이들은 하루 종일 노동을 착취당하고 겨우 한두 푼의 돈을 받았다.

레나는 아이들이 움막 안에 들어앉아 가냘픈 손가락으로 비디*를 마는 모습을 자주 보았다. 아이들은 새벽부터 저녁 해가 떨어질 때까지 비디를 말아야 했다. 인도에서도 14세

*잘게 썬 담뱃잎을 코로만델 흑단나무 잎사귀에 말아 피우는 인도 담배

이하 아이의 노동은 법적으로 금지되어 있었고, 공식적으로는 단속 대상이었다. 다만 '가족의 생업일 경우'라는 애매한 예외 조항을 붙여 수백만 명이 넘는 아이들의 노동력을 착취하고 있었다. 아이들은 매일 가혹한 노동에 시달리게 되었고, 미래를 빼앗기게 되었다. 특히 여자아이들이 아동 노동 착취의 최대 희생자들이었다. 외부 활동을 금지당한 여자아이들은 집 안에 머물면서 동생들을 돌보고, 먹을거리를 장만하고, 물을 길어오고, 땔감 나무를 해오고, 청소, 설거지, 빨래를 해야 하는 등 온갖 노동에 시달리고 있었고, 아침부터 밤까지 하루 종일 일해야만 했다.

아이들의 부모들을 설득하기 위해 획기적인 아이디어가 필요했다. 레나는 부모들과의 협상 과정에서 아이들이 하루 종일 일해 벌어오는 돈만큼 쌀을 제공하겠다고 제안했다. 아이들을 학교에 보내도 생계에 문제가 발생하지 않도록 해주겠다는 뜻이었다. 쌀 한 자루와 아이들의 미래를 바꾸는 흥정이었다. 아이들에게 교육받을 기회를 부여할 수 있다면 방법이야 어찌 됐든 상관없다고 생각했다. 레나는 끈질기고 악착같이 매달린 끝에 마침내 부모들의 허락을 받아냈다. 그 결과, 아이들을 학교에서 가르칠 수 있게 되었다.

운동장에서 레나가 보이지 않자 걱정이 된 아이 하나가 커튼이 쳐진 오두막집으로 다가왔다. 모두들 레나가 학교에 딸린 오두막집에 산다는 걸 알고 있었다. 이 오두막은 레나의 숙소이자 교무실이었다. 오두막 앞까지 온 아이는 레나가 아직 잠들어 있다고 생각했는지 문을 두드리며 유일하게 알고 있는 영어단어를 외쳤다.

"스쿨(School)! 스쿨!"

아이의 목소리가 레나의 귓가에 울려 퍼졌다. 그 소리는 삶으로의 호출이자 삶의 찬가였다.

20년간 교사로 재직한 레나에게 '스쿨'은 매우 익숙한 단어였다. 아무리 기억을 더듬어보아도 처음부터 장래 희망이 교사였다.

"나중에 커서 선생님이 될 거야."

레나는 어릴 때부터 자신 있게 말했다. 지극히 평범한 장래 희망이 레나를 안전한 길에서 벗어나 인도의 타밀나두주 첸나이와 오디셰리 중간에 자리 잡은 이 마을의 오두막집으로 데려다 놓았다.

대학 시절의 지도교수는 말했다. "레나, 너에겐 교사로서의 열정이 있어."

교사로 지내온 시간이 쌓이면서 처음보다 열정이 많이 식은 걸 인정하지만 아직 교육에 대한 신념만큼은 조금도 변함이 없었다. 레나는 지금도 교육은 작은 벽돌을 하나씩 쌓아 올려 큰 건물을 세우는 일이라 굳게 믿었다.

자크 프레베르는 말했다. **'아이들에게는 모든 것이 있다. 빼앗긴 것만 빼면.'**
교사로 살아오는 동안 레나가 하나의 길잡이, 만트라(진리의 말)로 삼아온 말이었다. 아이들이 빼앗긴 걸 돌려주는 사람이 되고 싶었다. 아이들이 대학교를 졸업하고 엔지니어, 과학자, 의사, 교사, 회계사, 혹은 농업기술자가 되어 살아가는 모습을 그려보았다. 마침내 아이들이 오랫동안 금지되어온 교육의 영토에 발을 내딛게 될 때 레나는 마을 사람들에게 말할 수 있을 것이다. 언젠가는 이 아이들이 세상을 이끌게 될 거라고. 그러면 세상은 더 넓고 공정한 세상이 될 거라고. 어쩌면 극도로 순진한 데다 지나친 자만심에 사로잡혀있다는 지적을 받을 수도 있겠지만 아이들에 대한 사랑과 직업에 대한 신념이 있기에 가능한 말이었다.

"스쿨! 스쿨!"

아이는 계속 외쳤다. 아이가 외치는 소리는 수천 년 동안 이어져 내려온 카스트 제도를 쓸어버리고, 이 사회가 오랜 세월 동안 구축해놓은 신분의 장벽을 허물어뜨리는 힘찬 구호였다. 지금까지와는 다른 삶으로 초대하는 약속의 말이자 단지 희망에 그치지 않을 구원의 말이었다. 아이들이 학교 문을 열고 교실 안으로 발을 들여놓을 때 삶은 그들을 겨누었던 적의를 거두고 비로소 확실한 미래를 열어 보일 것이다. 교육은 아이들에게 카스트 제도가 부과한 형벌 같은 삶에서 벗어날 기회를 제공해줄 것이다.

'스쿨'이라는 말이 날아와 레나의 심장에 박혔다. 그 말이 무력감을 부수고, 과거의 고통을 밀어내고, 다시 현재로 데려다 놓았고, 몸을 일으킬 수 있는 힘을 불어넣었다. 레나는 옷을 챙겨 입고 오두막집 문을 열었다. 바깥으로 나선 순간 눈앞에 하나의 장면이 펼쳐졌다. 학교에 온 아이들이 운동장의 벵골보리수나무 둘레에서 뛰어놀고 있었다. 흑진주처럼 빛나는 눈동자에 헝클어진 머리, 웃을 때마다 빠진 앞니가 드러나는 아이들이었다. 그 장면을 캡처해 생각의 화면에 영원히 띄워놓고 싶었다.

그 아이도 눈에 들어왔다. 아이는 웃고 떠들며 뛰어노는 친구들 속에서 몸을 곧게 펴고 서있었다. 아이의 담담한 표정에 자긍심이 어려 있었다. 아이는 시끌벅적한 놀이나 삼삼오오 모여 나누는 대화 자리에는 끼지 못하고 혼자 따로 서있었다. 아이가 그 자리에 서있는 것만으로도 레나는 지난 몇 달간의 투쟁이 얼마나 소중했는지 새삼 느껴 알 수 있었다. 레나는 아이의 얼굴, 땋아 내린 머리카락, 교복 차림의 가냘픈 체구를 물끄러미 바라보았다. 지나치게 헐렁한 교복이 아이의 몸 위에서 깃발처럼 나부꼈다. 마치 하나의 옷이 아니라 승리의 의미로 펄럭였다. 지금 이 순간 운동장에서 뛰어노는 아이들의 몸 위에서 펄럭이는 승리의 상징은 한 여자가 오래도록 간직해온 꿈이 마침내 실현되었다는 걸 의미했다.

레나가 아이에게 신호를 보냈다. 아이는 종이 있는 곳으로 걸어가 기운차게 줄을 잡아당겼다. 종을 치는 동작에 힘이 실려있었고, 새로운 다짐과 미래에 대한 기대와 믿음이 담겨있었다. 종소리가 맑은 아침의 대기 속으로 퍼져 나갔다. 놀이에 열중해있던 아이들이 일시에 동작을 멈췄다. 왁자지껄하게 웃고 외치던 소리도 멎었다. 아이들 모두가 교실을 향해 몰려갔다. 문이 열렸고, 아이들은 흰색 페인트로 사방 벽을 칠한 교실 안으로 들어섰다. 아이들은 저마다 바닥 깔개 위에 자리 잡고 앉았고, 레나는 책과 공책을 나누어 주었다. 책과 공책을 펼친 아이들은 일제히 레나를 바라보았다. 교실은 어찌나 조용한지 나비가 날갯짓을 하는 소리가 들릴 정도였다. 나비는 레나의 뱃속에서 날갯짓하고 있었다. 날갯짓 소리가 점점 빨라졌다. 레나는 숨을 한번 깊이 들이마시고 나서 첫마디를 꺼냈다.

"자, 수업을 시작합시다."

1부 — 해변의 여자아이

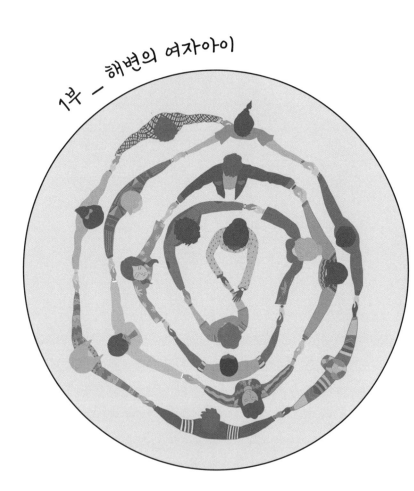

1장

2년 전

비행기에서 내리자마자 뜨거운 열기가 훅 끼쳐왔다. 늦은 시각이었지만 대기는 여전히 한낮의 뜨겁게 달아올랐던 열기를 품고 있었다. 레나가 내려선 곳은 첸나이 공항이었다. 방금 착륙한 항공기에서 화물을 내리려는 듯 공항 직원들 수십 명이 이미 어둑해진 사방을 분주히 헤집고 다녔다.

레나는 장시간 비행을 마친 직후라 구겨진 종이처럼 초라

한 행색이었다. 세관을 통과하고, 화물로 부친 짐을 찾고 나서 에어컨이 가동되는 넓은 대기실을 가로질러 걸어갔다. 입국장 유리 출입문을 지나 바깥으로 한 걸음 내딛자마자 낯선 인도가 눈앞으로 불쑥 다가왔다. 이내 인도가 날뛰는 짐승처럼 레나의 목덜미를 움켜쥐었다.

수많은 인파와 소음, 쉴 새 없이 울리는 자동차 클랙슨 소리가 신경을 자극했다. 어느새 밤이 찾아왔지만 도로는 여전히 교통체증을 앓고 있었다. 여행 가방을 몸에 바짝 붙이고 걸음을 옮기는 동안 레나는 사방에서 불러대는 소리에 정신을 잃을 지경이었다. 일일이 얼굴을 확인할 수 없는 가운데 무수한 손들이 다가왔다. 여러 손들이 레나를 잡아끌어 택시나 릭샤에 태우려 했고, 불과 몇 루피의 동전을 챙기기 위해 서로 짐을 들겠다고 아우성을 쳤다.

레나는 어느 손에 이끌려 택시 뒷자리에 올라타게 되었는지 알 수 없었다. 차체의 한쪽 귀퉁이가 찌부러진 택시였다. 운전사는 트렁크를 닫으려고 애쓰다가 뜻대로 되지 않자 그냥 열어둔 채 차를 출발시켰다. 이내 운전사는 타밀어와 영어가 뒤섞인 수다를 쏟아내는 틈틈이 자신을 가리키며 '슈퍼 드라이버!'라고 소리쳤다. 레나는 트렁크에 실은 짐이 걱정스러워 자꾸만 뒤쪽으로 눈이 갔다. 커브를 돌 때마다 혹시 여행 가방이 길바닥으로 굴러떨어지지는 않는지 노심초사하며 지켜보아야 했다. 도로 상황은 놀랄 만큼 혼잡했다. 자전거들이 차량들 사이로 요리조리 빠져 다녔고, 오토바이를 탄 사람들은 어른, 아이 할 것 없이 죄다 헬멧을 쓰지 않은 채 머리카락을 휘날리며 달리고 있었다. 갓길에는 사람들이 몰려나와 앉아있었고, 차가 멈출 때마다 행상들이 물건을 팔기 위해 쏜살같이 다가왔다. 거리의 음식점마다 관광객들로 가득 차 있었고, 힌두교 사원에는 어김없이 꽃 줄 장식이 걸려 있었다. 거지들은 허름한 노점 앞을 어슬렁거리며 적선을 해줄 마음 착한 사람들을 찾아 헤맸고, 사방이 온통 다양한 행색을 한 사람들로 북적거렸다. 도로변, 골목길, 해변에도 많은 사람들이 몰려나와 있었다. 레나는 한 번도 대한 적 없는 낯선 풍경이라 놀라운 한편 겁이 났다.

택시가 호텔 앞에 멈춰 섰다. 온라인 예약 사이트에서 평점이 높은 곳이었다. 호사스러운 치장은 없지만 객실에서 바다가 한눈에 내다보였다. 레나가 예약을 할 때 요구했던 유일한 조건이었다.

어딘가를 향해 떠나야 한다는 생각에 사로잡혀 좀처럼 잠들지 못하고 몸을 뒤척이던 어느 날 밤이었다. 떠나야 하는 게 자명한 이치로 받아들여졌다. 고통과 슬픔의 포로가 되어 있는 삶에서 벗어나야 했다. 집 안 곳곳에 놓인 프랑수아의 사진과 물건들이 자꾸만 악몽을 떠올리게 만들어 두려웠다. 집에 그대로 남아 있다가는 전시관의 밀랍 인형처럼 온몸이 고통에 잠긴 상태로 굳어버릴 듯했다. 너무나 익숙한 환경에서 벗어나면 혹시 아픈 상처를 동여맬 수 있는 마음의 여유를 찾을 수 있지 않을까 하는 생각이 들었다. 때로는 낯선 곳으로 떠나는 게 구원이 될 수도 있으니까.

레나는 햇빛이 절실히 필요하다고 느꼈고, 강한 빛이 내리쬐는 바다가 있는 곳으로 가야만 했다.

"인도는 어때?"

레나는 한때 프랑수아와 인도 여행을 계획한 적이 있었지만 시간이 없을뿐더러 기력이 달려 포기한 적이 있었다. 학교에서의 수업, 교무회의, 학급조회, 졸업식, 방학이 끊임없이 반복되었다. 매번 되풀이되는 일과 함께 시간은 빠르게 흘러갔다. 습관적으로 반복되는 일상에 빠져 지내다 보니 미처 시간의 흐름을 느낄 겨를이 없었다. 빈틈없이 채워진 일과와 일정한 리듬으로 활기를 충전시켜주는 생활에 빠져 지냈다. 사랑하는 사람이 곁에 있었고, 상대 역시 일에 열정적으로 에너지를 쏟아붓는 동료 교사였다. 7월의 어느 날 오후, 비극적인 사건이 발생하면서 그때까지 무탈하게 이어져 오던 일상이 갑자기 중단되었다. 프랑수아가 떠나고 없는 날들을 레나는 죽지 않고 버텨야 했다.

레나는 벵골만에 면한 코로만델 해안으로 떠나기로 했다. 이름만 봐서는 아무것도 짐작할 수 없을 만큼 낯선 곳이었다. 그곳을 방문한 경험이 있는 사람들은 수평선 위로 떠오르는 아침 해가 장관이라고 했다. 프랑수아가 충분히 좋아할 만한 곳이었다. 이따금 레나는 상상했다.

'프랑수아는 코로만델 해안으로 떠난 거야. 낯선 그곳의 어느 골목 혹은 길모퉁이에서 나를 기다리고 있다가 눈앞으로 불쑥 다가서며 나를 깜짝 놀라게 하겠지.'

프랑수아가 아직 살아있다는 상상의 세계로 빠져드는 순간만큼은 잠시 행복했지만 이내 환상이 깨어지면서 허탈감이 증폭되었다. 그럴 때마다 어김없이 참기 힘든 고통과 슬픔이 밀려왔다. 어느 날 밤, 레나는 충동적으로 비행기표 한 장과 호텔 객실을 예약했다. 경솔했다고 단정할 수만은 없는 행위였다. 합리적인 설명은 불가했지만 분명 어떤 부름과 명령에 따른 행위였으니까.

처음에는 호텔에 틀어박혀 책을 읽거나 내부에 있는 아유르베다 요법* 센터에서 마사지를 받거나 허브차를 마셨다. 아름답게 꾸며놓은 호텔 정원에 멍하니 앉아 하루 종일 시간을 보내기도 했다. 호텔 생활은 쾌적했고, 휴식을 원하는 사람이라면 누구나 만족할 수 있는 수준의 환경을 제공했다. 호텔 직원들은 친절과 배려가 몸에 배어있었다. 하지만 레나는 마음 편히 휴식을 취할 수 없었다.

아무리 막아보려 해도 갖가지 상념들이 홍수처럼 밀려들었다. 밤에는 잠을 이룰 수 없었다. 설핏 잠이 들었다가도 악몽에 시달렸다. 수면제의 힘을 빌려보기도 했지만 그 대신 낮 동안 무력감을 감수해야 했다. 식사 시간이 되면 외딴 장소로 몸을 피했다. 식당으로 식사를 하러 갔다가 우연히 옆자리에 동석하게 된 다른 투숙객들과 억지 대화를 나누어야 하는 상황이 내키지 않았기 때문이다. 겉치레로 인사말을 주고받기 싫었고, 유난히 호기심이 많은 누군가가 던지는 질문에 답하기 싫었다. 어쩔 수 없이 객실에 틀어박혀 룸서비스로 음식을 주문했고, 침대에 걸터앉아 기계적으

*고대 인도 전통 의학

로 먹었다. 타인의 호기심을 감당해낼 기력이 없었다. 자기 자신을 감당하는 것만으로도 버거웠으니까. 게다가 이곳의 기후도 마음에 들지 않았다. 지독한 더위와 높은 습도 탓에 뭔가 시도해볼 용기가 나지 않았다.

호텔에서 제공하는 지역 명소 탐방이나 관광 프로그램도 그다지 흥미가 일지 않았다. 예전 같았으면 누구보다 먼저 여행 안내서를 펼쳐 들고 구석구석 돌아 다녔겠지만 이제는 그럴 기력이 남아 있지 않았다. 아무리 아름다운 풍경을 보아도 감탄하는 게 불가능했다. 주변에서 벌어지는 일들에 대해 호기심이 일지도 않았다. 세상에 대한 호기심을 느끼게 했던 관심사들이 모두 빠져 달아난 자리에 텅 빈 껍데기만이 남았다.

어느 날 새벽, 레나는 호텔을 나와 해변을 향해 걸음을 옮겨놓았다. 이른 시간이라 해변은 한적했다. 뭍으로 끌어올린 나룻배들 사이에서 그물을 손질하는 어부들이 간간이 눈에 띄었다. 어부들의 발밑에 수북이 쌓인 그물들이 마치 뭉게구름처럼 보였다.

레나는 해변의 모래밭에 앉아 일출을 바라보았다. 수평

선에서 해가 떠오르는 모습을 본 순간 뜻밖에도 마음이 편안해졌다. 문득 새로운 날이 시작될 것 같다는 예감이 들었다. 가슴을 가득 채우고 있던 고통이 조금씩 엷어지는 느낌이 들기도 했다. 옷을 벗고 물속으로 들어갔다. 피부에 와 닿는 바닷물의 청량한 느낌에 무기력한 상태에 놓여있던 몸이 깨어나는 기분이 들었다. 이대로 헤엄쳐 바다 저편 끝까지 갈 수 있을 듯했다. 이 넓은 바다에 잠기면 파도가 자신의 몸을 받아 안아 아늑한 잠 속으로 이끌 듯했다.

대부분의 사람들이 아직 잠에서 깨지 않은 시간에 레나는 바다로 뛰어들어 헤엄치기 시작했다. 조금만 더 시간이 지나면 해변은 수많은 인파로 붐빌 게 뻔했다. 몸을 빈틈없이 싸맨 순례자들이나 서구에서 온 관광객들은 저마다 카메라 셔터를 눌러대느라 여념이 없을 것이다. 생선을 파는 아낙네와 행상들이 오가고, 소들이 군데군데 자리 잡고 앉아 지나가는 사람들을 쳐다볼 것이다. 아직은 이른 새벽이라 주변이 온통 고요했다. 오가는 사람들이 없는 바닷가는 오래된 사원처럼 평화롭고 조용해 레나의 안식처가 되어주었다.

레나는 문득 한 가지 생각에 사로잡혀 계속 먼 바다를 향해 헤엄쳐갔다. 조금만 더 기운을 내면 가능할 것 같았다. 지친 몸에서 마지막 남은 기력을 짜내 태초의 자연, 그 기본 원소로 돌아갈 수만 있다면 그리 나쁘지 않은 결론에 다다를 수 있을 듯했다. 레나는 결국 포기하고 뭍으로 나왔고, 아침 식사가 기다리는 호텔로 돌아갔다.

레나는 이따금 하늘을 나는 연을 보았다. 하늘 높이 날아오른 연은 멀리 보이는 수평선을 스칠 듯이 경쾌하게 펄럭였다. 몹시 낡아 여러 번 기운 흔적이 있는 연이었다. 여자아이가 줄을 잡고 있었다. 아이의 몸이 어찌나 연약하고 자그마한지 마치 새들이 늘어뜨려준 줄을 모아 별 사이로 날아오르는 어린 왕자 같았다. 생텍쥐페리가 직접 그린 삽화의 어린 왕자처럼 손에 쥔 연줄에 매달려 하늘 높이 날아오르는 아이의 모습이 연상되었다. 레나는 《어린 왕자》에서 그 삽화가 나오는 장면을 무척이나 좋아했다.

저 여자아이는 왜 이렇게 일찍 해변에 나와 연을 날리고 있을까? 고기를 잡는 어부들만이 바다로 나갈 채비를 하는 시간이 아닌가?

한동안 연을 날리던 여자아이는 서서히 줄을 감더니 이내 어디론가 사라졌다.

그날도 레나는 해변으로 나갔다. 지난밤에도 불면에 시달렸지만 이제는 그런 생활에 제법 익숙해진 상태였다. 얼굴 가득 짙은 피로감이 어려 있었다. 눈이 따끔거리고 눈 주위가 쿡쿡 쑤셨다. 은근한 동통 탓에 식욕이 일지 않았다. 다리는 천근만근 무거웠고, 두통이 심한 데다가 이따금 현기증이 일며 눈앞이 핑핑 돌았다. 레나의 기분과 상관없이 오늘따라 청명한 하늘에는 구름 한 점 보이지 않았다.

　레나는 이제 곧 청명한 하늘을 바라본 다음에 무슨 일이 벌어졌는지 전혀 알 수 없는 상황과 맞닥뜨리게 될 것이다.

　레나는 자신이 충분한 힘을 갖추고 있다고 믿었을까? 첫 새벽의 밀물이 얼마나 위험한지, 바닷바람이 얼마나 변덕스러운지 정말 몰랐을까?

　레나가 바닷물을 향해 몸을 던지는 순간 세찬 파도가 덮쳐오더니 순식간에 넓은 바다로 끌고 들어갔다. 처음에는 바닷물에 잠겨 들지 않으려고 몸을 허우적거렸고, 힘껏 발버둥을 치며 헤엄쳐보려고 했지만 허사였다. 몸이 자꾸만 가라앉는 걸 느끼면서 본능적으로 남아있는 힘을 짜내기 위해 몸부림을 쳤지만 여러 날 고통 속에서 불면의 밤을 지내느라 기력을 모두 상실한 상태라 조금의 힘조차 남아있지 않았다. 의식을 잃기 직전 마지막으로 눈에 잡힌 건 머리

위 하늘에서 자유롭게 펄럭이는 연이었다.

눈을 떴을 때는 해변의 모래밭이었고, 아이의 얼굴이 머리 위에 있었다. 레나는 자신을 간절하게 바라보는 아이의 검은 눈동자를 발견했다. 아이는 눈에서 반짝이는 빛을 구명줄처럼 던져 레나를 다시 살리기 위해 안간힘을 쓰고 있었다. 이내 붉고 검은 옷차림의 소녀들이 시야를 어지럽히는 가운데 다급한 말소리가 오갔지만 의미를 알아들을 수 없었다. 주변이 몹시 소란해져 있었고, 아이의 형상이 흐릿해지더니 별안간 사라져버렸다. 까무룩 의식을 잃은 상태에서도 레나는 사람들이 주위로 모여들고 있다는 걸 어렴풋이 느낄 수 있었다.

2장

레나가 다시 눈을 뜨는 순간 사방이 온통 희끄무레했다.
옹기종기 모여 앉은 여자아이들이 레나를 눈이 빠지도록 들
여다보고 있었다. 나이가 많이 들어 보이는 여자 하나가 가
까이 다가오더니 파리를 쫓아 버리듯이 소녀들을 물러서게
하며 말했다.

"이제 정신이 드세요? 여긴 병원이에요."

간호사는 인도 특유의 억양이 섞인 영어를 쓰고 있었다.

"살아난 게 기적입니다. 이 지역 바다는 파도가 거칠기로 유명해요. 간혹 아무것도 모르는 관광객들이 바닷물에 첨 벙 뛰어들었다가 익사를 당하는 사고가 발생하죠."

간호사가 혈압을 재고 나서 친절하게 말을 이었다.

"우려했던 것보다는 상태가 양호하지만 아직 퇴원하기에 는 일러요. 상태를 좀 더 지켜봐야 하니까."

레나는 화들짝 놀라 거짓말을 했다.

"난 이제 괜찮아요. 곧장 퇴원할 거예요."

사실은 손가락 하나 까딱할 수 없을 만큼 기운이 없었고, 온몸이 쑤시고 아팠다. 멍석말이를 당하거나 탈수기 속에 들어갔다 나오면 이런 상태가 되지 않을까 하는 생각이 들 었다.

"몸을 생각해서라도 당분간 누워서 쉬어야 해요!"

간호사는 단호하게 말하더니 레나를 남겨두고 사라졌다.

'이 병원에서 쉬라고?'

간호사의 말이 어처구니없게 느껴졌다. 이 병원은 한낮의 인도 도로만큼이나 환자들로 붐볐다. 복도에도 환자들이 빼곡하게 모여 진료를 받을 차례를 기다리고 있었고, 어떤

사람들은 음식을 먹기도 했다. 몇몇 환자들이 진료가 늦어
지는 것에 대해 불만을 토로하더니 간호사를 에워싸고 욕설
을 퍼부었다. 간호사는 조금도 물러서지 않고 환자들과 맞
섰다. 레나의 침상 바로 옆, 칸막이 없는 진료실에서 젊은
여자 하나가 의사에게 뭔가 따질 일이 있다는 듯 날카로운
목소리로 불만을 쏟아냈다. 조금 전까지 레나를 둘러싸고
있던 여자아이들이 지금은 젊은 여자 주변에 몰려들어 있었
다. 10대로 보이는 여자아이들은 긴 상의와 바지로 구성된
살와르 카미즈를 입고 있었고, 상의는 붉은색, 바지는 검은
색이었다. 별안간 침상에서 몸을 일으킨 젊은 여자가 팔에
감긴 혈압 측정기를 풀어 버리더니 불쾌한 기색으로 쳐다보
는 의사를 외면하고 자리를 떴다. 여자아이들이 그 여자를
따라 우르르 밖으로 몰려 나갔다.

레나는 젊은 여자와 소녀들이 멀어져가는 모습을 물끄러
미 바라보다가 간호사에게 물었다.

"젊은 여자와 저 소녀들은 누구죠? 왜 이 병원에 온 거예요?"

"레드 브리게이드 단원들이에요. 저 아이들이 당신을 구
조했어요. 해변의 모래밭에서 무술 훈련을 하고 있었는데
어떤 여자아이가 달려오더니 당신이 물에 빠졌다면서 살려

달라고 하더랍니다."

레나는 정확하게 무슨 일이 있었는지 기억나지 않았다. 머릿속에서 몇 가지 불연속적인 장면이 떠오르다가 혼란스럽게 뒤엉켰다. 하늘에서 펄럭이는 연과 머리 위에서 내려다보던 여자아이의 얼굴과 검은 눈길이 떠올랐다. 그날 해변에서의 기억은 순서가 뒤죽박죽인 어느 영화의 스틸 컷처럼 뒤엉켜 쉽사리 조합이 되지 않았다. 간호사가 가운 주머니에서 종이 한 장을 꺼내 레나에게 내밀었다. 만트라가 적혀있었다.

간호사가 말했다.

"퇴원하면 사원에 가서 시바 여신을 참배하고 감사 인사를 올리세요. 대개는 꽃이나 과일을 봉헌하는데 더러는 값나가는 물건을 바치기도 하죠. 머리카락을 잘라 봉헌하는 사람도 종종 있어요."

레나는 사원 참배를 권하는 간호사의 말이 생뚱맞다고 생각하면서도 시바 여신을 믿지 않는다고 반박할 기력이 없어 순순히 만트라를 받아들였다. 그런 다음 다시 혼곤한 잠 속으로 빠져들었다.

레나는 호텔로 돌아와 이틀 밤낮을 꼬박 잤다. 몸이 죽음

가까이 갔다가 오더니 마침내 휴식의 필요성을 절감한 듯했다. 사흘째 잠을 자다가 새벽에 깼고, 모처럼 심신이 가뿐했다. 발코니로 나가 바다를 바라보았다. 바다는 여전히 무심하게 출렁였고, 레나는 자신이 하마터면 물에 빠져 죽을 뻔했다는 사실이 떠올랐다. 새삼 두렵거나 놀랍지는 않았다. 바다를 바라볼 때마다 알 수 없는 인력을 느낀 지 제법 오래되었다. 단지 진실을 직면할 용기가 없을 뿐이었다. 앞으로도 계속 살아가야 한다는 게 삶을 끝내기로 한 결심보다 끔찍했다.

'죽기로 결심했는데 어쩌다 다시 살아났을까?'

레나는 기억을 되짚어보았다.

'운명은 무슨 변덕으로 죽으려고 했던 나를 삶에 붙잡아두었을까?'

병원에서 본 소녀들이 떠올랐다. 감사 인사는 연꽃 위에 앉아있는 팔이 네 개 달린 시바 여신에게 할 게 아니라 그 소녀들에게 해야 마땅하다는 생각이 들었다.

레나는 카운터로 내려와 지배인을 찾았다. 과분한 친절을 보이던 지배인은 레나가 '레드 브리게이드'라는 말을 꺼내자 갑자기 안색이 바뀌었다. 지배인은 이곳에서 그 소녀들을 모르는 사람이 없다고 했다. 소녀들은 이 마을 여자들의 안전을 지키겠다면서 레드 브리게이드를 결성해 떼를 지어 몰려다닌다고 했다. 시장 근처에 가면 종종 레드 브리게이드 단원들인 소녀들과 마주칠 수 있다고 했다.

지배인이 레나에게 충고했다.

"괜히 귀찮은 일을 당하지 않으려면 레드 브리게이드 단원들을 가까이하지 않는 게 좋습니다. 레드 브리게이드의 우두머리는 간이 배 밖으로 나온 여자거든요."

경찰이 레드 브리게이드의 단장인 젊은 여자와 소녀 단원들을 곱지 않은 눈으로 지켜보고 있다고도 했다.

지배인이 강하게 만류했지만 레나는 레드 브리게이드 단원들을 찾아보기로 했다. 어떤 방법으로 감사의 마음을 전하면 좋을지 고민하다가 돈 봉투를 전달하기로 했다. 마을 주민 대다수가 빈민이라 돈이 가장 효율적일 것 같았다.

'얼마를 넣는 게 적당할까? 돈으로 내 생명을 구해준 값을 매길 수 있을까?'

레나는 돈 봉투를 가방에 챙겨 넣고 호텔을 나와 해변으로 갔다. 잠시 모래밭을 배회하며 오가는 사람들을 유심히 살펴보았지만 레드 브리게이드와 관련있어 보이는 사람을 찾을 수 없었다. 젊은 어부들 몇 사람이 모여 앉아 그물을 손질하고 있었다. 레나는 어부들에게 다가가 말을 걸었지만 영어를 알아듣지 못했다. 그곳에서 조금 떨어진 어물전에서 아낙네들이 갓 잡은 생선과 바닷가재를 팔고 있었다. 레나는 아낙네들에게 다가가 레드 브리게이드에 대해 물었지만 대답을 들을 수 없었다. 해변을 따라 걷다가 울긋불긋한 간판을 내걸고 장사를 하는 음식점들 앞에 멈춰 섰다. 과일즙을 파는 간이 매장, 땅콩과 색색으로 물들인 조가비를 늘어놓고 파는 가게가 눈에 띄었다. 낚싯배를 수리하던 정비공들의 어깨너머로 뱃머리가 위로 올라간 배들이 보였다. 뿔에 장식을 매단 소 몇 마리가 해변에서 한가롭게 누워있었고, 아이들이 신나게 공을 차면서 뛰어놀고 있었다. 레나가 보기에는 신기하기 그지없는 풍경인데 이곳 사람들 눈에는 익숙한 모습인 듯했다. 아이들을 붙잡고 레드 브리게이드에 대해 질문했지만 역시 다들 고개를 젓고는 다시 모래사장으로 달려가 공놀이에 열중했다.

레나는 해변을 벗어나 주거 지역으로 들어섰다. 비좁고 구불구불한 길들이 여기저기로 뻗어있었다. 길모퉁이를 돌

때마다 도사*를 파는 가게, 신발창을 갈아주는 가게, 일꾼들이 땀에 흠뻑 젖어 다리미질을 하는 세탁소, 향신료, 장식품, 향유, 건전지, 과자, 기저귀 따위를 파는 허름한 상점들이 이어졌다. 더러 새 물건도 있었지만 이미 사용하던 중고품을 고쳐 내놓은 잡동사니들이 시간이 멈춘 듯 우중충한 상점들의 진열창 너머에서 먼지를 뒤집어쓰고 있었다. 레나는 골목 한 귀퉁이에 있는 상점의 진열창에서 각양각색의 의안과 의치를 발견하고 깜짝 놀라 한참 동안 들여다보았다. 릭샤들이 길을 가로막았고, 떠돌이 개들이 어슬렁거리다가 종아리를 스치며 지나갔다. 스쿠터를 탄 한 무리의 사람들이 어서 비키라는 뜻으로 요란한 경적을 울려댔다. 레나는 한참 동안 헤맨 끝에 비로소 시장 초입에 도달했다. 시장의 통로 양편에 꽃, 과일, 생선들을 파는 가게들이 줄줄이 들어서 있었다. 사람들이 꾸역꾸역 몰려들어 통로가 북적거렸고, 출처를 알 수 없는 갖가지 소음들이 마음을 스산하게 했다. 레나는 사람들로 미어터지는 시장 안으로 들어섰다. 온갖 색채와 낯선 냄새가 발걸음을 멈춰 세우고, 몸의 모든 감각을 놀라게 하고 지치게 만들었다.

　사람들에 치이며 시장을 온통 헤매고 다녔다. 자루를 짊

*쌀과 우라드 콩을 갈아 만든 반죽을 발효시켜 얇게 부친 남인도 토착 요리

어지거나 바구니를 든 사람들이 상을 보러온 마을 주민들이라는 걸 알 수 있었다. 사람들은 렌틸콩, 고구마, 갓 튀겨낸 잘레비*, 다양한 색깔의 안료, 옷감, 직물, 차, 야자열매, 소두구나 카레 분말 따위를 사느라 여념이 없었다.

레나는 한참 동안 패랭이꽃을 엮어 화환을 만드는 상인의 작업 과정을 지켜보다가 한 무리의 특이한 행렬이 나타나 그쪽으로 눈길을 돌렸다. 플래카드와 사진을 든 열다섯 명가량의 소녀들이 **저스티스 포 프리야**(Justice for Priya)라는 구호를 외치며 열을 맞춰 걸어오고 있었다. 소녀들이 치켜든 사진 속 인물은 젊은 인도 여자였다. 소녀들이 들고 있는 여러 사진들을 본 결과 집단 성폭행으로 희생된 여자라는 걸 알 수 있었다.

레나는 눈앞에 있는 소녀들이 병원에서 본 레드 브리게이드 단원들이라는 걸 금세 알 수 있었다. 짙은 색 피부에 검은 눈의 소유자인 젊은 여자가 맨 앞에서 행렬을 진두지휘하고 있었다. 거침없는 열정과 자연스럽게 배어 나오는 오라가 젊은 여자의 권위와 존재감을 느끼게 했다. 무심하게 지나가던 사람들도 마치 홀린 듯 걸음을 멈추고 젊은 여자가 외치는 구호에 귀를 기울였다. 젊은 여자의 태도와 몸짓

*밀가루 반죽을 납작하게 나선형으로 말아 기름에 튀겨낸 뒤 설탕 시럽에 담근 디저트

은 나이(스무 살을 넘지는 않을 것 같았다)에 비해 무척이나 자신감 넘치고 성숙해보였다. 레나는 젊은 여자가 외치는 말이 무슨 뜻인지 알아듣지는 못했지만 목소리에서 묻어나는 확신과 열정에 매혹되었다.

급히 달려온 경찰이 레드 브리게이드 단원들의 행진을 제지했다. 경찰이 호루라기를 불며 소녀들을 해산시키려고 하자 젊은 여자가 격렬하게 저항했다. 소녀들은 스크럼을 짜고 버티면서 경찰의 해산 명령을 거부했다. 주변에 몰려든 구경꾼들은 소녀들을 편들거나 비난하는 쪽으로 갈라져 서로 한마디씩 쏟아냈다. 경찰은 소녀들이 손에 들고 있는 전단 뭉치를 빼앗아 바닥에 내팽개쳤다. 바람이 불자 전단이 사방으로 흩날렸다. 젊은 여자는 전혀 주눅 든 기색 없이 경찰을 향해 욕설을 퍼부었다. 믿을 수 없을 만큼 용감하고 의지가 강한 여자였고, 어떤 위협과 공격에도 굴하지 않고 맞서 싸워 이겨낼 수 있을 듯했다. 경찰은 더 이상 소녀들을 압박해봐야 소용없는 일이라고 판단한 듯 병력을 철수시키면서 젊은 여자를 손가락으로 지목하며 뭐라 소리를 질렀지만 무슨 말인지 알아들을 수 없었다. 아무튼 경고나 위협이 분명할 텐데 젊은 여자는 눈 하나 깜박하지 않고 어깨를 으쓱 추어올리고 나서 바닥에 나뒹구는 전단을 주워 모았다.

레나도 발아래서 나뒹구는 전단 한 장을 집어 들었다. 전단에는 전투 자세를 취하고 있는 소녀들을 찍은 사진이 있었고, 그 위에 붉은색과 검은색이 섞인 로고가 있었다. 주먹 쥔 손을 중심으로 두 여자의 얼굴이 서로 교차하는 형상의 로고였다.

'희생자가 되지 말고, 레드 브리게이드가 되자.'

그들의 슬로건이었다.

3장

레드 브리게이드의 단장은 가까이 다가선 레나를 금세 알
아보았다. 바다에 빠졌다가 레드 브리게이드의 도움을 받
아 구사일생으로 살아난 서양 여자. 단원들도 다가와 레나
를 에워쌌다. 소녀들의 눈에서 이방인에 대한 호기심이 반
짝였다.

"목숨을 구해준 것에 대해 감사 인사를 전하려고 왔어요."

단장은 고개를 끄덕여 보이고 나서 서툰 영어로 말했다.

"간혹 관광객들이 이곳 바다를 얕잡아보고 물에 뛰어들었다가 낭패를 당하죠."

단장은 말을 하는 동안에도 계속 바닥에서 나뒹구는 전단을 집어 들었다. 이방인 여자에 대해서는 별 관심이 없어 보였다.

레나는 조금 주눅이 들어 멍하니 서있다가 가방에서 봉투를 꺼내 단장에게 내밀었다. 젊은 여자는 한참 동안 레나를 빤히 쳐다보다가 어깨를 으쓱 추어올리고 나서 말했다.

"돈을 바라고 한 일이 아닙니다."

레나는 그제야 시장 한복판에서 불쑥 돈 봉투를 꺼낸 자신의 행동이 젊은 여자와 단원들의 눈에 무례하고 과시적인 태도로 비칠 수도 있겠다는 생각이 들었다.

레나는 상황을 수습하기 위해 서둘러 말했다.

"이 돈은 사례금이 아니라 자경단이 추구하는 대의를 위해 준비했으니까 받아주세요."

레나의 말은 그다지 효과가 없어 보였다.

"우리는 마땅히 해야 할 일을 했을 뿐입니다. 돈으로 사례를 받고 싶지 않아요."

소녀 하나가 단장에게 다가와 귓속말을 하며 돈 봉투를 가리켜 보였다. 단장은 단호하게 고개를 저었다.

레나는 단장의 결연한 태도에 감탄했다. 돈의 유혹에 조금도 흔들리지 않는 모습에서 새삼 존경심이 우러날 정도였다.

"누군가를 돕고 싶다면 이 돈을 그 아이에게 주세요. 사례가 필요한 대상은 우리가 아니라 바로 그 아이니까요."

단장은 레나에게 그 말을 남기고는 단원들을 이끌고 멀어져갔다.

레나는 손에 돈 봉투를 들고 잠시 멍하니 서있다가 왔던 길을 되짚어 걷기 시작했다. 시장에서 구걸해 먹고사는 거지 여자가 옆으로 찰싹 달라붙었다. 레나는 여자가 가까이 다가오는 걸 전혀 눈치채지 못했기에 깜짝 놀랐다. 여자는 몸이 으스러질까 봐 겁이 날 정도로 피골상접한 모습이었다. 언뜻 보기에도 영양 상태가 턱없이 부족한 아기를 품에 안은 여자는 레나의 셔츠 자락을 붙잡고 콧물과 먼지 범벅인 빈 젖병을 흔들어댔다. 극심한 굶주림에 시달린 탓인지 여자의 나이를 가늠하기 어려웠다. 여자가 무슨 뜻인지 알아듣기 힘든 말을 웅얼거렸다. 아

이에게 먹일 우유가 없다는 뜻 같았다. 얼마나 굶주렸는
지 젖이 완전히 말라버린 여자의 젖가슴이 찢어진 상의
밖으로 나와 덜렁거렸다. 레나는 비쩍 마른 여자의 품에
서 쉴 새 없이 울어대는 어린아이의 모습을 보고 큰 충격
을 받았다. 이번에는 어디선가 조무래기 아이들이 튀어나
오더니 레나를 에워싸며 옷자락에 매달렸다. 레나는 아이
들이 내민 손과 간절한 애원이 담긴 눈동자를 보는 순간
발이 그 자리에 얼어붙었다. 레나는 뻣뻣이 선 자세로 옴
짝달싹할 수 없었다. 심장이 미친 듯이 뛰었고, 숨이 가
빴다. 조무래기들의 손에 돈 봉투를 넘겨줄 수밖에 없었
다. 아이들이 서로 지폐를 더 많이 차지하려고 소리를 지
르며 아우성을 쳤다. 아이들의 자그마한 손이 치열하게
뒤엉킨 끝에 저마다 자기 몫을 확보해 사라졌다. 더러 몇
몇 아이는 레나에게로 다시 다가오더니 돈을 좀 더 달라
는 뜻으로 손을 내밀었다. 레나는 아이들에게 꼼짝없이
에워싸였다. 비쩍 마른 아이들이 레나를 겁먹게 했다. 한
시바삐 이 자리에서 벗어나야 한다고 생각했지만 몸이 말
을 듣지 않았다. 공황발작이 시작되려는 듯 시야가 뿌옇
게 흐려지면서 귀에서 윙윙거리는 소리가 들려왔다. 그
와중에도 레나는 어서 이 소란한 현장에서 벗어나야겠다

고 생각했다.

호텔로 돌아오는 길을 어떻게 찾아냈는지 기억나지 않았다. 레나는 몸을 떨며 방으로 올라가 문을 닫아걸고 진정제를 삼켰다. 머나먼 곳으로 떠나 프랑수아를 잃은 상처를 치유하고 다시 일어설 수 있길 기대했지만 착각이었다. 인도에 온 이후 상태가 더욱 나빠진 느낌이었다. 이곳 사람들은 서구에서 온 이방인에 대해 거칠고 적의 어린 시선을 내비쳤다. 가난에 찌든 사람들은 난폭했고, 끊임없이 소란을 피웠다.

'인도에 오면 누구나 미치광이가 된다.'

언젠가 책에서 읽었던 그 말이 이제야 비로소 이해가 되었다. 레나는 이곳 아이들의 궁핍 앞에서 미치도록 무력했다. 구걸하던 여자와 젖먹이의 잔상이 머릿속에서 지워지지 않았다. 조무래기 아이들이 지폐를 한 장이라도 더 차지하려고 뒤엉켜 싸우던 모습이 머릿속을 떠나지 않았다. 당장 짐을 꾸려 내일 아침 첫 비행기를 타고 프랑스로 돌아가고 싶었다. 심신이 더 부서지기 전에 달아나야 했다. 레나는 그런 생각에 빠져들었다가 움찔 놀랐다. 썰렁하고 적막한 프랑스의 집을 떠올리자 몸이 얼어붙었다. 기다리는 사람이 아무도 없는 집이었다. 적막감이 드는 고요보다는 차라리 시끌벅적한 게 나았다. 그때 문득 뭔가 시야에 잡히면서 현실로 돌아왔다. 창문 너머 하늘에 떠있는 알록달록한 점이 보였다. 자세히 보니 연이 하늘에서 바람에 맞춰 춤을 추고 있었다.

레나는 연을 발견한 순간 비로소 머릿속을 어지럽히던 온갖 시름에서 벗어났다. 부리나케 방을 나와 해변으로 달려갔다. 연을 날리는 여자아이가 눈에 들어왔다. 아이는 자신을 향해 달려오는 레나를 미처 보지 못했다. 연줄을 감은 아이는 음식점들이 줄지어 늘어선 해변 쪽으로 가더니 곧바로 어느 작은 식당 안으로 사라졌다.

레나는 여자아이를 뒤쫓아 식당 문 앞으로 다가갔다. 허름한 길거리 간이식당인 다바였다. 〈제임스 앤 메리스(James & Mary's)〉. 영어로 된 간판이라 의외였다. 메뉴라고는 쌀밥과 차파티가 함께 제공되는 생선구이뿐이었다. 낡은 건물의 외벽은 늙은 여인이 서툴게 화장한 얼굴처럼 페인트가 군데군데 벗겨져 있었다.

레나는 식당 안으로 들어갔다. 점심 시간은 이미 지났고,

저녁 시간은 아직 일러 손님이 없었다. 식당 주인인 듯 뚱뚱한 남자가 카바디 경기를 틀어놓은 TV 앞에서 꾸벅꾸벅 졸고 있었다. 오래된 선풍기 한 대가 음식 냄새가 잔뜩 밴 실내공기를 휘젓고 있었다. 장식 전구를 몸에 두른 성모상이 눈에 들어왔다. 십자가상의 예수도 장식 전구를 두르고 있었다. 레나는 장식 전구들이 흥미로워 잠시 눈여겨 쳐다보았다. 그때 별안간 잠에서 깨어난 식당 주인이 살이 뒤룩뒤룩한 목을 곧추세우더니 요란하게 트림을 했다. 그제야 레나를 발견한 식당 주인은 놀란 얼굴로 벌떡 일어서며 손님 맞을 채비를 했다. 레나는 식사하러 온 게 아니라 방금 전에 이 식당 안으로 들어온 여자아이를 만나고 싶다고 말했다. 식당 주인은 레나를 멀뚱히 쳐다보기만 할 뿐 한동안 대답이 없었다. 영어를 한마디도 알아듣지 못하는 게 분명했다.

"프레시 피시(Fresh fish)!"

식당 주인은 겨우 외운 영어단어를 말하고 나서 바다를 가리켜 보이더니 주방으로 들어가 생선 한 마리를 쟁반에 받쳐 들고 나왔다. 레나는 어차피 의사를 제대로 전달하기 어렵다는 걸 깨닫고 식당 주인이 하는 대로 내버려 두었다. 아침부터 지금까지 음식을 전혀 먹지 않았다. 식욕을 잃은

지 이미 오래되었다. 프랑수아가 떠난 7월의 어느 날 오후부터였으니까.

주인이 손으로 가리키는 대로 계단을 올라가자 테라스가 나왔고, 바다가 시야에 들어왔다. 바다를 볼 수 있다는 게 유일한 매력인 식당으로 낡아빠진 테이블과 의자 몇 개만이 놓인 썰렁한 공간이었다. 장식 삼아 꽃 줄을 여기저기 걸어 놓은 모습이 사원의 치장과 흡사했다. 밤이 되어 어두워지면 꽃 줄 장식이 얼마나 식당의 우중충한 분위기를 바꿔줄지 의문이었다.

레나는 바다를 바라보며 생각에 빠져있느라 여자아이가 다가오는 소리를 듣지 못했다. 아이는 차파티를 가득 담은 바구니를 들고 소리 없이 나타났다. 레나를 발견한 아이는 깜짝 놀라며 걸음을 멈췄다. 누군지 알아본 눈치였다. 레나는 아이를 향해 웃어 보이며 가까이 다가오라고 손짓했다.

'그때 본 바로 그 눈동자야.'

레나는 해변에서 진지하게 자신을 내려다보던 눈동자를 단번에 알아보았다. 체구만 보자면 일고여덟 살밖에 안 되

어 보였지만 실제 나이는 그보다 좀 더 많을 듯했다. 레나
는 아이를 바라보는 동안 둥지에서 떨어진 아기 새가 떠올
랐다. 아이의 커다란 눈동자에 레나가 무사히 살아 눈앞에
있다는 걸 확인한 안도감이 어려 있었다.

4장

레나는 아이에게 말을 붙여보았지만 대답이 없었다. 심지어 이름조차 말해주지 않았다. 아이는 그저 말없이 계단을 내려갔다가 생선구이 접시를 들고 되돌아왔다. 레나는 생선 살을 조금 떼어 입 안에 넣었다. 단순히 불에 올려 구운 생선인데 맛이 훌륭했다. 식사를 마치자 아이는 접시를 치우고 나서 계산서를 가져왔다. 식당 일이 몸에 익은 듯 자연스러웠다.

레나는 계단을 내려가 음식값을 지불하고 나서 아이가 자신의 생명을 구해주었다고 말했지만 주인은 영어를 알아듣지 못했다. 주방에서 생선을 굽는 여자 주인에게 다가가 음식 솜씨를 칭찬했지만 역시 알아듣지 못했다. 레나는 부부에게 팁을 넉넉하게 건네고 식당을 나왔다. 부부는 제법 많은 액수에 놀란 눈치였다.

레나는 식당을 나와 걸어가면서 목숨을 구해준 아이에게 어떤 보답을 해야 할지 생각해보았다. 열 살쯤 된 인도 여자아이들이 대체로 무엇을 좋아하는지 알 수 없어 막막했다. '책? 장난감? 인형?' 아이가 처한 환경을 고려하자면 그 어떤 선물도 그다지 의미가 없을 듯했다. 방금 전 다녀온 식당 사정이 말해주듯이 아이의 가족이 밥을 굶는 일은 없겠지만 몹시 궁핍해보였다. 사례금을 거절한 레드 브리게이드 단장이 떠올랐다. 이번에는 거절당하고 싶지 않았다. 돈을 건넨다 한들 아이에게 온전히 전달될 수 있을지 의문이었다. 이곳 주민들 다수가 알코올의존증에 시달린다는 말을 들은 적이 있었다. 아이에게 직접 빚을 갚을 수 있는 방법을 찾고 싶었다.

레나는 호텔 내부의 상점에서 붉은색 연 하나를 샀다. 다음날 바닷가 식당을 찾아가 아이에게 연을 내밀자 얼굴이 환해졌다. 아이의 얼굴에 떠오른 미소가 모든 말을 대신했다. 아이는 곧바로 모래밭으로 달려 나가 연을 띄워 올렸다. 연은 처음에는 몇 번 땅으로 곤두박질치더니 이내 가볍게 날아올라 하늘 높은 곳에서 일렁거리며 춤을 추었다.

그날 이후 레나는 점심 시간이 되면 〈제임스 앤 메리스〉에 가서 식사했다. 동네 주민들 사이에서 제법 인기 있는 식당으로 2, 3유로만 내면 식사가 가능했다. 우선 음식 솜씨가 좋았고, 무엇보다 당일 아침에 갓 잡은 생선을 구워주기 때문에 신선했다. 레나는 점점 식욕을 되찾아가고 있었다. 근래 들어 요즘처럼 음식을 맛나게 먹어본 적은 없었다. 아이는 성실하고 말 없는 당번병처럼 언제나 식당을 지키고 있었다. 말없이 음식을 내오고, 식사를 마치면 빈 그릇을 치웠다. 생선구이 접시를 나를 때나 커피를 따를 때 아이의 동작은 늘 차분하고 조심스러웠다. 부주의한 실수로 손님들을 놀라게 하면 안 된다고 단단히 교육을 받은 눈치였다. 홀의 남자 주인이나 주방의 여자 주인이 일을 시키면 아이는 군말 없이 따랐다.

아이는 매일 아침 연을 날리러 해변으로 나갔다. 연은 떠오르는 해를 배경으로 하늘 높이 날아올라 춤을 추었다. 아이가 식당 일에서 벗어나 자유를 누릴 수 있는 시간은 그때뿐이었다. 레나는 모래밭에 앉아 연을 날리는 아이를 바라보았다. 아이는 연을 높이 날아오르게 해주는 바람을 찾아 거침없이 내달렸다. 이른 아침이라 훼방꾼도 없었고, 사람들로 북적거리는 대낮처럼 소란스럽지도 않았다. 아이와 레나는 고요한 아침 해변에서 방금 떠오른 해가 길게 뿌린 빛이 바다를 붉게 물들이는 광경을 바라보았다.

레나는 아이와 친해지려고 애썼지만 쉽지 않았다. 아이는 말을 한마디도 하지 않았다. 부모는 식당 일이 바빠 아이에 대해 신경 쓸 겨를이 없었다. 아이는 오로지 몇 군데 솔기를 꿰맨 낡은 인형과 친하게 지냈다. 아이는 부적처럼 인형을 품에 안고 다녔다. 어디를 가든 떼어놓은 적이 없었다.

어느 날 레나는 문득 한 가지 생각이 떠올라 젖은 모래밭에 막대기로 자신의 이름을 썼다. 아이에게 막대기를 건네며 이름을 써보라고 권했다. 아이는 몹시 당황해 몸을 움츠렸다.

"네 이름을 알고 싶어."

레나가 최대한 부드러운 목소리로 설득했지만 아이는 슬픈 눈으로 빤히 바라보다가 등을 돌려 멀어져갔다. 레나는 아이의 반응이 당혹스러웠고, 가슴을 찌르는 뭔가가 있었지만 무엇인지 말로 표현하기 힘들었다.

'아이는 왜 나랑 대화를 나누려고 하지 않을까?'

아이의 침묵에는 아무도 모르는 수수께끼와 슬픔이 담겨 있는 듯했다. 레나는 아이의 마음 깊은 곳에 자리한 슬픔의 정체를 알고 싶었다.

레나는 호텔로 들어서다가 문득 걸음을 멈추었다. 머릿속을 스치는 한 가지 생각이 있었다.

'혹시 아이가 글을 쓰거나 읽지 못하는 건 아닐까? 하루 종일 식당에서 일하면서 지내느라 글을 배울 기회가 없었을지도 몰라.'

다음 날, 레나는 여러 가지 생각에 마음이 무거운 상태로 해변에 나갔다가 아이가 모래밭에 뭔가를 쓰고 있는 모습을 발견했다. 전날 레나가 모래밭에 썼던 '레나(RENA)'를 기억하고 있다가 한 글자씩 또박또박 쓰고 있었다. 레나는 그 모습에 감동해 얼굴 가득 미소가 번졌다. 아이가 찰랑거리며 밀려오는 파도를 가리켰다.

'헤엄칠 거예요? 물놀이할 거예요?'

아이는 여전히 말이 없었지만 그렇게 묻고 있는 듯했다.

'아니, 난 물놀이를 하려고 해변에 온 건 아니야.'

레나는 손짓과 고갯짓을 섞어 그렇게 대답했다. 그러자 아이는 막대기를 집어 들더니 레나에게 내밀었다. 레나는 무슨 뜻인지 금세 이해했다. 모래 위에 영어로 '바다(SEA)'를 썼다. 눈을 들어 레나를 바라보는 아이의 눈 속에서 기쁨이 반짝였다. 아이는 발밑을 두리번거리더니 조개껍질 하나를 집어 들었다. 그런 다음 옆에 내려놓았던 인형과 연을 집어 들었다. 레나는 막대기로 '인형(DOLL)'과 '연(KITE)'을 썼다.

이제 돌아가야 할 시간이었다. 아이는 모래밭 교실을 떠나는 게 못내 아쉬워 보였다. 밀물이 들어올 시간이었고, 이미 두 사람이 모래밭에 써놓은 글자들은 파도에 씻겨 내려가는 중이었다.

레나는 어느 정도 짐작하고 있었지만 아이가 학교에 다

니지 않는다는 사실을 알게 되었다. 학교 문턱에도 가본 적 없는 아이. 아이는 열 살쯤 되어 보이는데 아직 글을 읽거나 쓰지 못했다. 그 대신 레나가 모래밭에 써놓은 글자들을 기억하고 있다가 그대로 따라 썼다. 아이는 아침마다 전날 외운 글자들을 빠짐없이 모래 위에 옮겨놓았다. 타밀어도 아닌 영문 알파벳 글자를 오로지 기억에 의존해 다시 재현하는 아이의 집중력이 대단했다. 아이가 글자를 익히는 속도에도 놀랐다. 마치 눈으로 사진을 찍어 머릿속에 저장해두었다가 그대로 다시 옮겨놓는 듯했다.

불가촉민은 인도에서 교육받을 기회를 부여받지 못한다는 사실을 알게 되었다. 교사 출신인 레나는 도저히 받아들이기 힘든 현실이었다. 교사 시절이 떠올랐다. 교사로 근무한 이력이 쌓이면서 초년 교사 시절의 열정과 목표 의식은 점점 희미해졌다. 오래 만난 커플의 애정이 시간이 갈수록 식는 것과 같은 이치였다. 교사로서 충실한 수업을 하고 싶은데 뒷받침해주는 환경은 만족스럽지 못했다. 계획이 있어도 실현할 방법이 막막했고, 정부의 교육기관에는 힘을 써줄 인맥이 없었다. 교육기관 관료들의 무관심과 지나치게 느린 태도는 차츰 레나의 의욕을 떨어뜨렸다. 레나는 점점 지쳐갔고, 교사로 지낸 마지막 몇 년 동안은 열정이 바닥인 상태로 일했다. 어찌나 지쳤던지 어서 주말이 오길, 하루빨리 방학이 되어 휴가를 떠날 수 있길 간절히 바랐다. 열정과 의욕을 잃었지만 교사 일을 그만둘 생각은 없었다. 교육은 모든 인간이 누려야 할 기본 권리임을 확신했고, 학생들을 올바르게 가르치는 것만이 자신의 임무라는 신념에도 변함이 없었다.

레나는 아이가 불가촉민이라는 이유로 교육받을 기회를 원천 봉쇄당한 사실을 받아들이기 힘들었다. 아이의 부모를 찾아가 교육에 대한 이야기를 나누어보기로 결심했다. 사용하는 언어가 다른 만큼 의사를 전달할 방법을 찾아야 했다. 아이의 부모에게 딸이 총명하고 재능이 있다는 사실을 납득시켜야 했다. 아이에게 공부할 수 있는 기회를 제공한다면 가난의 굴레에서 벗어날 수 있다고 설득할 필요가 있었다. 아이의 부모 역시 이 마을의 주민들 대부분이 그렇듯이 글을 배운 적이 없을 것이다. 레나는 그들에게 문맹이나 무지가 숙명이 아니라는 사실을 말해주고 싶었다. 가난한 집에서 태어났다고 평생 어렵게 살아가는 걸 운명처럼 받아들여서는 안 된다는 말을 해주고 싶었다. 교육을 받게 되면 스스로 삶을 전복시킬 힘을 가질 수 있다는 걸 말해주어야 했다. 부모 세대가 제공받지 못한 배움의 기회를 자녀들에게는 반드시 마련해주어야 한다고.

어느 날 점심 시간에 식당을 찾은 레나는 홀이 한산해질 때를 기다렸다가 식당 주인과 대화를 나눌 수 있는 기회를 잡았다. 식당 주인은 아이가 빈 식기를 거두어간 테이블을 정돈하고 있었다. 주인 앞으로 다가간 레나는 몇 걸음 떨어진 곳에 있는 아이를 가리켜 보이며 말했다.

"School(학교)."

주인은 타밀어로 몇 마디 웅얼거리더니 고개를 가로저으며 짧은 영어로 대답했다.

"No school, No(학교는 안 돼요)."

레나는 포기하지 않고 같은 말을 몇 번이고 반복했다.

"The girl should go to school(당신의 딸은 학교에 다녀야 해요)."

주인은 아이가 해야 할 일이 많다는 뜻으로 식당 여기저기를 손가락으로 가리키며 말했다.

"No school, No(학교는 안 돼요)."

주인이 대화를 매듭지으려는 듯 한마디 덧붙였다. 레나의 몸을 오싹하고 아연실색하게 만드는 말이었다.

"Girl. No school(여자아이는 학교에 다닐 필요가 없어요)."

단두대의 칼날 같은 말이었다. 레나는 말문이 막혔다. 아이가 걸레와 빗자루를 챙겨 들고 자리를 피하는 모습을 보는 순간 갑자기 울고 싶었다. 어떤 방법을 동원해야 아이가 손에 들고 있는 청소 도구들을 펜과 공책으로 바꾸어 놓을 수 있을지 알 수 없었다. 레나는 마술 지팡이를 가지고 있지 않았고, 게다가 여전히 카스트 제도의 늪에서 헤어나지 못한 인도는 동화 속의 요정을 상상할 수 있는 나라가 아니었다.

레나는 식당 문을 나서면서 마음속으로 중얼거렸다.

"이곳에서는 여자로 태어나는 것 자체가 불행이야."

인도에서는 태어날 때부터 계급이 정해져 죽을 때까지 벗어날 길이 없었다. 계급은 부모로부터 자식에게로 고스란히 전해지는 운명의 굴레였다. 인도 사회는 불가촉민이 교육받을 수 있는 기회를 박탈하고 문맹이 되도록 강요했다. 여자들의 정신과 욕망에 재갈을 물릴 수 있는 가장 확실한 방법이었다. 교육받을 기회를 빼앗긴 여자들은 평생 벗어날 길 없는 감옥에 갇힐 수밖에 없었다. 사회적으로 성장할 수 있는 기회를 원천 봉쇄당하고, 자아실현의 통로가 영원히 닫히게 된다. 아는 것이 힘이다. 교육이야말로 여자들이 운명의 굴레에서 벗어날 수 있는 유일한 해방의 열쇠가 아닐 수 없었다.

레나는 머릿속에 가득 들어 있는 말을 주인에게 전달할 수 없어 가슴이 답답했다. 주인을 설득하고 싶었지만 서로 사용하는 언어가 달라 시도조차 해볼 수 없었다. 그렇다고 포기할 수는 없었다. 목숨을 구해준 아이였다. 생명을 빚진 만큼 상응하는 보답을 하고 싶었다.

문득 머릿속에서 레드 브리게이드 단장이 떠올랐다. 시장 한복판에서 당당하게 경찰을 상대로 투쟁을 벌일 수 있을 만큼 뱃심 두둑한 여자였다. 나이는 젊지만 이곳 사람들 사이에서 이름이 널리 알려진 인물일 거라고 짐작되었다. 그 여자의 말이라면 설득력을 발휘할 수 있을 것이다. 설령 식당 주인의 고집을 꺾지 못하더라도 최소한 생각을 전달할 수는 있을 것이다. 혼자서는 해낼 수 없는 일이라 반드시 누군가의 도움이 필요했다. '자유'와 '평등'을 내세워 설득하기 힘들다면 '박애'를 앞세워서라도 설득할 필요가 있었다.

호텔로 돌아온 레나는 일전에 시장에서 주워온 전단을 찾아냈다. 전단에 레드 브리게이드 본부 주소가 적혀 있었다. 즉시 호텔을 나와 릭샤를 손짓해 불렀다. 릭샤 운전사에게 전단을 내밀자 깜짝 놀라는 표정을 지었다. 운전사가 서툰 영어로 전단에 적힌 주소는 관광객이 찾아갈 곳이 못 된다는 뜻을 전하려고 애썼다.

"No good for tourist(관광객에게는 재미없는 곳입니다)."

운전사는 그 주소 대신 관광객들이 즐겨 찾는 명소와 역사 유적지를 소개했다.

"크리슈나 버터볼, 라타 템플스… 베리 뷰티플!"

운전사는 몇 번이고 그 말을 반복했다. 레나는 포기하지 않고 전단에 적힌 주소를 들이밀었다. 운전사는 결국 한숨을 푹 쉬더니 릭샤를 출발시켰다. 해변에서 멀어져 주민들이 사는 생활 구역으로 접어들자마자 허름한 판잣집과 움막집이 이어졌다. 간혹 어떤 집들은 엉성한 골조에 널판을 대충 얼기설기 엮어놓아 금방이라도 무너질 듯이 위태로웠다. 호텔에서 불과 몇 킬로밖에 되지 않는 곳이었지만 마치 몇 광년이나 떨어진 듯이 느껴졌다. 호텔과 주민들의 생활 구역은 인접해 있지만 별개의 삶이 펼쳐지는 곳이었다. 관광객을 위한 제반 시설들은 울타리가 쳐진 일종의 보호구역으로 주민들이 생활하는 빈민촌과 완벽하게 차단되어 있었다.

릭샤가 시멘트 블록으로 벽을 쌓아 올린 단층 건물 앞에 멈춰 섰다. 한때 자동차 정비소로 사용한 곳인 듯 안마당 격인 공터에 자동차에서 떨어져 나온 각종 부품과 폐타이어들이 나뒹굴었다. 예상과는 전혀 다른 느낌을 풍기는 장소여서 어리둥절했지만 운전사는 전단에 적힌 주소를 제대로 찾아왔다고 자신하며 릭샤를 돌려 가버렸다. 레나는 허름한 시멘트 블록 구조물을 바라보며 서있는 동안 스멀스멀 불안감이 밀려들었다.

5장

레드 브리게이드 단장이 말했다.

"성폭행은 지인에게 당하는 경우가 대부분입니다. 가해자 중에는 친척 어른이나 사촌이 많습니다. 물론 거리에서 마주친 사람에게 당하는 경우도 있고요. 그 어떤 경우든 자신의 몸을 지킬 수 있는 호신술을 익혀 두어야 합니다."

폐정비소 건물 내부에 열 명가량의 단원들이 앉아있었다.

레드 브리게이드의 본부로 쓰는 건물이었다. 그들은 한낮의 무더위를 피해 아침 일찍 훈련을 시작했다. 상하의가 붉고 검은 살와르 카미즈 유니폼 차림의 소녀들이 단장이 먼저 시범을 보이는 호신술 동작을 면밀히 주시했다. 숨소리조차 들리지 않을 만큼 집중하는 소녀들의 태도에서 종교적인 엄숙함이 느껴졌다.

"치한이 여러분 머리에 두른 두파타*를 이용해 목을 조를 수도 있어요."

단장은 단원들 가운데 하나를 지목해 앞으로 나오게 했다. 불려 나온 소녀는 겁먹은 표정을 지었다. 단장은 소녀의 어깨를 감싼 두파타 자락을 움켜잡고 뒤로 잡아당겨 목을 조르는 상황을 연출했다. 소녀는 중심을 잃고 버둥거리며 두 손을 목에 가져다 댔다. 단장은 소녀를 바닥에 메다꽂으며 무릎으로 목을 눌렀다.

"치한에게 이런 상황을 허용하면 끝장입니다. 치한의 무릎에 목이 눌린 자세가 되면 전혀 힘을 쓸 수 없으니까요."

단장은 잠시 말을 멈추고 단원들의 얼굴을 응시했다. 치한에게 공격을 당해 목을 제압당할 경우 어떤 일이 기다리고 있을지는 굳이 말을 덧붙이지 않아도 뻔했다. 단장이 무

*머리와 어깨를 가리기 위해 사용하는 긴 스카프 형태의 전통 복장

릎으로 목을 누르고 있던 소녀를 다시 일으켜 세운 다음 말을 이었다.

"그나마 유리한 점이 있다면 치한은 여러분이 반격할 거라 예상하지 못한다는 겁니다. 치한에게 기습을 가하면 위기에서 벗어날 수 있는 기회를 잡을 수 있습니다."

단장은 이번에는 치한 역할이 아니라 공격당하는 소녀 역할을 맡았다. 단장은 치한 역을 맡은 소녀의 목깃을 움켜잡고 앞으로 끌어당기면서 목 부위 급소를 발로 가격했다. 순식간에 이루어진 동작이라 상대는 방어할 겨를이 없었다.

"힘이나 체격 조건이 열세라도 기습 공격으로 극복할 수 있습니다. 중요한 건 민첩성과 정확성입니다. 치한이 공격해올 때 여러분들은 누구나 방금 전 내가 시범을 보인 동작으로 위기를 모면할 수 있어요. 치한의 눈, 목, 인중 같은 급소를 기습적으로 공격해 도망칠 수 있는 기회를 마련하는 겁니다."

단원들은 모두 잘 이해했다는 듯 진지한 얼굴로 고개를 끄덕였다.

"방금 전 내가 시범을 보인 호신술 동작은 치한을 물리칠 때 가장 요긴하게 쓰이는 대표적인 기술입니다. 이 기술을 완벽하게 구사하면 누구나 치한을 물리칠 수 있어요. 자,

이제부터 실습을 시작하겠습니다."

단원들은 두 사람씩 짝을 지어 치한에게 붙잡혔을 때 탈출할 수 있는 호신술을 연습하기 시작했다.

레나가 처음 릭샤에서 내렸을 때 건물의 전면 출입구는 셔터가 내려진 상태였다. 레나는 녹슨 부품들과 낡은 범퍼들 사이에서 웅크리고 잠든 떠돌이 개들을 피해 살금살금 발을 옮겨놓으며 건물을 둘러보았다. 건물 뒤편으로 돌아가자 조금 열려있는 문 하나가 시야에 들어왔다. 레나는 벌어진 문틈으로 건물 안을 들여다보았다. 레드 브리게이드 단원들이 단장의 지도를 받으며 한창 훈련에 열중하고 있었다. 레나는 방해되지 않도록 조심하며 잠시 그들이 훈련하는 모습을 지켜보았다. 단원들이 뿜어내는 활기와 넘치는 힘이 레나의 마음을 사로잡았다. 반복되는 동작들이었지만 단원들의 움직임은 절도 있고 아름다웠다. 지칠 줄 모르고 반복하는 단원들의 몸짓에는 삭일 수 없는 분노가 깃들어 있었다. 단원들이 반복해 연습하는 동작에 생존 문제가 걸려있다고 해도 과언이 아니었다. 어린 단원들은 고작 열두어 살쯤으로 보였다.

이 소녀들은 무슨 일을 겪었기에 여기에 모여 호신술을

연마하는 것일까?

단장 역시 소녀들과 나이 차가 그리 크지 않을 만큼 젊었다. 하지만 단장의 언행에서는 어느 누구도 범접하기 힘든 권위와 존재감이 느껴졌다. 단장은 훈련하는 단원들 사이를 돌며 자상하면서도 정확한 태도로 동작과 자세를 수정해주고 주먹의 각도를 바로잡아 주었다. 낡고 궁색한 실내의 모습이 눈에 들어왔다. 벽은 군데군데 금이 가 있었고, 바닥의 깔개는 넝마로 보일 정도로 낡아 있었다. 하지만 어느 누구도 열악한 환경에 주눅 든 기색이 아니었다.

훈련이 끝나자 소녀들은 단장에게 인사를 하고 소지품을 챙겨 건물을 떠났다. 레나는 용기를 내 단장에게로 다가갔다. 레나가 다가오는 걸 미처 알아차리지 못한 단장은 구석에 놓인 작은 버너 옆에 꿇어앉았다. 갈색 액체가 담긴 냄비를 버너 위에 올려놓은 단장은 그제야 등 뒤에 서 있는 레나를 발견하고 깜짝 놀랐다. 단장의 얼굴에 '무슨 일이죠?' 하는 질문이 떠올라 있었다. 관광객들이 발을 들여놓을 일이 없는 곳이었다. 레나는 전단을 내보이고 나서 영어로 자신의 목숨을 구해준 여자아이와 관련해 이야기를 나누고 싶어 찾아왔다고 설명했다.

단장은 냄비에서 뜨거운 김을 내며 끓고 있는 액체를 가리키며 물었다.
"차이를 끓이고 있는데 함께 드실래요?"
레나는 차마 사양할 수 없었다. 인도 사람들이 언제 어디서나 즐겨 마신다는 차이에 대해서는 익히 들어서 알고 있었다. 차이는 음료라는 개념을 넘어 제대로 된 인도 문화를 접하려면 반드시 거쳐야 할 하나의 관문으로 인식되고 있었다. 단장이 차이를 끓이는 동안 레나는 주변을 찬찬히 둘러보았다. 플래카드를 둘둘 말아놓은 꾸러미들이 보였고 그 옆에는 전단 뭉치가 쌓여있었다. 양수 냄비와 몇 가지 조리 도구들도 눈에 들어왔다. 뚜껑을 닫지 않은 철제 트렁크 안에 아무렇게나 뭉쳐 놓은 옷가지들도 있었다. 거울과 머리빗이 있는 것으로 보아 단장은 이곳에서 생활하는 듯했다. 며칠 동안 임시방편으로 지낼 수야 있겠지만 상시적으로 사용하는 집으로 삼기에는 지나치게 낡은 건물이었다. 겨울에는 벽에 서리가 끼고, 여름에는 천장이 뜨거운 열기로 후끈 달아오를 테니까.
레나는 낡은 카펫 위에 앉아 젊은 여자가 내미는 잔을 받아들었다. 뜨거운 차이가 가득 담겨있었다. 차이를 한 모금 입에 머금는 순간 알싸한 후추 맛이 혀를 쏘았다. 게다가 깜짝 놀랄 정도로 달았다. 계피, 소두구, 정향의 풍미가 이제껏 접하지 못했던 미각의 영역을 열어젖혔다. 레나는 자신도 모르게 몸을 움찔하며 기침을 쏟아냈다. 단장이 매우 흥미로운 반응이라는 듯 미소를 머금은 눈빛으로 레나를 물끄러미 바라보았다.

"차이 맛이 너무 독하면 억지로 마실 필요는 없어요."
레나는 이곳에서 차이를 내놓는 게 손님을 대접하는 한 가지 방식일 뿐만 아니라 일종의 테스트이기도 하다는 사실을 깨닫고 마지막 한 방울까지 깨끗이 비웠다.
'죽은 사람도 눈을 번쩍 뜰 만큼 혀가 얼얼해.'
레나는 마음속으로 중얼거렸다. 혀에 가해진 얼얼한 충격이 가시면서 차츰 기분 좋은 느낌이 고개를 들었다.

"한 잔 더 마시겠어요?"
레나는 기꺼이 손을 내밀었다. 단장은 두 잔째 차이를 따르면서 호기심 어린 눈동자를 빛냈다.
눈앞의 상대는 지금껏 접해본 외국인들과는 어딘가 다른

면이 있었다. 관광을 온 외국인이라면 흔히 오래된 사원, 이 지역 특산품을 파는 수공예 가게, 아유르베다 요법 리조트, 요가 수련장 따위를 찾아다녔다. 정신 수행을 하겠다며 은둔자의 암자를 찾아 헤매는 외국인들도 더러 있었다. 어떤 이들은 코코넛이나 키위처럼 흔하게 널려있는 마약을 찾아 남부 해변에 왔다. 이들 뉴에이지* 생존자들 중에는 결국 건강을 잃고, 정신도 잃고, 떠날 기력마저 잃어 인도에 눌러앉은 이들도 있었다.

레나는 분명 그런 부류는 아니었다.

'이 여성은 왜 나를 찾아왔을까?'

단장이 보기에 레나는 감당하기 힘들 만큼 무거운 짐을 짊어지고 헤매는 우울증 환자처럼 보였다.

레나는 찾아온 이유를 설명했다. 단장이 일러준 대로 해변에서 연을 날리는 여자아이를 다시 만나본 이야기를 전했다.

"열 살이 되었는데 아이는 글을 읽거나 쓸 줄 몰라요. 식당에서 일하느라 학교에도 다니지 않아요. 심각한 문제라서 아이 아버지와 대화를 나누어보려고 했는데 내 말을 들을 생각이 없어 보였어요. 아이는 아직 배우지 못해 글을

*20세기 말, 기존 가치관의 공허함을 탈피하려는 시도로 새로운 시대적 가치를 추구한 신문화운동

모르지만 공부에 재능이 있는 건 분명해요."

레나는 자신이 프랑스에서 20년 동안 교사로 일한 이야기를 했다.

"나와 함께 식당에 가서 아이의 부모를 설득해주면 안 될까요?"

단장과 이야기를 나누면서 레나는 이 마을의 여자아이들이 학교에 다니지 않고, 어쩌다 입학하더라도 학업이 계속 이어지는 경우는 드물다는 사실을 알게 되었다.

"이 마을에서는 여자아이들을 학교에 보내지 않아요. 배워봐야 쓸데없는 일로 여기죠. 대개는 집에서 일을 시키다가 적당한 나이가 되면 결혼시켜요."

단장은 무슨 말인가 더 하려다가 머뭇거렸다. 잠시 후 단장의 입에서 나온 말은 **'불가촉민'**이었다. 아무런 잘못도 없는 사람에게 내린 일종의 유죄 선고나 다름없는 단어였다.

"우리는 불가촉민입니다. 흔히 **달리트**라고 불리죠. 불가촉민은 아무런 잘못도 없는데 평생을 무시당하고 배척받으며 살아가야 합니다."

단장은 학교에 입학했지만 반 아이들과 선생님들로부터

매일이다시피 멸시와 모욕을 당하면서 시달리다가 열한 살 때 그만두었다고 했다. 그들로부터 어떤 욕설을 듣고 매를 맞는지 이야기를 듣는 것만으로도 고통스러웠다.

"인근 케랄라주에서는 불가촉민이 거리에 나오면 빗자루를 들고 뒷걸음질 치면서 발자국을 일일이 다 지우라고 시켰어요. 그 길을 걷는 다른 주민들의 발을 더럽히면 안 된다는 이유였죠. 불가촉민은 초목과 꽃을 만지지 못하도록 금지되어 있어요. 불가촉민의 손이 식물에 닿으면 시들어 버린다는 이유였어요. 이 세상에서 가장 험하고 고약한 일들은 죄다 불가촉민이 떠맡아야 했죠. 인도의 카스트 제도가 정한 계급 중에서 불가촉민은 가장 아래에 위치해 있어요. 인간계에서 제외된 존재들이죠."

세월이 흐르고, 시대가 바뀌었어도 불가촉민을 천시하는 풍조는 바뀌지 않았다. 불가촉민들은 여전히 '파리아', 즉 '불순해서 사회로부터 내쫓긴 사람들'로 취급되고 있었다. 게다가 여자는 남자보다 더욱 열등한 존재라는 인식이 당연하다는 듯 이어져 오고 있었다. 달리트이면서 여자로 태어나는 건 최악의 저주였다. 레드 브리게이드의 단장과 단원들은 몸이 닿아서는 안 되는 불가촉민이었고, 누구나 제멋

대로 강간해도 상관없는 여자로 취급되는 잔인한 역설의 희생자들이었다. 가장 나이 어린 단원은 불과 여덟 살 때 이웃 남자에게 성폭행을 당했다. 부모가 집을 비운 사이 끔찍한 일이 벌어진 것이다.

"이 나라에서 강간은 국민스포츠나 다름없어요."

단장의 목소리에 분노가 짙게 배어있었다.

"달리트는 아무리 끔찍한 강간을 당해도 하소연할 곳이 없어요."

피해자가 달리트일 경우 경찰에 고발해봐야 가해자가 기소되는 경우는 거의 없다고 했다.

법이 아무런 도움을 주지 않기에 여자들은 자기 몸을 지키기 위해 힘을 뭉칠 수밖에 없었다. 러크나우[*] 출신인 한 여성의 주도로 최초의 자경단이 조직되었다. 일부 지역에 한정되었던 자경단 조직 움직임은 곧 인도 전역으로 퍼져나갔다. 이제 자경단인 레드 브리게이드 단원들의 숫자는 수천 명이 되었다.

레드 브리게이드 단원들은 자신을 보호하는 차원을 넘어

*인도 북부 우타르프라데시주의 주도. 《세 갈래 길》에서 스미타가 사는 마을 바들라푸르가 우타르프라데시주에 있다

거리로 나섰다. 골목길을 순찰하다가 여자들이 희롱당하거나 성폭행당할 위기에 처한 걸 발견하면 즉시 달려가 가해자들을 제압했다. 레드 브리게이드 단원들이 위험에 빠진 여자들을 구출하고, 가해자들을 제압하는 일이 발생하자 자경을 명분으로 내세운 복수 행위라는 비난이 일기도 했다. 하지만 자경단의 입장에서는 달리 방법이 없었다. 단장은 레드 브리게이드의 자경단 활동이 긍정적인 효과를 내고 있다고 힘주어 말했다.

"우리 단체가 결성된 이후 이 지역에서는 성폭력 횟수가 눈에 띄게 줄었어요. 이제 이 마을에서 레드 브리게이드를 모르는 사람은 없죠. 여자들을 괴롭히던 사람들은 우리를 겁내고, 여자들은 열렬히 응원하고 있어요."

단장은 레드 브리게이드 활동에 대해 커다란 자부심을 느끼고 있었다. 매일 유니폼으로 갈아입을 때마다 자경단 활동을 시작한 것에 대해 자부심을 느낀다고 했다. 레드 브리게이드 유니폼의 붉은색은 분노, 검은색은 저항을 의미한다고 했다. 그런 한편 단장은 자경단 활동의 명확한 한계를 모르지 않았다.

"무엇보다 가장 심각한 문제는 여자아이들이 교육을 받을 수 없다는 거예요. 앞으로 이 문제를 어떻게 해결해나가야 할지 막막해요. 주먹과 발길질만으로는 이길 수 없는 전투가 있으니까요. 인도 전역의 레드 브리게이드 단원들이 모두 힘을 합해도 여자들을 상대로 한 구조적인 폭력을 단절시킬 수는 없어요."

단장은 식당 아이의 처지를 딱하게 여기면서도 당장 도울 수 있는 방법은 없다고 털어놓았다.

"그 문제를 해결하려면 다른 무기가 필요한데 나에게는 아직 없어요."

레나는 단장의 말을 듣고 마음이 착잡했다. 인도에서 여성과 불가촉민의 처지가 얼마나 열악한지 오래전에 이미 이야기를 들어서 잘 알고 있었다. 다만 지금은 많이 개선되었을 거라 짐작하고 있었다. 레나는 단장의 마음을 이해할 수 있었지만 도울 일이 없다는 체념에는 동의할 수 없었다. 교육은 인간이면 누구나 마땅히 누려야 할 권리였다. 모든 사람에게 교육을 받을 수 있는 기회가 공평하게 부여되어야 했다.

"인터넷을 찾아보니 인도에서도 다른 나라들과 마찬가지로 의무교육을 시행하고 있더군요. 의무교육이 법으로 규정되어 있는데 왜 다들 권리를 찾지 못할까요?"

단장은 손을 들어 레나의 말을 반박했다.

"인도에서 법은 아무런 구속력이 없어요. 어느 누구도 법을 존중하지 않아요. 하물며 경찰도 법 집행을 소홀히 하죠. 열 살짜리 여자아이의 장래 따위는 법을 집행하는 사람들의 관심사가 아니거든요. 그들은 여자들의 삶이 어떻게 되든 신경 쓰지 않아요. 이 나라에서 여자들은 버림받은 존재니까요. 여자들은 평생 교육을 받을 수 있는 기회를 박탈당하고 노예로 살아가야 해요. 다들 여자들을 천시하고 미워해요. 이것이 인도의 맨얼굴이죠."

단장은 레나가 어떤 관광 가이드에게도 들을 수 없었던 인도의 민낯에 대해 이야기하고 있었다.

6장

그렇다면 유구한 역사와 문화를 자랑하는 인도는 두 얼굴의 괴물일까? 인도가 오랜 전통에 빛나는 나라인 동시에 여성에 대한 무자비한 인권 말살과 폭력을 자행하는 나라라는 걸 어떻게 받아들여야 할까? 이 나라에서는 여성과 아이들의 권리를 찾아줄 방법이 없다는 걸 인정해야 할까?

레나는 건물을 나서면서 머리를 한 대 얻어맞은 기분이었다. 레드 브리게이드 단장의 말은 인도의 또 다른 얼굴을 볼 수 있게 해주었다. 인류 문명의 발상지이자 불교, 아유르베다, 요가의 탄생지인 이 나라는 심각하게 분열된 사회, 보호해주어야 할 대상을 오히려 희생자로 만드는 잘못된 관습을 은폐하고 있다는 걸 알게 되었다.

레나가 자동차에서 떨어져 나온 부품과 폐타이어 더미를 빠져나올 때쯤 어디선가 울려온 휘파람 소리가 발길을 멈춰 세우게 했다. 깜짝 놀라 뒤를 돌아보자 스쿠터에 올라탄 단장이 레나에게 손짓을 보냈다. 뒷자리에 타라는 신호였다.

"이 동네는 여자 혼자 다니기에는 위험한 곳입니다. 숙소까지 데려다줄게요."

레나는 감사를 표하며 스쿠터 뒷자리에 올랐다.

길 양편에 늘어선 움막집들이 스쿠터 뒷자리에 오른 레나의 시야에 잡혔다. 조무래기 아이들, 행상인, 걸인, 노점상, 여기저기 자리 잡은 소, 떠돌이 개들의 자취가 차례로 스쳐 지나갔다. 레나는 헬멧을 쓰지 않은 머리카락을 바람에 내맡기고 잠시 눈을 감았다. 거리에서 소란스럽게 떠드는 사람들과 스쿠터의 소음에 자신을 내맡기자 묘하게 편안한 느낌이 들었다.

단장은 레나를 호텔 입구에 내려주었다. 레나는 단장에게 감사 인사를 건네고 돌아선 순간 아직 서로 자기소개도 하지 않았다는 걸 깨달았다. 레나는 다시 몸을 돌리고 젊은 여자를 향해 손을 내밀어 악수를 청하며 말했다.

"내 이름은 레나예요."

단장은 놀란 표정을 지으며 레나를 바라보았다. 어느 누구도 불가촉민에게 이토록 자연스럽게 손을 내밀지는 않기 때문이었다. 불가촉민인 단장에게 악수는 단순한 인사 이상이었다. '당신과 나는 똑같은 사람이야. 난 절대로 당신의 손을 잡는 걸 꺼려하지 않아.' 하면서 말을 걸어 온 최초의 손이었다.

레나는 마음속으로 단장에게 말했다.

'나는 당신이 불가촉민이어도 상관없고, 사람들이 당신에 대해 불순하게 말하는 평판도 믿지 않아요. 나는 당신을 동등한 사람으로 여기고 존중할 뿐이에요.'

레나는 단장의 놀란 표정을 보는 순간 알 수 있었다. 이곳에서는 어느 누구도 불가촉민 여자에게 손을 내밀어 인사를 청하지 않는다는 걸……. 그런 생각이 들자 레나는 더욱 내민 손을 거두어들일 수 없었다. 레나의 손은 잠시 허공에 머물러 있었다. 수십 초에 불과했지만 마치 영원처럼 길게 느껴지면서 수 세기 동안 쌓인 모욕과 수치가 지워져 나갔다. 단장의 망설임은 그리 오래 가지 않았다. 젊은 여자는 마침내 레나의 손을 잡았다. 이제 두 사람은 서로에 대해 좀 더 깊이 이해할 수 있게 되었다. 더 이상의 말은 필요 없었다. 짙은 색과 옅은 색, 피부색은 서로 다르지만 그들이 맞잡은 손, 아직 친근하지는 않아도 더는 낯설지 않은 손이 서로를 이어주고 있다는 사실이었다.

"내 이름은 프리티입니다."

단장이 스쿠터의 시동을 걸며 말했다. 그 말이 자기소개의 전부였다.

레나는 상층 카스트의 아이들이 하리잔*과 접촉하면 어떤 벌을 받게 되는지 이제 곧 알게 될 것이다. 여덟 살 때 하리잔과 몸이 닿았다는 이유로 오줌과 쇠똥을 먹어야 했다는 사람의 증언을 듣게 될 테니까. 불가촉민과 접촉한 몸을 정화하기 위해 갠지스 강물을 마시길 강요당했다는 증언도 들

*신의 아이'라는 의미로, 간디는 불가촉민을 이렇게 불렀다

게 될 것이다. 만약 성인이 불가촉민과 접촉할 경우 줄곧 함께 살아온 사람들로부터 온갖 모욕을 받고 배척당하는 신세를 면할 수 없었다.

레나는 호텔 방으로 올라오면서 머릿속으로 레드 브리게이드 단장을 떠올렸다. 젊은 여자는 그 어떤 경우에도 초연하고 당당한 태도를 잃지 않았다. 상대가 가까이 다가올 수 있도록 쉽게 마음을 내주는 스타일은 아니었지만 단단한 갑옷 아래 어딘가에 말랑말랑한 틈이 있을 거라는 기대를 갖게 했다. 아직은 가혹한 세상의 침탈을 허용하지 않아 다정한 면모가 남아있는 공간이 있을 거라는 기대였다.

다음 날, 레나는 점심 식사를 하러 바닷가 다바에 갔다. 놀랍게도 레드 브리게이드 단원들이 식당에 나타났다. 붉고 검은 유니폼을 입은 단원들은 프리티의 인솔을 받으면서 식당 테이블 사이로 걸어 들어왔다. 식당을 찾은 손님들은 하나같이 깜짝 놀란 얼굴이 되었다.
레드 브리게이드가 무슨 이유로 이 식당에 나타난 걸까? 혹시 이 식당 안에 있는 누군가가 여자에게 성폭행을 저질러 경고하거나 보복하러 온 것일까?

레나를 발견한 단장은 두 손을 모아 인사를 건넨 다음 곧장 주인을 향해 걸어갔다. 단원들이 양쪽에 바싹 붙어 단장을 뒤따랐다. 음식 접시를 내오던 여자아이가 휘둥그레진 눈으로 그들을 바라보았다. 레나는 놀란 표정으로 레드 브리게이드 단원들을 바라보고 있었다. 프리티가 마음을 바꾸었다는 걸 알 수 있었다. 레나의 부탁을 받아들여 식당 주인을 설득하러 온 것이다. 식당 주인은 단장의 말에 화난 목소리로 몇 마디 대꾸하더니 당장 밖으로 나가라고 소리를 질렀다. 단장은 식당 주인의 엄포에도 아랑곳하지 않고 침착한 얼굴로 빈 테이블에 자리 잡고 앉아 꿈쩍도 하지 않았다. 절대 포기하지 않겠다는 결의가 느껴졌다. 단원들은 단장 주위를 에워싸고 서있었다. 식당 주인은 불처럼 화를 내다가 누군가의 도움이 필요하다고 느꼈는지 주방에 있는 부인을 소리쳐 불렀다. 여자 주인이 고개를 내밀었다. 여자 주인은 온종일 비좁은 주방을 지키고 있느라 밖으로 나오는 경우가 드물었다. 몇 마디 말을 주고받은 끝에 양편은 마침내 타협점을 찾은 듯했다. 프리티가 단원들에게 식당 홀에서 나가라는 지시를 내렸다. 단장 자신은 주인과 좀 더 이야기를 나누기 위해 테라스로 올라갔다. 레나도 그들을 뒤따라가 함께 자리를 잡고 앉았다.

그들은 테라스에서 긴 시간 동안 이야기를 나누었다. 프리티는 확신과 열정을 담아 식당 주인을 설득하려고 애썼지만 상대는 끝없는 장광설로 대응했다. 단장은 이야기를 나누는 틈틈이 식당 주인의 말을 레나에게 통역해주었다.

식당 주인의 말에 따르면 여자아이는 친딸이 아니라 먼 사촌 누이의 딸인데 몇 년 전부터 이 집에 와서 지내고 있었다. 인도의 북부 지방에 살던 사촌 누이와 딸은 남부 지방으로 내려오면 더 나은 미래가 기다리고 있을 거라 기대하면서 길고도 험한 길을 떠나왔다. 여자아이의 아버지는 아직 고향에 그대로 남아있었다. 그곳의 불가촉민들은 목숨을 이어가기 위해 쥐를 잡아먹어야 했다. 안타깝게도 아이 엄마는 건강이 좋지 않았다. 어릴 때부터 다른 집 분변 치우는 일을 해온 탓에 폐 질환이 생겼는데 동네 보건소 의사가 처방해주는 약으로는 치료가 불가능했다. 아이 엄마는 딸을 데리고 이곳에 온 지 몇 달 후 세상을 떠났다. 엄마가 숨을 거둔 바로 그날부터 아이는 말을 잃었다. 식당 주인은 사는 환경도 마땅치 않고, 경제적으로 쪼들리는 처지였지만 아이를 맡아 키우기로 했다. 식당 주인 부

부는 둘 다 어부의 자손으로 바다에 나가 잡은 고기를 식
당에서 구워 팔아 어렵사리 생계를 꾸려왔다. 부부에게는
두 아들이 있었는데 모두 바다에서 목숨을 잃었다. 작은
배를 타고 고기잡이를 나갔던 두 아들은 해상 경계선을 넘
어가는 바람에 경비 중이던 스리랑카 해군의 총에 맞아 숨
졌다. 이 지역에서 오래전부터 끊임없이 반복되어온 비극
이었다. 부부의 두 아들처럼 바다에 나갔다가 돌아오지 못
한 어부들은 무수히 많았다. 결혼한 딸들은 시댁 일을 해
야 하기 때문에 부모 일을 도울 수 없었다. 이 식당은 매
일 아침 주인이 목숨을 걸고 싱싱한 고기를 잡아 오는 덕
분에 그럭저럭 꾸려갈 수 있었다. 주인은 날씨가 궂을 때
나 심지어 사이클론 경보가 내려져도 고기를 잡으러 바다
로 나가야 했다. 고기를 잡아 오지 않으면 당장 생활이 막
막해지기 때문이었다.

"살림이 어렵긴 해도 이 아이는 부족한 것 없이 잘 지내고
있어요. 먹을거리도 있고, 잘 곳도 있고, 매를 맞지도 않으
니까요. 물론 학교에는 가지 않아요. 이 마을에서 여자아이
를 학교에 보내는 집은 없잖아요. 게다가 아이가 돕지 않으
면 식당을 운영하기 힘들어요."

식당 주인 부부는 일할 사람을 따로 고용할 형편이 못 된

다고 했다.

　레나는 프리티가 통역해주는 식당 주인의 말을 진지하게 들었다. 아이의 사정이 짐작과는 많이 달라서 놀랐다. 더 나은 미래를 위해 고향을 떠나온 아이는 엄마를 잃고 세상에 홀로 내던져진 처지였다. 줄기가 꺾인 꽃송이나 다름없었다. 심지어 아이의 이름조차 바뀌었다. 이 지역 달리트들은 불가촉민에 대한 차별에서 벗어나기 위해 개종을 선택했고, 식당 주인 가족도 그 방법을 받아들였다. 일방적으로 덧씌워진 카스트 제도의 폐해에서 벗어나기 위해 주인 가족은 종교와 이름을 바꾸었다. 이름은 종교와 소속된 공동체를 드러내는 꼬리표이기에 개명이 불가피했다. 식당 주인 가족은 이제 기독교인이었고, 주위 사람들도 그렇게 알고 있었다. 주인의 이름은 제임스, 부인은 메리라는 이름으로 개명했고, 여자아이는 홀라라는 새 이름을 얻게 되었다.

7장

레나는 마음속으로 중얼거렸다.

'홀리? 예쁜 이름이야. 수호천사의 이름이기도 하고.'

'영어로 홀리(Holy)는 거룩하다는 뜻인데 아이의 처지와 너무 달라.'

문득 가슴 깊은 곳에서 통증이 일었다. 레나는 자신의 마음을 아프게 하는 게 무엇인지 알 수 없었다.

말을 잃어버린 아이의 침묵 때문일까? 아니면 엄마를 떠나보낸 아이의 입장과 묘하게 공명하는 내 자신의 상실감 때문일까?

아이는 자신을 세상에 있게 만든 과거의 모든 걸 상실했다. 아버지와 어머니, 태어나 살았던 마을과 집, 종교와 이름까지도. 이전의 삶에서 남아있는 건 아이가 몸에서 한시도 떼어놓지 못하는 낡은 인형뿐이었다. 과거의 유일한 산물인 인형이 인도에서 '밴디트 퀸(도둑의 여왕)'으로 알려진 풀란 데비의 모습을 취하고 있다는 사실을 알게 된 건 나중의 일이었다. 아이는 아마도 부모가 선물한 그 인형을 도망쳐오는 길 내내 품에 안고 있었을 것이고, 지금은 그 무엇보다 소중한 보물이자 흔적 없이 사라져 버린 과거의 유산으로 애지중지하게 되었을 것이다.

모든 걸 잃고 살아남았다는 점에서 보자면 레나는 아이와 비슷한 처지였다. 레나도 아이처럼 견디기 힘든 지옥을 겪었고, 지금도 벗어나기 위해 하루하루 애쓰고 있었다. 레나가 인도의 남동부 오지까지 떠나온 건 고통을 견디기 위한 안간힘이었다. 이곳에 온 레나는 난파한 배에서 홀로 살아남은 가엾은 요정을 만나게 되었다.

식당 주인 부부의 어려운 형편을 이해했지만 아이의 미래와 맞바꿀 수는 없었다. 홀리는 비록 말을 하지 못해도 단어를 기억하고 쓸 줄 알았다. 언어는 아이가 고향에서 도망쳐오던 길에서도 결코 포기하지 못한 짐이었다. 아이는 살아남기 위해, 이 세상에 존재하기 위해 기꺼이 짐을 짊어졌다. 아이가 침묵 속에 자신을 가둔 건 유일한 저항 방법이었기 때문이다. 다만 침묵이 자신을 겨누게 되리라는 걸 미처 몰랐을 뿐이다. 아이는 입에 재갈이 물린 상태로 침묵의 포로가 되어 있었다.

홀리가 빼앗긴 말을 찾아주고 싶었다.
'아이가 학교에 가지 못하면 선생이 아이에게 가면 되잖아.'
레나는 아이에게 영어를 가르쳐주기로 마음먹었다. 레나는 20년 동안 학생들에게 영어를 가르쳐왔다. 영국의 식민지였던 인도에서는 영어가 널리 쓰인다. 영국으로부터 독립한 이후로도 영어는 관공서에서 공용어로 사용되어왔다. 교사 시절에 레나는 학생들에게 셰익스피어와 샬롯 브론테의 작품들을 읽어주며 문장의 아름다움과 섬세함을 느끼게 해주었다. 아이에게 그 작가들의 작품은 너무 어려워 당장 음미하게 해줄 수는 없을 것이다. 일단 알파벳과 기초 문법부터 가르치는 게 우선이었다.

'필요하다면 사진과 그림을 이용해야겠지. 내 경험을 동원하면 좋은 방법을 찾아낼 수 있을 거야. 새로운 학습 도구들을 활용해야겠어.'

레나는 새로운 도전에 뛰어들 준비가 되었다. 시간이 얼마나 소요되든지 상관없었다.

'어차피 시간은 남아돌잖아. 몇 주일이든 몇 달이든 필요하다면 체류 기간을 연장하면 돼. 아이 덕분에 목숨을 건졌는데 최소한 그 정도는 해야지.'

레나는 트렁크에서 수첩 한 권을 찾아냈다. 앞으로 어떻게 살아가야 할지 떠오르는 생각이 있으면 그때그때 적어두기 위해 챙겨온 수첩이었다. 아직 미래의 삶에 대해 정해진 건 아무것도 없었다. 미래에 대한 설계는커녕 오늘 하루를 버텨내기조차 버거웠다. 키르케고르의 말이 떠올랐다.

'삶을 이해하려면 과거를 되돌아봐야 하지만 삶을 살기 위해서는 미래를 바라봐야 한다는 걸 잊어서는 안 된다.'

그 일이 일어난 이후 레나는 어디를 바라보아야 할지 알 수 없었다. 나침판이 망가진 난파선에 올라 표류하는 처지가 되었다. 백지상태인 수첩은 펼쳐본 흔적조차 없었다. 레나는 이 수첩을 자신이 아끼는 펜과 함께 홀리에게 주기로 했다. 펜은 프랑수아에게 받은 선물이었다.

'펜을 홀리에게 주어도 프랑수아는 섭섭해하지 않을 거야. 아니, 오히려 칭찬할 거야. 홀리에게 진 빚을 조금이나마 갚을 수 있게 되어서 기뻐. 이 수첩과 펜으로 홀리에게 단어와 문장을 가르칠 수 있을 테니까.'

프리티가 도와준 덕분에 레나는 매일 한 시간씩 홀리에게 영어를 가르칠 수 있게 되었다. 그 대신 식당 일이 없는 시간이어야 한다는 조건이 붙었다.

레나는 바닷가 모래밭에서 홀리를 만나 알파벳을 가르쳤다. 수업을 마치면 수첩에 글자를 직접 써보게 했다. 홀리는 식당에서도 틈날 때마다 글자를 썼고, 틀리게 썼을 경우 다음날 레나가 고쳐 주었다. 홀리는 배움에 대한 호기심이 많아 매우 열심히 공부했고, 놀랄 만큼 빠른 속도로 글을 깨우쳤다.

이따금 프리티가 해변으로 두 사람을 찾아왔다. 식당에서 레나와 함께 식사하는 경우도 점점 많아졌다. 프리티는 자신을 레나에게 적응시켜가고 있는 듯했다. 처음에는 상대를 파악하는 차원에서 멀찍이 거리를 유지하며 관망하다가 차츰 긍정적인 결론을 얻게 되어 친밀하게 대하기로 작정한 듯했다.

어느 날 저녁, 레나가 호텔로 돌아가려고 자리에서 일어섰을 때 프리티가 말했다.

"부탁할 말이 있는데 제 숙소로 가서 함께 차이를 마시면서 이야기를 나눌 수 있을까요?"

말하자면 초대였고, 레나는 쾌히 받아들였다. 두 사람은 함께 스쿠터를 타고 레드 브리게이드의 본부로 사용하는 폐정비소 건물로 갔다. 단원들이 훈련을 마치고 돌아간 상태라 실내는 인기척 없이 썰렁했다. 레나는 안으로 들어가 낡은 깔개에 앉았다. 프리티가 벽에 기대어놓은 직조물로 만든 간이 의자를 가져오더니 그 위에 앉으라고 권했다. 손님에게 좌대를 내어주는 건 존중의 표현이었다. 프리티는 지난번에 맛본 적 있는 차이를 만들었다. 냄비에 차이를 넣고 끓이다가 우유와 향신료를 첨가하고 설탕을 듬뿍 넣은 다음 거름망에 걸러내는 과정이 필요했다. 뜨거운 김이 모락모락 피어오르는 차이를 잔에 따라 레나에게 권한 프리티는 조심스럽게 초대한 이유를 이야기했다. 오늘따라 프리티는 그동안 레나가 보아온 인상과 달리 잔뜩 주눅 들고 소심한 모습이었다. 대담하고 용감했던 평소 모습은 어디로 사라졌는지 보이지 않았다.

프리티가 말했다.

"이 지역 여자아이들이 대부분 그렇듯이 저도 일찍 학교를 그만두었어요. 열한 살 때였죠. 제가 조금이나마 영어를 할 수 있는 건 학교에서 배운 덕분입니다. 영어로 대화는 가능하지만 쓸 줄은 몰라요. 글자를 몰라 늘 난처했어요. 레드 브리게이드 활동을 하다 보면 서류를 작성하거나 뭔가 기록해두어야 하거나 구호를 써 붙여야 할 경우가 있거든요. 그럴 때마다 글자를 잘 아는 단원들에게 도움을 청할 수밖에 없었죠. 개중에 공부를 한 단원이 있었는데 저보다 사정이 그리 낫지는 않았어요. 글을 가르쳐줄 선생님을 만나지 못하면 앞으로도 쓰는 걸 포기할 수밖에 없어요. 글을 배우고 싶어요. 홀리에게 하듯 저에게 글을 가르쳐줄 수 있을까요? 금전적으로 보답할 방법은 없어요. 그 대신 스쿠터로 선생님의 발이 되어드릴게요."

레나는 글을 가르쳐주고 대가를 받을 생각은 없었고, 오히려 프리티가 자신을 믿어준 것에 감동해 가슴이 울컥했다.

"어린 학생들을 가르친 경험은 많은데 성인들을 가르쳐본 적은 없어요. 게다가 인도에서 얼마나 오래 머물러 있게 될지 아직 확실하지 않아요."

프리티는 물러서지 않고 일주일에 한두 시간만이라도 글을 가르쳐달라고 간청했다. 레나는 결국 받아들일 수밖에 없었고, 두 사람은 매주 월요일과 목요일 늦은 오후에 이 건물에서 만나기로 약속했다.

레드 브리게이드의 하루 훈련과 거리 순찰을 마치는 시간이 바로 그때였다.

다음 날, 레나는 곧바로 첫 번째 수업을 진행했다. 프리티의 학업 수준을 가늠해보기 위해 레나는 짧은 영어 문장을 준비해왔다. 인도 여행 안내서에서 발췌한 문장으로 인도 남부의 사원들과 수천 년 동안 이어져 온 전통에 대한 글이었다. 영어 문장을 뚫어지게 바라보는 프리티의 얼굴에 당황한 기색이 역력히 묻어났다. 프리티는 눈앞에 놓인 문장을 보고도 단 하나의 단어도 읽지 못했다. 레나는 영어 문장이 적힌 종이를 다시 접어 넣었다. 효과적인 학습 방법을 찾아내야 했다. 레나는 플래카드를 펼쳐 급한 대로 뒷면을 칠판으로 이용했다. 알파벳 글자들을 쓰고 나서 자주 사용하는 단어들도 써넣었다.

'안녕하세요', '또 만나요', '잘 자요', '고맙습니다', '미안합니다', '부탁해요', '오른쪽', '왼쪽', '좋아요', '나중에', '내일'.

수업이 끝나자 프리티는 차이를 대접할 준비를 했다. 프리티가 나름 레나에게 고마움을 표하는 방법이었다. 레나는 어느새 달고 자극적인 차이의 맛에 깊이 매료되어 있었다. 두 사람은 찻잔을 들고 문 앞에 나와 앉아 하늘을 물들이고 있는 석양을 바라보았다. 굳이 말을 하지 않아도 서로의 마음을 알 수 있었다. 말없이 차이를 마시는 가운데 레나는 뜻밖의 평화를 맛보았다. 그동안의 혼란과 고통이 저물녘 온기에 젖어 서서히 가라앉고 있었다.

홀리는 짧은 시간에 놀라운 진전을 보였다. 홀리를 가둔 침묵이 오히려 학습 능력을 향상시킨 것 같았다. 아이는 한시도 수첩을 손에서 떼어놓지 않았다. 펜과 수첩은 아이가 가장 소중하게 여기는 보물이 되었다. 그 대신 연은 뒷전으로 밀려났다. 펜과 수첩이 연날리기를 대신했으니까.

어느 날 홀리는 레나도 처음 보는 단어 하나를 젖은 모래 위에 썼다. 알파벳 여섯 개로 이루어진 단어였고, '랄리타(LALITA)'는 홀리의 원래 이름이었다. 이곳으로 떠나오기 전, 기독교로 개종하기 전 사용했던 이름. 이곳에서는 부모가 지어준 그 이름을 숨겨야만 했다. 출생, 계급, 소속 집단, 아이가 어디에서 왔고 신분이 뭔지 나타내는 이름이었기에.

아이가 손을 내밀었고, 레나가 꽉 쥐어주었다. 마침내 둘 사이에 강력한 연대 협정이 맺어진 느낌이었다. 레나는 모래 위에 적힌 홀리의 원래 이름을 바라보는 동안 가슴이 뭉클했다.

랄리타(L-A-L-I-T-A)

'랄리타와 레나, 우린 이름 끝소리가 같아.'

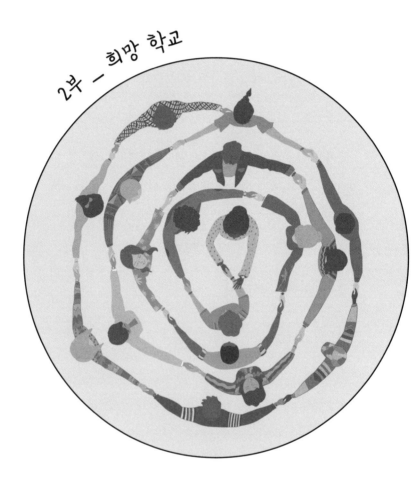

2부 ㅡ 희망 학교

8장

레나는 매일 밤 꿈을 꾸었고, 그때마다 소스라치게 놀라
며 잠에서 깨어났다. 꿈속에서 레나는 두 개의 바다, 두 세
계 사이에 있었고, 과거와 현재의 삶 사이를 떠돌았다.

현실과 꿈이 뒤엉켜있는 중간 지대에서 레나는 여전히 프
랑수아와 함께 학교에서 교사로 일하는 자신의 모습을 보았
다. 당장이라도 시간을 거슬러 그 시절로 되돌아갈 수 있을

것 같았지만 꿈을 깨면서 현실이 그 자리를 대신했다. 레나의 꿈은 언제나 해피엔딩이 없었다. 구원도 출구도 없었다.

낮에는 과거의 악령들을 멀찌감치 떼어놓을 수 있었다. 하지만 어둠이 내리면 다시 기어 나와 레나를 비극이 일어난 그날로 데려갔다. 레나는 7월의 오후에 벌어진 그 비극을 시시각각 다시 겪었다. 예리하게 날선 감각이 그날 본 장면, 냄새, 소리를 포착해 기억 속에 갈무리해 두었다가 시간적, 공간적 거리가 무색해질 만큼 소름끼치도록 세밀하게 재현했다. 밤새 악몽에 시달리다가 동틀 무렵에야 겨우 눈을 붙일 수 있었다. 랄리타와 프리티를 만나지 않았다면 레나는 다시 몸을 일으킬 힘을 내지 못했을 것이다.

바닷가 모래밭에서는 매일 영어 교실이 열렸고, 폐정비소 건물에서도 일주일에 두 번씩 수업이 이루어졌다. 교탁이나 책상도 없이 단둘이 마주 앉아 수업을 진행하다 보니 점차 마을 사람들의 눈에 띄게 되었다. 마을 사람들은 레나가 해변과 폐정비소로 향하는 모습을 자주 목격했다. 이제 레나는 마을 사람들 누구나 알고 있는 서양인이 되었다. 마을의 공인이 되다 보니 전에 없던 특전도 따라왔다. 레나가 원하면 언제나 차이를 대접받을 수 있었다. 특히 아이들이 레나에게 각별한 호기심을 보였다. 때로 무리 지어 다가온 아이들은 가장 영악한 친구를 손가락으로 쿡쿡 찔러 레나에게 말을 걸어보라고 시켰다. 레나는 아이들을 언제나 기꺼이 환영했다. 아이들과 가까워지고 싶었지만 서로 사용하는 언어가 달라 대화를 나누기 어려웠다. 아이들은 겨우 각자 이름을 우물우물 말하고 나서 레나의 이름이 뭔지 물었다. 레나가 이름을 말해주면 아이들은 뭔가에 놀란 참새 떼처럼 우르르 흩어졌다.

레나의 개인사가 궁금할 텐데 프리티는 아무것도 묻지 않았다. 혼자 수천 킬로미터나 떨어진 이국땅을 찾아온 이유가 무엇인지, 지난날 무슨 일이 있었기에 아무런 연고도 없는 이곳으로 떠나왔는지 궁금할 법도 한데 한 번도 물은 적이 없었다. 프리티의 배려가 고마웠다. 폐정비소에서 수업이 있는 날 땅거미가 질 무렵이 되면 프리티는 구석에 치워둔 간이 의자를 가져와 차이를 끓였다. 차이를 마시는 시간은 이제 막 우정을 쌓아가기 시작한 두 사람이 이심전심으로 동의한 일종의 의식이었다. 레나는 차이를 마시는 시간이 좋았다. 고통이 잠시 멎은 사이 맛보는 평화였다.

어느 날 저녁, 폐정비소 건물 벽에 걸린 인물 사진이 눈에 들어왔다. 황량한 벽면에 걸린 유일한 실내장식이었다. 사진 속 인물은 30대로 보이는 한 여성이었다. 팔짱을 낀 여성은 어딘가를 응시하고 있었다. 웃음기 가신 얼굴에 굳은 결의와 경계심이 뒤섞인 표정이었다. 프리티보다 나이가 좀 더 많아 보이는 것으로 보아 언니이거나 선배일 거라는 생각이 들었다. 레나의 얼굴에서 궁금해하는 기색을 발견한 프리티가 말했다.

"우샤 비쉬와카르마. 레드 브리게이드를 창설한 사람이죠."

우샤와의 단 한 번 만남이 프리티의 삶을 바꾸어 놓았다고 했다.

"우샤는 러크나우의 가난한 마을에서 태어나고 자랐어요."

프리티는 친근하게 우샤의 이름을 부르며 이야기를 시작했다.

처음 성폭행을 당했을 때 우샤의 나이는 열여덟 살이었다. 강간의 위협에 상시적으로 노출된 환경이었지만 경찰이나 사법 당국에서는 아무런 조치도 취하지 않고 무관심했다. 우샤는 마을 여자들의 안전을 지키기 위해 자경단을 만들기로 결심했고, 최초의 레드 브리게이드가 결성되었다. 단원 모두가 여자로 구성된 레드 브리게이드는 틈날 때마다 전통 무예를 익혔고, 밤이나 낮이나 순찰을 돌다가 여자들을 괴롭히거나 성폭행하려는 치한을 발견하면 즉시 달려들어 막아주었다. 우샤는 단원들의 의견을 들어본 결과 전통 무예가 치한의 공격을 막아내는 데 효과적이지 않다는 사실을 알게 되었다. 레드 브리게이드의 활동 목적에 적합한 동작들을 연구한 결과 우샤는 호신술을 개발해냈고 '니샤스트 라칼라(맨손 격투술)'라는 이름을 붙였다. 치한을 20초 안에 무력화시키는 20가지 동작을 토대로 만들어진 호신술이었다. 우샤는 레드 브리게이드의 창설 취지에 공감하는 남자들을 상대로 다양한 동작들을 시험해본 끝에 마침내 호신술을 완성할 수 있게 되었다.

우샤의 레드 브리게이드가 명성과 호응을 얻으면서 인근 도시들에서도 자경단 결성 움직임이 일었다. 다수의 여자들이 레드 브리게이드의 이름으로 뭉쳤고, 그 명성이 인도 전역으로 퍼져 나갔다. 우샤가 처음 레드 브리게이드를 결성해 활동을 시작할 당시만 해도 비난과 야유가 심했고, 심지어 딸도 반대했지만 마침내 노력을 인정받게 되었다. 인도의 라디오와 TV, 신문들은 레드 브리게이드를 자경단의 모범 사례로 소개했고, 우샤가 보여준 일관된 의지와 포기를 모르는 추진력을 높이 평가해주었다. '암사자', '투사'로 불리는 우샤는 단념을 거부하고 억압과 폭력에 저항해 싸우려는 여자들에게 하나의 상징적인 인물이 되었다.

지난 10년 동안 인도 전역에서 우샤를 따르는 1만5천 명의 소녀들이 레드 브리게이드에 가입했다. 우샤는 '여자들이 안전하게 밖으로 나다닐 수 있을 때까지 투쟁을 멈추지 않겠다.'고 선언하는 한편 여성의 인권 문제에 대한 청원과 항의를 이어갔고, 공공장소, 학교, 대학가에서 수시로 캠페인을 벌였다. 우샤는 레드 브리게이드 활동과 여성의 권리 증진을 위한 활동에 모든 열정을 쏟아부었다. 인도에서 우샤의 투쟁이 지속되는 이유는 여자들의 현실이 여전히 암울하다는 반증이었다.

이야기를 들려주는 동안 프리티의 눈은 우샤에 대한 존경심으로 빛났다. 프리티는 우샤가 자신의 우상이라고 당당하게 말했다. 성폭행을 당한 불행한 경험을 딛고 자경단을 결성해 불의와 맞서 싸운 우샤의 용기를 본받고 싶다고 했다. 우샤가 그랬듯이 레드 브리게이드 유니폼을 입고, 자발적으로 합류한 소녀들과 함께 자경단 활동에 나서는 일이 너무나 자랑스럽다고 했다.

프리티는 레드 브리게이드 단원들이 고통스러운 이야기를 허심탄회하게 털어놓을 수 있도록 격려해왔다. 성폭행의 악몽을 감출 게 아니라 거침없이 폭로해야 트라우마를 극복할 수 있기 때문이었다. 정작 프리티 자신은 성폭행당한 이야기를 자세히 털어놓지 않았다. 이웃에 음험한 남자가 살았고, 성폭행을 당했을 당시 나이가 열세 살이었다. 프리티는 성폭행을 당해 고통과 수치심을 견디기 힘든 상황 속에서 부모의 반응을 대하는 순간 느꼈던 공포를 지금도 잊을 수 없다고 했다. 부모는 프리티를 능욕한 남자에게 딸을 시집보내려고 했다. 프리티는 부모의 부당한 결혼 강요에 반발해 작은 보따리 하나를 달랑 챙겨 들고 한밤중에 집을 나왔고, 언니, 동생, 친구들과 그렇게 이별했다. 혼자 길을 걷는 동안 두려움과 배고픔, 극심한 추위에 시달렸고, 누군가로부터 공격을 받을 경우 무방비 상태라는 사실을 깨달았다. 집을 나온 여자아이들은 매음 조직들이 노리는 먹잇감이 되었다. 인도 전역에서 매음 조직들이 활개 치고 있었다. 수천 명의 여자아이들이 매음 조직에 납치되어 뭄바이의 카마티푸라로 끌려갔다. 세계 최대의 매춘 지대인 그곳으로 끌려간 여자아이들은 평생 매를 맞으면서 노예의 삶을 강요당했다. 그곳의 포크랜드 로드로 들어서면 열두 살가량 된 소녀들이 창살 안에 갇혀있는 모습을 어렵지 않게 볼 수 있었다. 나이가 어릴수록 더 비싸게 팔렸다. 매음굴에 팔려 간 여자아이들은 돈 한 푼 만져보지도 못하고 밤낮없이 남자들을 상대해야 했다. 위생 상태가 극도로 열악한 환경에서 수년간 매춘 행위가 이어지기 일쑤였다. 그렇게 밤낮없이 일해야만 매음굴의 포주에게 빚을 진 몸값을 갚을수 있었다. 인도 정부는 폭력을 동반한 성노예들의 참상에 대해 모르지 않았지만 눈을 감고 있었다. '남자들의 천국'으로 불리는 카마티푸라는 여자들에게는 지옥이었다. 인신매매꾼들은 빈민촌과 양탄자 공장들을 쉴 새 없이 훑고 다니면서 매음굴에 팔아넘길 여자아이들을 찾아다녔다. 그들은 여자아이들이 많은 황금어장, 고갈되지 않는 상품 공급지가 어디에 있는지 잘 알고 있었다.

프리티는 천만다행으로 피난처를 찾을 수 있게 되었다. 집을 나온 소녀들을 인신매매로부터 보호할 목적으로 숙소를 운영하는 단체였다. 프리티는 그 숙소에서 지내는 동안 우샤의 존재에 대해 알게 되었다. 어느 날 저녁 숙소에 비치된 낡고 자그마한 TV에서 레드 브리게이드에 대한 르포르타주가 방송되고 있었다. 그 방송을 시청한 바로 다음 날 프리티는 그 지역의 레드 브리게이드 리더를 찾아가 단원이 되었다. 프리티는 훈련을 받는 동안 우샤를 직접 만나볼 수 있는 기회가 있었고, 존경심과 감사의 마음을 전했다. 열심히 호신술을 익힌 프리티는 얼마 지나지 않아 자신이 무술에 뛰어난 재능이 있다는 사실을 깨달았다. 남달리 무술 수련에 정진한 결과 단기간에 유단자가 된 프리티는 레드 브리게이드를 이끄는 단장이 되었다. 무엇보다 예전의 자신처럼 위태로운 상황에 처한 여자아이들을 도울 수 있는 것에 보람을 느꼈다. 프리티에게 레드 브리게이드는 가족이나 다름없었다.

"레드 브리게이드는 단원들 모두가 하나로 연결되어 만들어진 희망의 연대입니다. 저는 레드 브리게이드 단원들을 연결한 작은 고리이자 그물코에 불과하죠. 그물코 하나는 하찮을 수 있지만 결코 없어서는 안 되잖아요. 제가 그물코 역할을 충실히 해내면 구원을 향해 나아가고자 하는 손들을 하나로 연결할 수 있어요."

매일 밤 잠들기 전 프리티는 벽에 붙여놓은 우샤의 사진을 바라본다고 했다.

"우샤의 눈을 볼 때마다 저를 응시하고 있다는 느낌이 들어요. 그럴 때마다 우샤가 저에게 용기와 의지를 전해준다고 상상하죠. 제가 나아갈 길을 가르쳐 준다고요. 그런 생각을 하면서 레드 브리게이드 활동을 열심히 해나갈 수 있는 힘을 충전해요. 저는 이제 신을 믿는 대신 우샤를 믿어요."

프리티는 어느 모로 보나 자부심이 넘쳤다. 언제나 단호하고 냉철했고, 약한 모습을 보이지 않았다. 그 정도로 강한 프리티였지만 성폭행을 당한 피해자들로부터 당시 이야기를 들을 때마다 지난날 겪었던 고통스러운 기억이 떠올라 견디기 힘들다고 털어놓았다.

"성폭행당한 이야기를 듣고 혼자 집으로 돌아올 때면 절로 눈물이 나와요. 그럴 때마다 혹시라도 사람들 눈에 띨까 봐 얼른 집 안으로 들어와 숨어 버리죠."

함께 있는 시간이 쌓이면서 레나는 프리티를 더욱 깊이 이해하게 되었다. 강인한 기질을 지닌 프리티와 차이가 서로 닮았다는 걸 알아차리기까지 그리 오랜 시간이 걸리지

않았다. 프리티를 처음 보면 차이처럼 거칠고 날카로운 인
상을 받지만 겉모습 뒤에는 뜻밖으로 섬세한 감수성을 숨기
고 있었다. 나중에야 깨달았지만 레나는 어느새 프리티의
섬세한 감수성을 좋아하고 있었다.

9장

선생과 학생이 서로 같은 언어를 사용하는 사람이 아닐 경우 어떤 방식으로 소통하는 게 가장 효과적일까? 학생의 언어를 모르는 선생이 어휘를 설명해야 할 때는 어떻게 해야 할까?

랄리타에게 영어를 가르치기 시작하면서 레나가 봉착했던 문제였다. 처음 접하는 상황이라 20년 된 영어 교사 경력이 아무런 도움이 되지 않았다. 레나는 생각 끝에 시청각 사진, 그림, 도해를 활용해 새로운 학습 프로그램을 만들었다. 밤새워 인터넷상의 교육 사이트들을 찾아다니며 효과적인 방법을 찾는 노력을 병행했다.

프리티가 들려준 우샤 이야기가 레나에게는 큰 힘이 되었다. 우샤가 레드 브리게이드 활동에 효과적인 호신술을 개발한 것처럼 레나 역시 특별한 상황에 맞는 교육 프로그램을 만들어야 했다. 상상력과 창의력을 발휘해 적합한 교수법을 개발해내는 게 필수 과제였다. 랄리타의 총명한 두뇌는 무엇보다 든든한 지원군이 되어주었다. 레나와 랄리타는 그들만의 소통방식을 만들어 나갔다. 몸짓과 눈길, 표정이 언어를 대신했다. 사실 다른 사람들은 레나와 랄리타가 서로 의사소통을 해나가는 걸 볼 때마다 의아해하지 않을 수 없었다. 언어에 의존하지 않는 둘만의 독특한 대화법이었으니까.

어느 날 제임스와 메리 부부가 해변의 영어 교실을 찾아왔다. 그들 부부는 몸짓과 눈길로 소통하는 두 사람을 염탐하듯 지켜보았지만 무슨 뜻인지 알아채지 못했다. 제임스와 메리는 수업에 참견하지도, 둘 사이에서 오가는 몸짓 대화에 끼어들지도 않았다. 그저 말 없는 관객이 되어 수업을 지켜보고 있다가 다시 식당으로 돌아갔다.

랄리타의 학습 진도는 기대 이상으로 빨랐다. 무엇보다 아이의 호기심과 배움에 대한 갈증이 빠른 성취를 이끌었다. 배움에 대한 갈증이 어찌나 뜨거운지 가끔 레나를 깜짝 놀라게 했고, 이따금 감당하기 버겁게 느껴지기도 했다. 랄리타는 요즘 레나가 사준 크레파스로 그림을 그리기 시작했다. 그동안 자신이 겪은 일들을 그림으로 대신 이야기할 수 있게 된 것이다. 랄리타는 마을을 그렸고, 왕골 바구니를 이고 가는 여자를 그렸고, 밭에서 쥐를 잡는 남자를 그렸고, 어린아이였던 자신을 그렸다. 밤에 부모 곁에서 인형을 끌어안고 잠든 모습이었다. 엄마와 함께 북부 지방을 떠나 이곳을 향해 멀고 먼 길을 여행하는 그림도 있었다. 랄리타가 그린 그림 속에는 버스 한 대가 있었고, 승객을 짐짝 포개듯 가득 태운 열차의 모습도 있었고, 어딘지 알 수 없는 도시와 거대한 사원도 있었다. 그림 내용으로 보아 랄리타가 엄마와 함께 찾아갔던 사원인 듯했다. 레나의 눈길을 유난히 강하게 잡아끄는 그림이 있었다. 랄리타가 엄마와 함께 마을로 들어서는 장면을 그린 그림으로 둘 다 머리를 삭발한 상태였다. 레나는 사원에 가서 신에게 머리카락을 봉헌하는 풍습에 대해 들었던 적이 있었다. 랄리타의 머리카락은 다시 길고 탐스럽게 자라 있었다.

랄리타가 크레파스로 그린 그림들을 통해 레나는 아이가 지나온 시간, 좌절과 이별로 점철된 삶을 접할 수 있었다. 나중에 글을 쓸 수 있게 되었을 때 랄리타는 자신의 소망을 글로 적어 레나에게 보여주었다. 랄리타는 버스 운전사가 되고 싶다고 했다. 아이는 북부 지방에서 이곳까지 온 길을 되짚어 자신이 태어난 마을, 아버지의 곁으로 돌아가고 싶다고 했다.

프리티와 수업을 시작한 지 몇 주가 지났을 때 예상하지 못했던 일이 벌어졌다. 레드 브리게이드 단원들인 두 소녀가 저녁이 되어 교실로 바뀐 폐정비소 건물로 들어섰다. 몇 번 마주친 적이 있어 레나도 익히 얼굴을 아는 소녀들이었고, 구석에서라도 수업을 듣고 싶다고 했다. 수업에 방해가 되는 소리를 내지 않도록 각별히 조심하겠다고 했다. 그저 수업을 들을 수 있게 해주면 된다고 했다. 레나는 조금 당혹스러웠지만 소녀들의 부탁을 거절할 수 없어 자리를 마련해 주었다. 칠판이 마주 보이는 자리였다.

수업을 두 번 더 하고 나자 폐정비소 바닥에 앉아 수업을 듣는 소녀들의 숫자는 이제 다섯 사람으로 늘어났다. 얼마 안 있어 소녀들 가운데 하나가 여동생을 데려왔다. 또 다른 소녀는 친구와 함께 왔다. 수업을 듣는 사람은 금세 열 명으로 불어났다. 소녀들은 레나의 일거수일투족을 주시하며 한마디도 놓치지 않고 수업 내용을 빨아들였다. 수업에 집중하는 소녀들의 모습 속에는 종교적인 엄숙함이 깃들어 있었다. 그들은 신의 말씀을 경청하듯 레나의 말에 열중했다. 호신술을 연마할 때는 그렇게도 사나워보이던 소녀들이 수업을 들을 때는 그처럼 온순해질 수 있다는 게 신기하고 흥미로웠다. 수업이 끝나면 레나에게 빵이나 차파티 같은 선물을 내미는 소녀들도 있었다. 이곳의 관광명소인 스리 미낙시 사원이나 바라하 동굴사원을 직접 안내해 주겠다고 나서는 소녀도 있었다. 심지어 레나에게 자신들이 연마하는 호신술인 '니샤스트라칼라'를 가르쳐 주겠다고 제안하는 소녀도 있었다. 레나는 웃으면서 사양했다. 여전사의 기개도 없을뿐더러 취향도 무술보다는 수영이나 요가 쪽이었으니까.

레나의 수업은 입소문을 타고 인근 지역에 널리 알려졌다. 여자아이들이 삼삼오오 레드 브리게이드 본부를 찾아왔다. 차마 용기가 나지 않아 문 안으로 들어오지 못하고 망설이는 아이들도 있었다. 아이들은 글을 가르쳐준다는 서양 여자에게 관심이 많았다. 게다가 그 서양 여자는 글을 배우길 원하면 누구에게나 기꺼이 자리를 마련해준다는 소문이 파다했다. 더구나 까다로운 가입 절차나 요구사항도 없었고, 비용도 들지 않는다고 했다.

레나는 이 마을 아이들의 열띤 반응에 새삼 깜짝 놀랐다. 높은 문맹률이 빚어낸 결과라는 생각이 들었다. 레나를 찾아온 아이들 대부분이 글을 읽고 쓸 줄 몰랐다. 레나는 랄리타를 지도하기 위해 고안한 교수법을 그 아이들에게도 똑같이 적용했다. 다만 한 가지 문제점이 고민거리를 안겼다. 대여섯 명의 아이들은 열성적으로 수업에 나왔지만 나머지 신입생들은 드문드문 나왔다. 저마다 집에서 책임지고 해야 할 일이 있기 때문이었다. 아이들은 집안일을 돕거나 어린 동생들을 돌봐야 했다. 가족의 생계가 달린 일이라 거부할 수 없었다. 하루하루 먹고사는 문제가 쉽지 않은 아이도 있었다. 레드 브리게이드 본부로 몰려오는 아이들이 많아

지면서 레나 혼자 해내기에는 일이 버거워졌다. 수업을 듣는 아이들이 매일 바뀌는 탓에 이미 설명한 내용을 되풀이해야 하는 경우도 잦았다. 악조건 속에서도 수업은 이어졌고, 느리게나마 진도를 나갔지만 점점 수업 내용이 부실해지게 되었다.

레나는 곧 인내심의 한계에 봉착했다. 어느 날 저녁 레나는 프리티에게 앞으로 이런 식으로는 수업을 계속해나갈 수 없다고 털어놓았다.

"규칙을 정해야겠어요. 수업 성취도에 따라 아이들을 그룹별로 나누어야 해요."

수업 성취도에 따라 아이들을 구분해 가르칠 필요가 있었다.

"일정하게 진도를 나가려면 결석이 잦은 아이들이 있어서는 곤란해요. 공부는 마라톤과 같아요. 갑자기 스퍼트를 해 앞으로 치고 나가기보다는 꾸준히 진도를 나가야 하죠."

레나의 고충을 이해하게 된 프리티는 다음 날 수업 성취도에 따라 아이들을 그룹별로 나누었다. 아이들을 따로 나누어 수업을 진행하게 된 레나는 결국 쉬는 날이 없게 되었다. 특별한 사정이 있어 수업에 불참하는 아이는 가급적 연습문제를 풀어오게 했고, 몇 가지 규칙을 만들어 중도에 공부를 포기하는 아이가 있더라도 계속 진도를 나갈 수 있게 했다.

프리티의 공부는 예상외로 성취가 느렸다. 프리티는 수업을 시작한 지 몇 주가 지났고, 스스로 무척이나 노력했지만 아직 간단한 문장을 독해하는 데도 어려움을 겪었다. 레나는 교사 시절 학생들을 가르치면서 학습장애가 있는 아이들을 더러 보았다. 프리티에게도 문제가 있을지도 모른다는 생각이 들었다. 프리티를 주의 깊게 관찰한 결과 난독증이 있다는 확신을 갖게 되었다. 프리티가 글을 읽고 쓰기 위해 극복해야 할 장애물이 하나 더 늘어난 셈이었다. 프리티는 문제를 담담하게 받아들이고 더 많이 노력하겠다고 다짐했고, 매일 밤 모두 돌아간 폐정비소 건물에 홀로 남아 그날 배운 단어와 문장, 관용어법을 복습했다. 그날 배운 글들이 입에서 자연스럽게 흘러나올 때까지 반복 숙달했다. 호신술 수련 시간에도 자세와 동작의 명칭을 영어로 바꾸어 수백 번 되풀이했다.

레나는 결코 꺾이지 않는 프리티의 의지와 노력에 감탄했다. 프리티는 역경에 굴복하지 않고, 거센 바람과 맞서 싸우는 갈대였다. 휘어질지언정 결코 꺾이지 않는 갈대.

10장

비자 만기일이 다가오고 있다는 사실을 모르지 않았지만 애써 무시하려고 했다. 고통스러운 수술을 앞둔 사람이 수술 날짜를 떠올리지 않으려고 애쓰는 것과 비슷한 심리였다. 처음에는 그냥 비자 연장을 신청하면 쉽게 해결될 줄 알았다. 프랑스 영사관에 사정을 설명하고 도움을 요청했지만 불가능하다는 답변이 돌아왔다. 인도 정부는 관광비자의 유효기간을 90일로 엄격히 제한하고 있고, 어떤 이유로도 연장을 허용하지 않는다는 것이었다.

랄리타와 프리티에게 이 사실을 어떻게 알려야 할지 막막했다. 랄리타는 이제 영어 문장을 어느 정도 해석했고, 간단한 작문도 가능했다. 프리티와 레드 브리게이드 단원들도 눈에 띄는 진전이 있었다. 랄리타와 비교해 받아들이는 속도가 느리긴 했지만 다들 의욕만큼은 살아있었다. 이제 겨우 배움을 간절히 바라는 문 하나가 열렸는데 레나가 프랑스로 돌아갈 경우 아이들의 실망감이 어마어마하게 클 것이다. 그런 결론이 난다면 너무나 잔인한 일이었다. 아이들은 공부할 수 있고, 지금껏 금지되어온 배움의 기회를 얻을 수 있다는 가능성을 보았다. 이제 겨우 시작인데 포기해야한다면 너무나 가혹한 일이었다. 레나는 언제까지 수업을 진행할 수 있을지 깊이 생각해본 적이 없었다. 앞날을 내다보지 못한 게 어리석었다. 꼼꼼하게 따져보지도 않고 선의에 기대 무작정 일을 시작했다가 허망한 결론을 도출한 자신이 원망스러웠다.

물론 랄리타와 프리티나 다른 아이들에게 미래에 대한 약속을 한 적은 없었다. 파도에 휩쓸려 목숨을 잃을 뻔했던 사고가 나고, 목숨을 구해준 랄리타와 만나게 되고, 프리티에게 영어를 가르치게 된 것도 전혀 예견하지 못한 일이었다. 하지만 이제 레나와 랄리타, 프리티의 마음은 긴밀하게 서로 이어져 있었다. 다양한 사건들이 그들 사이를 단단하게 연결시켜 주었다. 이 마을 주민들과도 서서히 마음이 이어지고 있었다. 고단하고 거친 일상 속에서도 그들은 이방인의 활동을 묵인해주었고, 지금은 일종의 공모자 관계로 발전해가고 있었다.

어떻게 해야 현명했을까? 호텔 방에 틀어박혀 지난날의 상처를 되뇌면서 끙끙 앓고 지내야 했을까? 차라리 얼마간 돈을 나누어 주는 편이 옳았을까? 그동안 내가 가르치기 위해 애쓴 노력만으로도 그들에게 선물이 되지 않았을까?
하지만 레나는 그런 변명으로 위안을 삼고 싶지 않았다.

레나는 프랑스로 돌아가기 두려웠다. 며칠 전부터 레나는 잠을 이룰 수 없었고, 음식을 먹으면 소화가 잘 되지 않았고, 또다시 악몽을 꾸기 시작했다. 결국 어느 정도 인정하지 않을 수 없었다. 이곳 아이들에게 글을 가르치는 일에 몰두했던 건 지난날의 고통을 잊기 위한 방편이었을 수도 있었다. 아이들에게 배움의 길을 열어 주기 위해 열악한 환경에서도 최선을 다하는 자선가인 척했지만 그 이면에는 여전히 삶에 겁먹은 여자, 불안정하고 연약한 여자가 애써 몸을 숨기고 있었다. 프랑스로 돌아간다는 건 다시 예전의 레나로 회귀한다는 의미였다. 과거의 악령들과 다시 맞서 싸워야 한다는 뜻이었다. 레나는 다시 그 시절의 악몽이 재현될 경우 감당할 자신이 없었다.

바닷가 교실에서 랄리타를 만난 레나는 이제 곧 프랑스로 떠나야 한다고 말했다. 랄리타가 무슨 말인지 알아듣지 못해 비행기를 그려 보였다. 아이의 눈빛이 금세 어두워졌다. 환하게 빛나던 촛불을 입으로 불어 꺼버린 듯 아이의 눈에서 빛이 사라졌다. 레나는 동요와 슬픔이 섞인 감정이 아이의 온몸으로 스며드는 걸 보았다. 그 감정은 바로 절망감이었다.

내가 도대체 무슨 짓을 한 것인가?

그동안 아이들을 배움의 길로 인도하는 착한 요정 행세를 해왔지만 자정을 알리는 열두 번의 종소리에 여행객 복장을 찾아 입고 부랴부랴 달아나야 하는 처지였다. 랄리타는 돌아오겠다는 약속을 믿지 않았다. 나이는 어리지만 이미 여러 번 좌절을 경험한 아이였다. 너무 많은 이별을 겪기도 했다. 아버지와 어머니를 잃었고, 자신이 태어나 자란 마을, 종교 그리고 원래의 이름을 잃었다. 랄리타는 이제 세상에 태어나 처음으로 깊은 관심을 기울여주고, 말을 잃은 천한 신분의 아이가 아니라 총명하고 활기차고 재능이 넘치는 아이로 대접해준 유일한 사람을 잃게 되었다.

그날 저녁 레나는 다바로 가서 마지막 인사를 하고 돌아서면서 가슴을 누르는 통증을 느꼈다. 랄리타의 손을 잡고 프랑스로 데려갈 수 있다면 그 어떤 대가라도 치를 수 있을 것 같았다. 물론 불가능한 일이었다. 레나는 법적으로 랄리타와 아무런 관련이 없었고, 아이를 나라와 가족으로부터 떼어낼 권리도 없었다. 그런 사실을 잘 알면서도 레나는 이따금 상상했다. 랄리타를 프랑스로 데려가 학교에 입학시키고, 원하는 꿈을 이룰 수 있도록 옆에서 도우며 무럭무럭 성장해가는 아이를 지켜보는 상상이었다.

랄리타가 언젠가는 말문을 열지 않을까? 아마도 그런 날이 오겠지?

세상은 너무나 불공평했다. 레나는 아이를 갖고 싶었지만 뜻을 이루지 못했다. 프랑수아에게 문제가 있었다. 아이를 임신하기 위해 십여 년간 인공수정을 비롯해 여러 가지 방법을 시도했지만 허사였다. 어쩔 수 없이 아이를 입양할 계획을 세우고 입양 승인 신청서를 작성해 제출했다. 하지만 아이의 양육을 위해 두 사람이 극복해야 할 난제들이 많다는 이유로 거부당했다. 두 사람의 직업이 교사라 주위에 신경 써야 하는 아이들이 많을 것이기에 입양아에게 온전히 시간을 쓸 수 있는 환경을 만들기 어려울 것이라는 게 거부의 이유였다.

레나는 아이를 키우고 싶은 마음을 접었고, 미련을 두지 않았다. 프랑수아가 늘 곁에 있어 주었고, 그와의 사랑만으로도 삶은 축복으로 채워졌다. 부모가 되고자 했던 계획은 수포로 돌아갔지만 그들은 친구였고, 손발이 척척 맞는 한 팀이었고, 서로 깊이 사랑하는 연인이었다. 그들은 좋은 교사가 되기 위해 노력했다. 현장실습, 탐방, 보충수업, 수학여행 그리고 연말에는 학생들과 연극 공연도 했다. 만약 시간을 과거로 되돌려 새로운 선택의 기회를 준다고 해도 레나는 교사가 되길 바랄 것이다. 지나온 삶에서 아무것도 바꾸고 싶지 않다고 할 것이다.

7월의 어느 날 불행한 오후만 없었다면 분명 그랬을 것이다.

프랑스로 떠나는 날, 프리티와 단원들이 공항까지 배웅해 주겠다고 나섰다. 레나는 택시를 타고 갈 생각이었지만 그들의 호의를 저버릴 수 없었다. 단원들은 레나의 여행 가방을 스쿠터 뒤에 실었다. 레나는 프리티가 운전하는 스쿠터 뒷자리에 올라탔다. 단원들도 각자의 스쿠터를 타고 공항으로 출발했다.

레나는 레드 브리게이드의 호위를 받으며 공항에 도착했고, 출국장으로 들어가는 유리문 앞에서 그들과 작별 인사를 나누었다. 프리티는 슬프다고 눈물을 보일 사람이 아니었다. 레나를 향해 불쑥 내민 손이 프리티가 건넨 인사의 전부였다. 언뜻 무심해보이는 프리티의 인사 방식을 대하며 레나는 웃음을 머금었다. 프리티가 손을 내민 동작 하나에 얼마나 큰 의미가 담겨있는지 잘 알고 있었기 때문이다.

레나는 프랑스로 돌아가는 비행기 안에서 인도에서 보낸 시간들을 머릿속으로 되돌려 보았다. 다시 아무도 없는 적막한 집으로 돌아간다고 생각하자 벌써부터 몸의 기운이 다 빠져 달아나는 듯했다. 가슴을 무겁게 짓누르는 불안감을 삭이기 위해 레나는 수면제 두 알을 삼키고, 불편한 좌석에 몸을 깊숙이 밀어 넣었다. 얼마 후, 레나는 꿈속에서 기이한 광경을 보았다. 여자아이들이 해변을 뛰어다니는 모습과 바닷물이 출렁이는 광경이었다.

11장

프랑스로 돌아온 이후 레나는 시차 때문인지 기후가 바뀐 탓인지 기분이 묘했다. 몸이 허공에서 떠다니는 느낌이었다. 세상과의 사이에 투명한 벽이 가로놓인 듯했고, 어디를 가든 누구를 만나든 어김없이 거리감이 느껴졌다. 낭트의 교외 지역은 오랜 시간 살아온 곳이라 그 어디든 익숙했지만 왠지 모르게 예전과 많이 달라진 느낌이었다. 하루하루 시간이 지날수록 낯선 느낌은 점점 더 뚜렷해졌다. 어느 날 문득 레나는 자신이 이곳 사람들과 다른 성향을 가진 이방인이 되었다는 사실을 깨달았다. 오래 살았던 곳이지만 이제는 낯선 곳이 되었고, 그저 예전 삶의 그림자를 따라 걷는 기분이었다.

물론 예전에 가깝게 지내던 사람들을 다시 만나는 건 좋았다. 과거의 동료 교사들과 친구들은 레나를 변함없는 우정으로 대했다. 식사에 초대했고, 영화관이나 음악회에 데려갔고, 소풍을 가거나 주말을 함께하길 원했다. 레나가 혼자 집에 틀어박혀 지낼까 봐 걱정하는 기색이 역력했다. 레나는 그들의 관심과 배려에 깊이 감사하는 마음이었지만 많은 시간을 함께하지는 못했다. 그들의 대화 주제는 직장, 가족, 집에 한정되어 있었기에 흥미를 느낄 수 없었다. 앞으로 이곳에서 뿌리를 내리고 살아가야 한다고 생각하면서도 마음은 자꾸만 마하발리푸람 마을의 랄리타 곁으로 날아갔다. 랄리타는 어떻게 지내는지, 공부를 지속하라는 뜻으로 주고 온 영어책들을 열심히 읽고 있는지, 제임스와 메리는 아이에게 식당 일을 시키는 틈틈이 휴식 시간을 마련해주고 있는지 궁금했다. 랄리타와 직접 소식을 주고받고 싶었지만 연락할 방법이 마땅찮아 가슴이 답답했다. 그나마 프리티는 휴대전화가 있어 자주 통화하며 소식을 나누었다. 프리티는 매주 식당에 들러 랄리타가 잘 지내고 있는지, 필요한 건 없는지 살펴보고 있다고 했다.

프랑스에서 예전처럼 살아갈 수 있을까?

불가능하다는 확신을 얻기까지 그리 오랜 시간이 걸리지 않았다. 레나는 어느 한편에 확실히 정착하지 못하고 두 세계의 가장자리에 서있었다. 프랑스에 돌아왔으니 이곳에 뿌리를 내려야 마땅했지만 어느 쪽으로도 마음을 정하지 못하고 어정쩡하게 지내다가 결국 깊은 수렁에 빠지게 되었다.

혼란한 기분으로 잠을 이루지 못하고 뒤척이던 어느 날밤, 불현듯 한 가지 생각이 떠올랐다. 그야말로 어처구니없고 미친 생각이었다.

'마하발리푸람 마을에 학교를 세우는 건 어떨까? 학교가 있어야 랄리타 같은 아이들이 지속적으로 교육을 받을 수 있어. 아이들에게 글을 가르쳐 빼앗긴 삶을 되찾아 주어야 해. 처음부터 다시 시작하는 거야. 삶을 바꾸려면 변화가

필요해.'

머릿속에서 또렷이 울려 퍼진 생각이었다. 어찌나 또렷한지 설핏 잠이 든 사이 누군가 귓속으로 말을 흘려 넣어 준느낌이었다.

레나는 유령이나 정령을 믿지 않았지만 다른 세계에서 들려온 말이 분명했다.

'혹시 프랑수아가 저세상에서 나에게 한 말이 아닐까? 랄리타의 엄마가 내게 해주고 싶었던 말이었을지도 몰라.'

랄리타는 가끔 엄마를 그림으로 그렸다.

"사촌 누이는 딸을 학교에 보내는 게 소망이었어요."

제임스가 랄리타의 엄마에 대해 해준 말이었다.

"딸에게 더 나은 미래를 마련해주기 위한 희망을 품고 북쪽 지방에서부터 나라 전체를 통과해 이 먼 곳까지 왔습니다."

'이제부터 내가 랄리타의 엄마가 꿈꾸었던 여정을 이어갈 수 있지 않을까?'

레나는 딸에게 더 나은 미래를 만들어 주고 싶어 했던 한 여인의 소망을 외면할 수 없었다. 비록 한 번도 만나본 적 없는 여인이었지만 레나는 진지하게 약속했다. 랄리타가 반드시 글을 읽고 쓸 수 있도록 해주겠다고.

　그날, 파도에 휩쓸려 목숨을 잃을 뻔했던 자신이 랄리타의 구조로 살 수 있었던 건 뭔가 보이지 않는 힘이 작용했기 때문이라는 생각이 들었다.

　하늘이 물에 빠진 나를 살린 이유는 무엇이었을까? 내가 아이들을 위한 학교를 세워야 한다는 뜻이 아니었을까?

　레나는 랄리타를 비롯한 마하발리푸람 마을 아이들에게 교육받을 수 있는 기회를 제공하고, 가난과 고통에서 건져 내야 했다. 사랑하는 사람이 목숨을 잃은 이후 우울증의 포로가 되어 살아왔지만 레나는 이제 매우 중요한 사명이 자신의 삶 앞에 놓여 있다고 생각했다. 저 먼 곳, 인도에서 한 여자아이가 어서 와주길 간절히 기다리고 있었다.

12장

　랄리타는 바닷가 모래밭으로 나왔지만 예전처럼 연을 날리지는 않았다. 그 대신 들고 온 연을 옆에 놓아두고 모래밭에 앉아 먼 바다를 응시했다. 마치 수평선 너머에서 뭔가 좋은 소식이 오길 간절히 바라는 표정이었다. 그러다가 문득 고개를 돌린 랄리타는 깜짝 놀라며 눈을 왕방울만 하게 떴다.

'혹시 꿈을 꾸고 있는 건 아니겠지?'

아무리 봐도 레나였다. 프랑스로 떠나면서 돌아오겠다고 약속했던 레나가 눈앞에 있었다. 랄리타는 몸을 일으켜 레나의 품속으로 뛰어들었다. 마치 강한 자석에 이끌리듯 힘차고 거침없는 포옹에 레나는 하마터면 뒤로 엉덩방아를 찧을 뻔했다. 랄리타는 구명대를 부둥켜안듯 두 팔로 레나를 힘껏 끌어안았다. 삶에 대한 희망과 애정, 믿음을 되찾은 순간이었다.

레나는 아이의 기쁨과 동요를 온몸으로 느꼈다. 아이를 낳은 적 없지만 품 안으로 뛰어든 작은 아이를 두 팔 벌려 감싸 안는 순간 마치 자신이 친엄마가 된 듯 벅찬 감동이 밀려왔다. 이제껏 가르친 학생들 어느 누구에게도, 심지어 유난히 애정을 느꼈던 제자에게서도 느껴본 적 없는 감정이었다. 품으로 전해오는 아이의 따스하고 보드라운 느낌은 이 소란스러운 세상과는 반대로 마음을 안정시키는 진정제, 소음을 감싸는 화음이 되어 레나의 아픔을 어루만지고 불안감을 가시게 했다.

식당 주인 부부는 레나를 경계하는 태도를 보였다. 레나가 돌아온 이유가 무엇인지, 이 마을에서 다시 무슨 일을 별일지 걱정되는 눈치였다. 주인 부부는 레나가 랄리타와 점점 더 친밀한 사이가 되어가는 걸 달갑지 않게 여겼다. 그 반면 랄리타는 레나가 식당에 오기만을 기다렸다. 아이는 레나가 어딜 가든 졸졸 따라다녔다. 마치 피노키오를 말 없이 따라다니는 귀뚜라미 지미니 크리켓 같았다. 랄리타는 간혹 주인 부부에게 허락을 구하지도 않고 레나를 따라나설 때도 있었다. 레나는 눈치채지 못했지만 식당 주인 부부는 이런 상황을 못마땅해했다.

마하발리푸람 마을에 도착한 날, 레나는 레드 브리게이드 본부로 가서 프리티와 단원들을 만났다. 모두들 레나를 다시 만나 몹시 기뻐했다. 레나는 늘 그랬듯이 프리티와 차이를 마시며 앞으로 어떻게 할지 계획을 털어놓았다. 프리티는 지금껏 한 번도 본 적 없을 만큼 들뜬 모습이었다. 레나는 아직 여독이 풀리지 않은 데다 시차 적응이 되지 않아 몹시 피곤한 상태였지만 초자연적이라고 할 수 있을 만큼 활기가 넘쳤다.

"이 마을에 학교를 세워 아이들이 공부할 수 있는 기반을 마련해주고 싶어요. 임시로 이 건물을 빌려 학교로 사용할게요. 매일 아침에 수업을 시작해 점심 무렵에 마칠 생각이에요. 레드 브리게이드는 나머지 시간을 사용하면 되니까 문제없을 거예요. 수업을 하려면 건물을 어느 정도 수리할 필요가 있어요. 벽에 페인트를 새로 칠하고, 마당을 비워 운동장으로 사용하려고요. 폐차에서 떨어져 나온 부품이나 고철은 치워버리고, 폐타이어는 놀이기구로 활용해볼 생각이에요."

레나는 모든 걸 계획해두었다. 폐차에서 떨어져 나온 고철에 포위된 상태로 자라는 벵골보리수나무를 어떻게 활용할지에 대해서도 이미 구상해두었다. 나무를 가로막고 있는 고철을 치우면 아이들이 여름철에 뙤약볕을 피할 수 있는 그늘이 마련될 것이다.

"갑자기 학교를 세우겠다고 생각한 건 아니에요. 충분히 따져보고 나서 할 수 있다는 결론을 얻었어요. 부지런해야 하고, 용기가 필요한 일이죠. 마을 주민들에게 동의를 구하고 협조를 받아내는 게 무엇보다 중요해요."

학교를 세우려는 계획을 추진해 나가려면 무엇보다 프리티의 적극적인 도움이 필요했다. 프리티는 영어를 배우고 싶다고 레나를 찾아왔을 만큼 교육을 받고자 했다. 레나는 프리티와 함께 작은 불을 지펴왔다.

"작은 불꽃을 활활 타오르는 불길로 바꾸는 게 우리가 해야 할 일이에요."

프리티는 말없이 레나의 말을 듣고 있었다. 학교를 세우겠다는 레나의 계획은 가슴을 설레게 할 만큼 솔깃했지만 앞을 가로막는 장벽들을 돌파하려면 많은 어려움이 따를 거라는 생각이 들었다. 게다가 레나는 충분히 생각해보고 결정한 일이라고 말했지만 과연 믿을 수 있을지 의문이었다. 정말 이 어려운 일에 모든 걸 바칠 준비와 각오가 되어 있는지 확신하기 힘들었다.

"마하발리푸람 마을에서 줄곧 살기를 바라는 사람은 없어요." 프리티는 그렇게 중얼거리며 한숨을 내쉬었다. "이 마을 사람들의 하루하루 삶이 얼마나 고단하고 절망적인지 잘 알잖아요."

프리티는 지금껏 레나가 인도에 와서 지내게 된 이유를 들어본 적이 없었지만 오늘만큼은 반드시 묻고 싶었다. 프랑스 여자가 안락하고 평화로운 삶을 포기하고 굳이 인도의 가난한 마을에 와서 자리를 잡으려는 이유가 궁금했다.

아직은 그 문제가 두 사람 사이의 접근금지 구역으로 남아있었다. 프리티의 입장에서 보자면 레나의 선택은 납득하기 힘든 수수께끼일 수 있었다. 다만 레나는 아직 삶이 송두리째 흔들렸던 지난 7월 어느 오후의 비극에 대해 이야기하고 싶지 않았다. 지금 이 순간 살아가야 할 이유, 살아남아야 할 이유는 오로지 학교 설립이었고, 그 계획에 모든 열정을 쏟아붓고 싶었다.

얼마간 침묵이 흐른 뒤 프리티가 다시 입을 열었다.

"우리 본부 건물을 교실로 활용하는 건 문제없어요. 다만 학교를 세울 자금은 어떻게 마련하죠? 학교 운영비와 교사 급여는 어떻게 충당하려고요? 학습 교재, 학교에 비치할 물품, 책과 공책을 구입하는 비용도 제법 많이 들어갈 텐데요."

이 마을 주민들에게는 단 한 푼의 지원도 기대할 수 없는 입장이었다. 평소 먹을거리를 구입하는 것조차 힘겨워하는 사람들이었다. 공립학교라면 당연히 보조금을 받겠지만 달리트 출신 아이들에 대한 교육은 당국의 관심 밖이라 관청으로부터 일절 지원을 기대할 수 없었다. 이 나라에서는 뭐든 공식 허가를 받아내려면 인내심이 필요했다. 부패한 관료들이 맡고 있는 행정절차를 무사히 통과하려면 지난한 대기 과정을 거쳐야 했다. 이 지역 의원으로부터 서류에 필요한 서명을 받아내려면 앞으로 어떻게 일을 처리해나갈 것인지 취지와 계획을 설명하는 것으로는 부족해 얼마간 뇌물을 주어야 했다. 아무런 인맥도 없는 인도에서 관료들에게 뇌물도 주지 않고 학교 설립을 추진하려면 족히 몇 년은 걸릴 수도 있었다.

학교 설립과 운영에 필요한 자금 마련이 가장 시급히 해결해야 할 과제였다. 프랑스에 있을 때부터 어떤 방법으로 자금을 모을지 여러모로 궁리했다. 지난날 교사로 재직한 몇몇 학교에 모금을 부탁했고, 동료 교사, 친구, 지인들에게 지원을 요청했다. 자매결연과 후원자 제도를 적극적으로 활용할 생각이었다. 인도와 프랑스의 비영리 민간단체로부터 얼마간 지원받을 수 있는 방법도 있었다.

프랑수아와 함께 오랫동안 저축해 모은 돈도 있었다. 모르비앙만 해변 마을에 별장을 마련할 계획으로 모은 돈이었다. 두 사람은 모르비앙만 바다와 주위 풍광을 좋아했다. 여름휴가 때마다 바위 해안으로 밀려드는 파도 소리를 들으며 피서를 즐길 생각이었다. 프랑수아는 요트를 한 척 갖고 싶어 했다. 요트에 앉아 시원한 바람에 머리카락을 내맡기고 여유 있는 시간을 즐기는 게 프랑수아가 꿈꾸던 행복이었다. 마침내 두 사람은 바닷가에 위치한 집을 찾아냈고, 빠른 시일 내에 수리해 살아보고 싶었다.

프랑수아를 잃는 비극적인 사건이 발생한 후 레나는 그 집을 수리하려던 계획을 포기했다. 바닷가 집은 두 사람이 함께 있을 때만이 필요한 공간이었다.

프랑수아도 없는데 바닷가 집이 무슨 소용인가?

레나는 프랑수아의 부재를 확인시켜주는 브르타뉴의 바닷가 집을 포기하기로 결정했다. 그 대신 멀리 유배를 떠나듯 인도로 향했다. 인도는 두 사람이 한 번도 밟아본 적 없는 땅이었고, 프랑수아와의 추억이 깃들지 않은 곳이었다. 레나는 머나먼 나라에서 프랑수아를 잃고 쓰러져가는 자신을 일으켜 세우기로 결심했다. 친구나 동료 교사들은 레나의 결정을 이해하지 못했다. 그들은 단지 레나가 도피하려 한다고 생각했다. 그들이 어떻게 생각하든 레나는 굳이 납득시키려고 애쓰지 않았다. 프랑수아를 잃은 슬픔은 온전히 혼자 감당해야 할 몫이었고, 누군가가 도와준다고 극복할 수 있는 게 아니었다. 누구에게나 혼자 삭이고 참아내야 할 고통이 있는 법이니까.

프랑수아와 바닷가 집을 구입하려고 모아둔 돈을 학교 설립 비용에 보태기로 했다. 프랑수아를 기리기 위해서도 좋은 선택이라는 생각이 들었다. 프랑수아가 살아있다면 학교 설립 계획에 적극 찬성하고 발 벗고 도우려 했을 테니까. 두 사람은 처음 만난 대학 시절부터 교사라는 직업에 대해 소명 의식을 느꼈고, 학생들을 가르치는 것에 대해 신념이 있었다.

프랑수아와 함께 보낸 시간들은 볼리우드 영화에 나오는 연인들 이야기와는 거리가 멀었다. 두 사람의 연애 이야기에는 복잡하게 얽힌 사연이나 예기치 못한 장애물이 없었다. 거창한 사랑 고백도 없었다. 그저 육체와 정신의 동반자로서 서로에 대한 무한한 애정이 있었을 따름이다. 두 사람은 수만 가지의 자잘한 일들을 함께했다. 행복은 일상의 어려움에 직면할 경우 꺾이기보다 오히려 강화된다. 두 사람은 평생 지속될 사랑을 하고 있다고 믿었는데 의외로 너무 일찍 끝났다. 지나치게 짧은 사랑이었다.

레나는 아직 프랑수아와의 사랑 이야기가 끝나지 않았다고 믿고 싶었다. 프랑수아가 생전에 보인 모습들이 미래에 설립될 학교에 깃들어 뜻이 이어지도록 하고 싶었다. 비록 다른 세상에 있다고 하더라도 프랑수아를 학교 설립에 참여시켜 미래에 문을 열게 될 학교의 일부가 되도록 하고 싶었다.

프리티는 학교 설립에 대한 레나의 제안이 일시적인 환상이나 치기 어린 선택에서 나온 계획이 아니라는 사실을 알게 되었다. 부질없는 꿈으로 치부하기에는 학교 설립을 추진하려는 레나의 생각과 의지가 너무나 간절했다. 현실적으로 실현 가능성이 희박한 계획이었지만 레나를 돕고 싶었다. 프리티는 레드 브리게이드 단원들을 소집해 소매를 걷어붙이고 레나의 학교 설립 계획을 돕고 싶다고 털어놓았다. 프리티는 우선 자신이 할 수 있는 일부터 시작해볼 생각이었다.

13장

그날 오전, 폭염 예보가 있는 날이었지만 레드 브리게 이드 단원들 모두가 본부 건물 앞에 모여 있었다. 마을의 남자들도 일을 돕기 위해 왔다. 주로 브리게이드 단원들 의 오빠와 남동생, 사촌, 친구들이었다. 마당에 나뒹구는 고철들을 치우고, 건물 내부를 정비하기 위해서였다. 남 자들에 대한 본능적인 경계심은 잠시 접어두어야 했다. 프리티는 사람들을 몇 개의 그룹으로 나눠 일을 분담시킨 다음 뛰어난 통솔력을 발휘해 작업을 지휘했다. 힘이 좋은 남자들은 폐차에서 떨어져 나간 고철들을 들어 옮기는 일에 투입되었다. 다른 사람들은 자동차 부품이나 잔해들을 치우고 건물 외벽에 페인트칠을 했다. 랄리타를 비롯한 어린 일꾼들에게는 벽에 만다라*를 그려 넣는 일이 주어졌다.

새벽에 시작된 작업은 더위가 절정에 달하는 한낮에 잠시 휴식을 취하기 위해 중단되었다가 해가 질 무렵까지 이어졌다. 다들 폐정비소 건물이 더는 황폐한 곳이 아니라 배움의 공간으로 새롭게 탄생할 수 있을지 회의적인 생각을 품고 있었지만 프리티가 발산하는 활기와 열정에 감화되어 무더운 날씨에도 아랑곳하지 않고 열심히 일했다. 프리티는 호신술도 탁월했지만 작업 반장 역할에도 뛰어난 역량을 보여주었다. 단원들은 급조된 작업 부대의 식사를 마련하기 위해 큰 솥에 쌀과 렌틸콩을 넣고 밥을 지었고, 몇몇은 차파티를 구웠다.

작업을 시작한 지 이틀째 되는 날 레드 브리게이드 단원

*Mandala, 자아를 회복하고 몸과 정신을 조화롭게 해준다는 치유와 행운의 의미를 갖는다

하나가 일을 하다가 깜짝 놀라 비명을 질렀다. 고철 더미 아래에 코브라 한 마리가 도사리고 있었다. 모두 깜짝 놀라 자리를 피했다. 이 마을 사람들은 다들 코브라를 두려워했다. 학명이 '나자'인 인도코브라는 이 세상에서 가장 강력한 독을 지니고 있었다. 코브라에게 물리면 불과 몇 분 만에 몸이 마비되고, 항독소 혈청 주사를 제때 구하지 못할 경우 질식사할 수밖에 없었다. 인도에는 수십 종에 이르는 독사들이 있었지만 코브라가 가장 위험했다.

대담한 성격의 프리티조차 겁에 질려 몸을 떨었다. 일을 도우러 온 남자들은 코브라를 방치해둔 상태로는 작업을 계속할 수 없다고 했다. '안경코브라'라는 별명을 가진 이 인도코브라는 먼저 공격하지는 않았지만 누군가 도발할 경우 눈 깜짝할 사이에 반격을 가하기 때문에 매우 위험했다. 누군가 실수로 코브라를 밟았다가는 앞으로 다시는 발로 땅을 디딜 생각을 접어야 했다.

모두들 코브라를 피해 달아나 버리는 상황이었다. 아직 공터에 있는 고철들과 부품들은 치우다가 만 상태였다.
프리티가 한숨을 쉬고 나서 말했다.

"방법은 한 가지밖에 없어요. 코브라를 잘 다루는 사람을 불러야 해요."

이 지역은 각종 뱀이 서식하는 곳이었다. 특히 남서 계절풍이 불어와 우기가 시작되면 뱀들이 빗물에 잠긴 둥지를 벗어나 여기저기서 나타나는 바람에 사람들을 공포에 질리게 했다.

다음날 뱀을 잘 다루는 땅꾼이 폐정비소로 불려왔다. 인근 마을 사람으로 겉모습만 봐서는 나이를 가늠하기 힘들었다. 마치 수백 년이나 살아온 사람처럼 피부가 바싹 마른 양피지 같았다. 코브라를 잡는데 필요한 삽을 든 땅꾼은 이 지역 남자들이 흔히 신고 다니는 허술한 슬리퍼를 끌며 마당 한가운데로 걸어왔다. 레나는 땅꾼의 행색을 보는 순간 과연 코브라를 잡을 수 있을지 걱정이 앞섰다. 땅꾼은 사페라[*] 출신으로 열 살 때부터 뱀을 잡는 일을 직업적으로 해왔다고 했다. 사페라들은 대를 이어 뱀 다루는 법을 전수한다. 아이가 세 살이 되면 맨손으로 코브라를 꼼짝 못 하게 호리는 방법을 가르친다. 코브라 앞에서 주먹 쥔 손을 천천히 흔들어 혼을 빼놓는 방법이었다. 다른 사람들 눈에는 재

[*]카스트 아래 위치한 불가촉민의 하나로 뱀을 사냥하거나 부리는 일을 하는 사람들

미있어 보일지 몰라도 생사가 걸린 문제였다. 인도의 농부들은 밭에 독사가 득실거려도 일손을 놓을 수 없는 처지였고, 항독혈청과 해독약을 구하기 쉽지 않았다.

땅꾼이 벵골보리수나무에서 몇 걸음 떨어진 곳에서 구멍 하나를 찾아내더니 뱀 삽으로 조심스럽게 파기 시작했다. 마침내 뱀들의 둥지가 모습을 드러냈다. 둥지에서 큰 코브라 한 마리가 똬리를 틀고 잠들어 있었다.

"이제부터 진짜 조심해야 합니다."

땅꾼이 손을 들어 멀찍이 물러서라고 손짓했다. 코브라를 보자마자 기절초풍할 듯 놀란 레나는 벌써 멀찍이 달아나 있었다. 땅꾼은 막대기 끝을 들이밀어 코브라를 둥지 밖으로 유인했다. 코브라가 위협적인 휘파람 소리를 냈다. 땅꾼이 맨손을 뻗어 순식간에 코브라의 꼬리를 움켜쥐더니 머리가 바닥을 향하도록 거꾸로 치켜들었다. 땅꾼의 재빠른 동작에 힘이 느껴졌다.

"이렇게 꼬리를 붙잡고 있으면 놈이 힘을 못 쓰죠. 머리를 세우지도, 독을 내뿜지도 못해요."

땅꾼은 얼빠진 얼굴로 보고 있는 레나와 프리티에게 그렇게 말한 다음 코브라를 바구니에 담아 넣고 뚜껑을 닫았다.

"이 녀석이 바로 킹코브라입니다."

땅꾼의 말에서 자부심이 묻어났다.

"정말 위험한 놈이죠. 이놈에게 물리면 코끼리도 나가떨어지거든요."

땅꾼은 아무 일도 없었다는 듯 평온한 얼굴로 다시 마당을 어슬렁거리기 시작했다. 언뜻 보기에는 여기저기 기웃거리는 것처럼 보였지만 뱀이 어디에 있는지 꼼꼼하게 살피고 있었다. 얼마 지나지 않아 남자의 손에 두 번째 코브라가 들려있었다. 앞서 잡은 코브라 못지않게 큰 편이었다.

"마당에 코브라들이 득시글거려요. 다 잡으려면 꼬박 한나절은 걸리겠어요."

땅꾼은 처음 약속과 달리 코브라 한 마리당 100루피를 쳐달라고 했다. 레나와 프리티는 당황한 눈길을 주고받았다. 프리티는 남자와 협상을 시도했다. 두 사람이 주고받는 말이 타밀어였기에 레나는 한마디도 알아들을 수 없었다. 프리티가 틈틈이 말을 통역해주긴 했다. 땅꾼이 더 많은 보수를 요구하는 이유는 작업 자체도 위험할뿐더러 다른 한가지 위험을 더 감수해야 하기 때문이라고 했다. 땅꾼이 뱀을 잡고 있다는 사실을 당국에 고발할 경우 구속을 면할 수 없었다. 뱀을 잡는 건 오래전부터 법으로 금지되어 있었다.

땅꾼들 가운데 더러 코브라를 학대하는 사람들이 있기 때문이었다. 위험 요소를 제거한다면서 코브라의 입을 아예 꿰매거나 가죽으로 팔기 위해 산 채로 껍질을 벗기기도 했다. 코브라를 잡다가 적발될 경우 뱀 학대로 간주해 징역형과 무거운 벌금을 물어야 했다.

"내가 잡혀가면 우리 가족은 먹고 살길이 막연해요. 사페라들은 밭을 소유할 수 없는 데다 뱀을 잡는 것 말고는 그 어떤 일도 배울 기회가 없어요. 뱀을 잡지 못하면 살아갈 방법이 없다는 뜻입니다."

땅꾼은 원하는 보수를 받지 못할 경우 일을 계속할 수 없을뿐더러 방금 잡은 코브라 두 마리를 다시 마당에 풀어놓겠다고 했다. 땅꾼의 마지막 말은 협상을 유리한 방향으로 이끌어가는 데 매우 효과적이었다.

프리티는 단단히 화가 나서 어쩔 줄 몰라 했다. 땅꾼들은 대개 풍기*를 불어 코브라를 호리는데 이 남자도 그럴듯한 구실을 내세워 협상을 원하는 대로 이끄는 솜씨가 있었다. 프리티가 생각하기에 지금 눈앞에 있는 땅꾼은 사람들이 뱀을 잡아주길 바랄 때마다 매번 이런 방식으로 웃돈을 챙기

*뱀 부릴 때 쓰는 일종의 목관악기로 조롱박에 리드가 달린 2개의 대를 끼워 넣은 형태이다

는 게 틀림없었다. 사람들은 코브라를 눈앞에서 보면 겁에 질려 남자가 원하는 대로 보수를 지불할 수밖에 없을 테니까.

프리티는 결국 항복했다. 코브라에 대한 두려움이 어찌나 큰지 재협상할 의지를 잃었다. 땅꾼은 해가 지고 어둠이 밀려올 무렵 일을 마치고 레드 브리게이드 본부를 떠났다. 마당은 비로소 코브라 점령군들로부터 해방되었고, 레나의 지갑에서는 몇 천 루피가 사라졌다.

14장

레나는 학교 설립에 필요한 온갖 행정 절차를 처리해야 할 임무를 부여받았다. 학생들에게 학비를 받지 않고 학교를 운영하려면 우선 비영리 사단법인을 만들어 재정지원을 받아야 한다. 학교 설립 목적에 동의하는 사람 20명을 모아 이사회를 구성한 다음 사업계획서, 법인재산 내역서, 수입지출 예산서 등의 서류를 제출하고 설립 허가를 받아낸 다음 지원금을 신청하는 절차가 필요했다. 한편 당국으로부터 학교 설립 인가를 받아내기 위해서는 주정부의 관련 법률과 규칙을 퍼즐 맞추기처럼 하나하나 충족시켜야 했다. 그야말로 지난한 절차와 과정이 필요한 일이었고, 산 넘어 산이었다.

레나는 자주 출구 없는 미로를 헤매는 느낌이었다. 처리해야 할 서류가 산더미처럼 쌓인 책상 앞에서 전혀 급할 게 없다는 듯 태평한 얼굴로 느릿느릿 움직이는 공무원들을 쳐다보며 몇 시간을 기다려야 할 때도 있었다. 공무원들은 레나가 한참 동안 기다린 끝에 내민 서류를 힐끔 쳐다보고 나서 서명 하나가 빠졌다거나 한 가지 서류를 더 첨부해야 한다고 태평한 얼굴로 지적했다. 서류를 들고 마을 행정 사무소에 갔더니 일을 처리하려면 첸나이 시청으로 가라는 안내를 받기도 했다. 첸나이 시청에 갔더니 어이없게도 마을 행정 사무소로 다시 돌아가라고 했다. 서류를 제출하고 난 뒤 승인 업무를 맡은 공무원이 아파서 결근했다는 이유로 몇날 며칠을 기약 없이 기다려야 하는 경우도 있었다. 심지어 사무용 컴퓨터가 망가져 수리를 마칠 때까지 업무를 중단한다는 안내를 받기도 했다. 하필이면 필요한 서류를 완벽하게 갖춰 찾아간 날 컴퓨터가 고장 나는 바람에 아무것도 처리하지 못하고 다시 돌아와야 했다. 레나는 교사 시절 가르치던 학생들이 너도나도 몰두하던 '탈출 게임'에서처럼 어느 방에 혼자 갇힌 느낌이었다. 다른 점이 있다면 아이들과 달리 레나는 게임에 대해 전혀 흥미를 느끼지 못한다는 것이었다.

출구가 보이지 않는 미궁을 탈출하려면 숨겨진 문을 열 마법의 지팡이가 필요한 법이었다. 레나는 어떻게 해야 그나마 일을 쉽게 처리할 수 있는지 모르지 않았다. 하지만 그런 편법을 동원해 일을 처리하고 싶지 않았다.

'원칙을 지켜가며 일할 필요가 있어.'

어느 지방의회 의원이 관사 별채를 지어야 하는데 공사비를 부담해주면 원하는 허가를 내주겠다고 했을 때 소리 없이 중얼거린 말이었다. 물론 그런 식의 '자유 통행증'을 활용할 경우 복잡한 과정을 몇 단계 단축할 수 있겠지만 레나는 학교 설립을 향해 나아가야 하는 배의 조타수로서 그 어떤 풍랑이 밀어닥쳐도 키를 단단히 잡고 버티기로 했다. 매사 올곧고 신념이 강해서가 아니었다. 도덕적 이상에 집착해서도 아니었다. 살아오는 동안 많은 걸 포기했듯이 고집을 꺾을 수도 있었지만 만약 편법에 맛을 들였다가는 단단히 코가 꿸 위험이 있었다. 맹렬하게 돌아가는 톱니바퀴에 스스로 손가락을 집어넣고 싶지 않았다. 공무원들 중에는 자리를 이용해 이권을 챙기려는 자들이 수두룩했다. 가급적 적당한 거리를 두고 유혹에 넘어가지 않는 게 최선이었다.

학교를 설립하려면 반드시 해결해야 할 과제가 한 가지 있었다. 성별에 관계없이 레나를 도와 학생들을 가르칠 교사가 한 사람 더 필요했다. 레나가 학교 운영을 도맡아 해야 하는 상황이라 혼자 수업을 진행하는 건 무리였다. 게다가 레나는 이 마을에 정착할 생각이 없었다. 그저 이 마을에 씨앗 하나를 심어 주고 때가 되면 떠날 생각이었다. 씨앗이 싹을 틔우고 무럭무럭 자라 언젠가는 열매를 맺을 테니까. 영어 과목은 레나 자신이 맡고, 체육 수업은 프리티가 책임질 수 있었다. 다른 과목들, 예를 들어 타밀어, 수학, 과학, 역사, 지리, 말하자면 주요 교과목을 담당할 교사가 필요했다.

교사를 구해야 하는 과제는 예상대로 해결이 쉽지 않았다. 이 나라에도 능력 있는 교사는 많았지만 다른 문제가 있었다.

프리티가 단호하게 말했다.

"이 나라 교사들 중에서 달리트 아이들을 가르치겠다고 나서줄 사람이 있을까요? 달리트 출신 중에서 교사를 구해야 하는데 마하발리푸람 마을에서는 찾아봐야 헛수고일 거예요. 이 마을 달리트들은 대부분 문맹인데다 교사는커녕 대부분 어부나 생선 장수를 하며 살아가죠."

도시에 사는 달리트들은 더러 교육받을 기회를 제공받고 대학에 진학하기도 했다. 대학 입시 때 입학 정원 가운데 일정 비율을 하층민 출신 학생에게 할당하는 '특별 할당제'라는 제도 덕분이었다. 레나는 활동 반경을 넓혀 인근 지역을 돌며 교사 지원자들을 만나 이력과 경력을 확인하고 지원동기와 적성을 살폈다.

이 지역 사람들이 주로 사용하는 언어를 몰라 여러모로 불편했다. 영어를 사용하는 사람들이 더러 있었고, 필요한 경우 프리티가 통역해 주었지만 그 정도로는 이곳 주민들이나 아이들과의 의사소통이 원활하지 않았다. 레나는 타밀어를 공부하기로 결심하고 온라인 속성 강좌를 찾아 등록했다. 아뿔싸! 제법 언어 감각이 있는 편이라 잘 해낼 수 있을 거라 자신했는데 착각이었다. 귀는 낯선 언어의 발음에 점차 익숙해졌지만 아부기다 문자 체계는 상상하지 못했던 난제들이 존재했다. 여기 사람들처럼 혀를 입천장을 향해 말아 올리면서 닿지 않은 상태로 성대를 울리고 혀를 아래로 내리는 발음 방식을 익히느라 몇 날 밤을 꼬박 새우다시피 했다. 레나가 '권설 접근음'을 발음할 때마다 프리티와 단원들은 웃음을 참지 못하면서 발음법을 다시 가르쳐주었다. 지난한 과정을 거친 끝에 비로소 레나는 프리티와 차이 잔을 앞에 두고 앉아 타밀어로 대화를 나눌 수 있게 되었다.

프랑스에서 온 여자가 마하발리푸람 마을에 학교를 세우려고 한다는 소문이 인근 마을에까지 자자하게 퍼져나갔다. 얼마 후 인근 마을의 돈 많은 사업가가 한번 만나보고 싶다는 연락을 해왔다. 레나는 학교 설립 계획서를 꼼꼼하게 작성한 다음 사업가를 찾아갔다. 히비스커스, 포인세티아, 협죽도가 흐드러진 정원이 아름다운 저택을 에워싸고 있었다. 레나는 사업가와 이야기를 나누는 동안 상층 카스트 출신인 상대가 인도의 전자 상거래 업종에 뛰어들어 엄청난 부를 축적하고 있다는 사실을 알게 되었다. 인도 사회의 불가사의한 현상 가운데 하나였다. 수백만 명의 사람들이 식수를 구하지 못하는 형편인데도 인터넷과 4G 통신망을 이용했다. 언젠가 장을 보러 간 레나는 남루한 차림의 가난한 촌부가 주머니에서 최신형 휴대전화를 꺼내 드는 모습을 보고 깜짝 놀란 적이 있었다. 인도는 인구가 많았고, 자국 기업들이나 외국 자본들이 황금 시장을 놓칠 리 없었다.

사업가는 레나를 상대로 자신이 하는 사업이 수익성이 대단히 좋을뿐더러 장차 얼마나 큰 규모로 확장될 수 있는지에 대해 일장 연설을 늘어놓았다. 레나는 마침내 돈 많은 사업가를 만나 재정 지원을 받을 수 있게 되었다는 생각에 신이 났다.

'프리티가 지나치게 비관적인 생각을 갖고 있는지도 몰라. 동포애와 박애 정신을 바탕으로 하는 연대 의식이 있다면 카스트 제도의 계급과 사회적 격차를 뛰어넘을 수 있지 않을까?'

유력한 사업가의 재정 지원을 받을 수 있다면 학교 설립에 큰 도움이 될 수 있었다. 라퐁텐 우화 속에서 우유를 팔러 가는 여인*처럼 레나는 머릿속으로 교실을 하나 더 열고, 교사도 한 사람 더 채용할 계획을 세우느라 분주했다.

---

*젖소를 키우는 여자 페레트가 우유를 담은 단지를 머리에 이고 읍내 장에 팔러 가면서 우유를 팔아 달걀을 사고, 달걀을 부화시켜 병아리를 얻고, 그 닭을 팔아 돼지를 사고, 돼지를 팔아 송아지를 사는 식으로 부자가 되어 젖소들 사이에서 뛰어노는 즐거운 상상에 몰두하다가 자신도 모르게 펄쩍 뛰는 바람에 단지가 바닥에 떨어져 모든 꿈이 물거품이 된다는 이야기. 《라퐁텐 우화》 속 〈여인과 우유 단지〉라는 제목으로 번역되어 있다

걸어서 통학하기에는 거리가 멀고 교통수단도 마땅찮은 학생들을 위해 소규모 기숙사를 만들 수도 있지 않을까?

안타깝게도 레나가 머리에 이고 있던 우유 단지는 사업가와의 면담이 끝나기도 전에 와장창 깨져버렸다. 사업가가 만나자고 한 이유는 학교 설립을 지원하기 위해서가 아니라 레나가 자기 아이들의 가정교사가 되어 주길 바라서였다.

사업가는 한심하다는 듯이 말했다.

"불가촉민 아이들을 가르쳐서 무얼 하게요? 어차피 교육을 받아봐야 아무런 소용없는데……."

그 대신 가정교사가 되어준다면 저택에 따로 숙소를 마련해주고, 기사 딸린 차를 제공해주고, 고액의 급여를 지급해주겠다고 했다.

레나는 아무런 대답도 하지 않고 저택을 나왔다. 남자의 태도로 보아 불가촉민 아이들을 얼마나 무시하고 경멸하는지 충분히 알 수 있었기에 굳이 말을 덧붙이거나 반박할 필요조차 없었다. 다만 레나는 그 자리에서 상층 카스트와 불가촉민 사이를 가르는 깊은 심연을 분명하게 들여다보았을 뿐이었다. 아가리를 크게 벌린 어둡고 깊은 심연이 남녀노소를 가리지 않고 수많은 불가촉민들을 절망의 세계로 인도

하고 있었다. 이 나라의 상층부 계급들은 어느 누구도 깊은
심연을 메워 없앨 의지가 없어 보였다.

15장

레나는 매일 아침 그랬듯이 랄리타를 만나러 해변으로 나
갔지만 아이가 보이지 않았다. 언제나 먼저 나온 랄리타가
모래밭에 앉아 수첩에 글자를 쓰며 기다렸는데 오늘은 이
상했다. 레나는 랄리타를 찾으려고 주위를 둘러보았다. 언
제나 타이즈에 헐렁한 원피스 차림인 랄리타는 보이지 않고
모래밭에서 그물을 손질하는 어부들의 모습이 눈에 들어왔

다. 물수리 몇 마리가 허공에서 맴을 돌고 있었다. 아낙들이 장으로 팔러 가다가 바구니에서 가끔 떨어뜨리는 생선을 탐내는 새들이었다. 레나는 바닷가를 이리저리 헤매고 다녔지만 끝내 랄리타를 찾지 못했다.

랄리타가 일하는 식당으로 갔더니 문이 굳게 닫혀 있었다. 전에 없던 일이어서 불안감이 고개를 들었다. 식당 출입문을 두드려 보았지만 대답이 없었다. 포기하지 않고 끈질기게 문을 두드리자 마침내 평소처럼 앞치마를 두른 메리가 얼굴을 내밀었다. 레나는 아직 서툰 타밀어로 랄리타를 만나고 싶다고 했다가 곧장 이름을 홀리로 고쳐 다시 말했다. 식당 주인 부부는 아이 이름을 랄리타가 아니라 홀리로 불렀다. 메리가 눈 한번 깜짝하지 않고 단호하게 고개를 내젓고 나서 문을 닫아 버렸다.

몹시 당황한 레나는 고기잡이를 나간 제임스가 돌아오기를 기다리는 수밖에 없었다. 생선을 담은 고리 바구니를 들고 돌아온 제임스는 식당 문 앞에 죽치고 있는 레나를 발견하고는 표정이 굳었다. 제임스가 마치 새를 쫓아 버리듯이 큰 동작으로 레나에게 그만 가보라는 몸짓을 하더니 알아듣기 힘든 말을 거칠게 쏟아붓기 시작했다. 레나는 무슨 말인지 자세히 알아듣지는 못했지만 대략 의미를 이해했다. 앞으로 다시는 홀리를 밖으로 내보내지 않을 것이고, 레나에게 다시는 식당에 오지 말라는 뜻이었다.

머리를 세게 얻어맞은 기분이었다. 레나는 휴대전화로 프리티에게 도움을 청했다. 프리티가 스쿠터를 타고 곧장 달려와 중재에 나섰지만 제임스는 점점 더 심하게 화를 낼 뿐 들을 생각을 하지 않았다.

"홀리가 글을 배우겠다고 한 이후 식당 일은 뒷전이 되었어요. 홀리는 허구한 날 책만 붙잡고 살아요. 식당 일은 나 몰라라 하고 계속 바깥에서 나돌다가 밤이 되어야 돌아와요. 아이가 어디에서 무얼 하다가 돌아오는지 아무도 몰라요."

제임스는 홀리가 예전과 많이 달라졌고, 꾸중을 하면 대든다고 했다.

"이제 더는 글을 배운다는 구실로 밖으로 나돌게 할 수는 없어요!"

레나는 어떻게 대처해야 좋을지 갈피를 잡을 수 없었다. 제임스의 말을 정면으로 반박하는 건 현명한 방법이 아니었다. 제임스는 법적으로 홀리의 친권자였기에 인내심을 갖고 다독거릴 필요가 있었다.

"홀리는 공부에 남다른 재능이 있어요. 지적 능력이 뛰어난 아이죠."

현재 학교 설립을 추진하고 있고, 홀리는 돈 한 푼 내지 않고 다닐 수 있으니 걱정 말라고 하며 제임스를 다독였다. 제임스는 고개를 절레절레 저으며 홀리가 학교에 발을 들여놓지 못하게 하겠다고 힘주어 말했다. 공부를 해봐야 얻을 게 없다고 했다. 게다가 아이가 학교에 가게 되면 식당 일을 도울 사람을 써야 하는데 그럴 형편이 못 된다고도 했다.

"오전에 수업을 시작하니까 점심 시간 이전에 끝나요. 저녁 시간과 주말에는 식당 일을 도울 수 있어요."

레나는 끈질기게 설득해보려고 했지만 제임스는 요지부동이었다.

"여자아이는 공부해봐야 아무런 소용이 없어요."

제임스는 그 말을 몇 번이나 반복했다. 제임스와 이야기를 더 나누어봐야 의미가 없을 듯했기에 이번에는 메리를 설득해보려고 나섰다. 같은 여자니까 제임스와 다른 시각으로 바라볼 수도 있을 거라 기대했는데 오산이었다. 메리 역시 제임스와 다름없이 아이에게 공부를 시켜봐야 아무짝에도 쓸모없을 거라 말하고는 주방 안으로 사라져 버렸다. 메리는 남편과 다른 생각을 가져본 적이 없었다. 항상 남편에게 복종했고, 감히 맞서거나 거부할 용기를 내지 못했다. 오랜 세월 동일한 폭력과 불공정이 세대를 이어가며 반복되어도 부당하다는 항변 한마디 하지 못하고 체념하다시피 살아온 여자였다.

레나는 답답한 가슴을 안고 레드 브리게이드 본부로 돌아왔다. 학교 설립을 위해 과감하게 뛰어들기는 했지만 이제 보니 가장 기본적인 문제를 도외시하고 있었다. 아직 아이를 학교에 보내는 문제에 대해 부모들의 의사를 확인하지 못했다. 제임스와 비슷한 생각을 가진 학부모들이 대부분이라면 심각한 낭패가 아닐 수 없었다. 다들 제임스 같은 고집불통은 아니더라도 아동 노동이 가족의 생계가 걸린 중대 문제라는 현실을 부정할 수는 없었다. 이 마을 학부모들은 대부분 아이들에게 일을 시켜 얻는 수입을 쉽게 포기할 수 있는 처지가 아니었다.

프리티가 의기소침해진 레나에게 예전에 타밀나두 주지

사였던 카마라지*에 대한 이야기를 들려주었다. 카마라지는 주지사로 재직할 당시 하층민의 교육에 힘을 쏟았다. 카마라지가 내세운 공약 가운데 하나가 모든 학생들에게 '무상급식'을 실시하겠다는 것이었다.

"무상급식은 카마라지의 신조이자 핵심 구호였어요. 결국 무상급식 공약으로 학부모들을 설득하고 표를 얻을 수 있었죠. 카마라지의 무상급식 공약을 참고할 필요가 있어요. 이 마을 아이들은 여전히 글을 배우지 못하고 있고 대부분 굶주림에 시달리고 있으니까."

레나는 무상급식이 문제의 해결책이 될 수 있다고 생각했다. 학교에 온 아이들의 한 끼 식사를 해결해주는 조건으로 충분하지 않다면 추가로 쌀을 보내주는 방법을 고려해볼 수도 있었다. 아이를 학교에 보내느라 가족들이 떠안게 될 손실을 쌀로 보충해 주겠다고 하면 부모들의 생각을 바꿀 수도 있을 것이라 판단했다. 레나는 필요하다면 무슨 방법이든 동원할 각오가 되어 있었다. 낯 두꺼운 흥정이나 뻔뻔한 뒷거래가 필요하다면 몸을 사리지 않고 뛰어들 결심이었다.

*K. Kamaraj(1903-1975), 비루두나가르 출신 정치인으로 마드라스(현 타밀나두) 주의회 의원과 주지사(1954-1963), 인도 의회 의원을 지냈다

배우길 원하는 학생들을 학교에 나올 수 있게 할 방법이 있다면 무엇이든 적극적으로 고려할 결심이었다. 학생들을 보내주는 조건으로 쌀이 필요하다면 기꺼이 보내줄 수 있었다.

'때로는 목적이 수단을 정당화할 수 있어.'

레나는 마음속으로 중얼거렸다.

다음날 레나는 다시 제임스를 찾아갔다. 제임스는 이미 거부 의사를 분명히 밝혔는데 레나가 문 앞에 다시 나타나 또 다른 제안을 하자 몹시 화가 난다는 듯이 거친 말을 퍼부었다.

"우리에게 필요한 건 쌀이 아니라 일손입니다. 돈을 주지 않고도 일을 시킬 수 있는 일꾼을 데려다 놓으면 모르겠지만 쌀을 받고 아이를 학교에 보낼 수는 없어요."

"아이를 학교에 보내는 건 의무입니다. 게다가 아동 노동은 법으로 금지되어 있어요."

레나도 물러서지 않고 맞섰다.

제임스가 자리에서 벌떡 일어서며 레나를 노려보았다.

"당신이 무슨 자격으로 나를 이래라저래라 가르치려고 드는 거요? 이 동네 사람들 모두가 당신이 하는 일을 못마땅하게 여기고 있지만 꾹 참고 있다는 걸 알아야 해요. 나는 바다에서 두 아들을 잃고도 매일 아침 고기를 잡으려고 바

169

다로 나가고 있어요. 아무리 위험해도 고기를 잡아야 가족들이 먹고 살 수 있으니까요. 홀리에게 식당 일을 시키는 대신 먹이고 입히고 재우고 있어요. 그깟 법이 밥 먹여 주는 건 아니잖아요."

제임스는 말을 마치기 무섭게 레나를 문밖으로 밀어내며 한마디 덧붙였다.

"괜한 고집 부리지 말고 당신네 나라로 돌아가세요."

프리티를 만난 레나는 무너지듯 주저앉았다. 제임스를 설득하기는커녕 막다른 길에 봉착했다. 랄리타가 없는 학교를 생각해본 적이 없었다. 랄리타는 학교 설립을 추진하게 된 이유였다. 레나는 용기를 잃고 무력해진 자신이 원망스러웠다. 마라톤 결승선을 몇 미터 앞두고 주저앉은 느낌이었다. 프리티는 좌절감에 사로잡힌 레나를 보며 한 가지 좋은 방법을 생각해냈다. 레드 브리게이드 단원들 가운데 체격이 당당하고 힘이 좋은 소녀들을 보내 식당을 봉쇄하고 시위에 나설 작정이었다.

"단원들을 시켜 식당을 봉쇄하면 그리 오래 버티지 못할 거예요. 만약 그 방법으로도 설득되지 않을 경우 제가 직접 식당 주인을 만나 결판을 내볼게요."

프리티는 식당 주인을 상대하는 것에 대해 겁내지 않았고, 그동안 얼마나 용감하게 싸워왔는지 증거를 보여주겠다며 옷을 걷어붙였다. 프리티의 몸에 선연히 남은 상흔들이 눈에 들어왔다. 프리티는 레드 브리게이드의 임무를 수행하는 과정에서 얻은 영광의 상처라고 했다.

"왼쪽 어깨의 칼자국은 성폭행 현장에서 범인을 제압하다가 칼에 찔린 상처죠. 넓적다리의 멍 자국은 경찰이 여성을 폭행하기에 달려들어 막아 주다가 경찰봉에 맞아 생겼어요."

오른팔에는 이빨 자국도 있었다.

"여자아이 강간범을 제압하는 과정에서 놈이 앞니 두 개를 팔에 박아 넣었죠."

레나가 말했다.

"식당을 봉쇄하면 제임스가 장사를 못 해 압박감을 느끼겠지만 좋은 방법은 아니라고 생각해요. 게다가 제임스를 두들겨 팰 경우 오히려 상황을 악화시킬 수도 있어요."

장사를 하지 못하면 제임스 부부와 랄리타는 당장 먹을거리가 없어 길거리로 나앉게 될 수도 있었다.

레나는 무력 사용에는 반대했다. 프리티가 맡고 있는 자경단의 임무를 수행하려면 위급한 상황에서 무력을 사용하는 게 당연하겠지만 이 경우에는 달랐다. 폭력은 늘 문제를 양산하기 마련이니까.

"아무리 학교 설립이라는 목표를 위해서라지만 폭력 사용을 정당화할 수는 없어요."

레나는 가까운 경찰서를 찾아가 민원을 넣어보기로 했다. 경찰이 민원을 받아들일지 알 수 없었지만 달리 좋은 방법이 없었다. 경찰서 건물은 어찌나 낡았는지 금방이라도 무너질 것 같았다. 경찰서 안으로 들어서자 접수처 출입구가 보였고, 먼저 온 민원인들이 끼리끼리 모여 웅성거리고 있었다. 배가 툭 튀어나온 경관이 멍한 눈으로 문 안쪽 접수처에 앉아있었다. 경관 주위로 거리에서 구걸해 먹고 사는 노숙자 몇 사람이 몸을 맞대다시피 바닥에 쪼그려 앉아있었다. 절도 혐의로 붙잡혀왔다고 했다. 그 옆에서 두 남자가 서로 고함을 지르며 싸웠다. 한 남자가 입구에 처박혀 있는 릭샤를 가리켜 보이며 한탄을 쏟아냈다. 바로 그 릭샤 운전사였다. 험상궂은 노인과 네덜란드인 여행자 두 사람도 눈에 들어왔다. 네덜란드인들은 여권을 도둑맞았다고 하소연했다. 집시 여자 하나가 히즈라[*] 일행을 향해 욕설을 퍼부었다. 히즈라 무리가 자신을 저주했다는 게 이유

[*] 남성도 여성도 아닌 제3의 성 정체성을 가진 집단

였다. 레나는 그들과 섞여 몇 시간 동안 참을성 있게 기다린 끝에 마침내 민원 접수 데스크 앞에 섰다. 작은 책상 위에는 이미 서류가 산더미처럼 쌓여있었다. 경관은 심드렁한 표정으로 입 안에 든 뭔가를 우적거리면서 서류를 뒤적이다가 발밑에 놓인 바구니를 수시로 집어 들어 침을 뱉었다. 침 색깔이 붉은 것으로 보아 베텔*을 씹고 있는 듯했다. 레나는 속이 메슥거렸지만 진정서를 본 경관이 뭔가 반응을 보이길 기다렸다. 경관은 진정서를 손가락으로 두들겨 보다가 스탬프를 찍더니 서랍 안에 던져 넣었다. 그 서류가 다시 서랍 밖으로 나오는 일은 없으리라는 걸 알 수 있었다.

다음 날, 레나는 보수 공사가 한창인 레드 브리게이드 본부로 갔다. 제임스가 단단히 화난 얼굴로 공사 현장에 버티고 서서 프리티와 다투고 있었다. 제임스는 욕설을 쏟아내며 주먹을 흔들어 보였다. 프리티는 조금도 주눅 들지 않고 거칠게 맞섰다. 레드 브리게이드 단원들이 모두 하던 일을 멈추고 프리티의 주변을 에워쌌다. 레나는 무슨 일인지 물으며 두 사람 사이에 끼어들었다.

*구장(베텔) 잎사귀에 빈랑 열매와 생석회, 향료를 둥글게 싸서 씹는 기호품

레나를 발견한 제임스가 소리쳤다.

"밤새 식당을 공격해 창유리를 모두 깨놓았어요."

제임스는 단정적으로 프리티가 한 짓이라고 몰아붙였다. 그 일이 벌어진 직후 이웃 사람들이 길거리에 붉고 검은 그림자들이 몰려다니는 모습을 봤다고 했기 때문이었다. 프리티는 부인하지 않는 대신 펄쩍 뛰며 제임스에게 어린아이를 착취한다느니 형편없는 기회주의자라느니 비열하기 그지없다느니 하는 악담을 퍼부었다.

레나는 자신이 프리티를 만류했음에도 식당을 찾아가 기어이 일을 저질렀다는 걸 알아차렸다. 레나는 프리티에게 자신이 해결해볼 테니까 잠시 멀리 떨어져 있으라고 말하고는 등 떠밀어 보냈다. 레나는 제임스에게 깨진 유리창은 반드시 변상하겠다고 말한 다음 건물 안으로 들어가 차분하게 이야기해 보자고 제안했다.

"문제를 해결하기 위해 한 가지 제안할게요. 홀리 대신 식당에서 일할 사람을 구할 돈을 제공한다면 어떤 선택을 할 거예요? 홀리가 학교에 나와 공부하는 걸 허락해주실 수 있어요?"

제임스는 돈을 주겠다는 말에 귀가 번쩍 뜨인 듯 눈에 띄게 누그러진 태도를 보였다. 심지어 학교 설립에 매우 협조적이었다. 레나는 내심 상대의 속이 뻔히 들여다보여 불쾌했지만 누군가 홀리 대신 일자리를 얻을 수 있으니 좋은 일을 한 거라 생각하며 마음을 달랬다. 이곳에 와서 지내는 동안 레나는 선입견과 양심의 거리낌을 잠시 옆으로 치워놓을 수 있게 되었다.

레나가 내놓기로 한 '보조금' 액수를 놓고 제임스와 한참을 밀고 당긴 끝에 마침내 협상이 타결되었다. 본부를 떠나는 제임스의 얼굴에 숨길 수 없는 만족감이 드리워져 있었다. 레나는 멀어져가는 제임스의 뒷모습을 우두커니 지켜보았다. 치열한 협상을 벌이느라 진이 빠졌지만 마침내 승리를 거둔 기쁨을 만끽했다. 돈이 아무리 중요해도 랄리타의 미래보다 더 가치 있는 건 없었다.

그날 저녁 레나와 프리티는 찻잔을 사이에 두고 이야기를 주고받는 대신 불꽃 튀는 설전을 벌였다. 레나는 자기에게 귀띔도 하지 않고 무력 행동에 나선 프리티에게 몹시 화를 냈다. 프리티는 제임스의 비위를 맞추는 데 급급한 레나의 우유부단한 태도에 대해 불만을 토로했다.

"돈으로 문제를 해결하려고 들면 한도 끝도 없어요. 그

작자가 뭔가 요구할 때마다 죄다 돈으로 해결할 수는 없잖아요."

프리티는 식당 주인이 뱀보다 더 음흉한 위선자라며 신뢰하지 않는다고 했다.

"식당 주인과 코브라 가운데 한쪽을 선택해야 한다면 차라리 코브라를 택하겠어요. 코브라를 상대할 때는 적어도 어느 방향에서 위험한 공격을 해올지 예측할 수 있으니까요."

프리티는 성격이 불같았다. 프리티의 내면을 달구는 분노는 레드 브리게이드의 투쟁을 승리로 이끄는 에너지였지만 자기 자신의 내면을 걷잡을 수 없이 흔들기도 했다.

레나는 진심으로 충고했다.

"당신의 마음을 이해하지만 충동적으로 대응하면 좋은 결과를 기대하기 어려워요. 앞으로는 한밤중에 식당에 쳐들어가 창유리를 깨지 말아요. 우리는 그 어떤 상황에서도 서로 믿고 힘을 모아야 해요. 우리가 일을 풀어가는 방식이 다르다면 서로 맞추려고 노력해야죠. 행동에 나서기 전에 한 번 더 생각해봐야 해요. 우리가 목표로 하는 학교 설립과 우리의 우정을 지키기 위해 반드시 그래야만 해요."

프리티는 여전히 불만이 가시지 않는 듯 투덜대면서도 충동적으로 행동한 것에 대해 사과했다.

두 사람은 화해의 의미로 함께 차이를 마셨다. 레나는 뜨거운 차이 석 잔을 마시자 마음이 차분하게 가라앉았다. 혼자 있게 되었을 때 레나는 깊은 생각에 잠겼다.

'과연 내 결정이 옳았을까?'

프리티 앞에서는 차마 내색하지 못했지만 레나는 사실 자신이 선택한 방식에 대해 확신이 없었다. 돈이 가난에 찌든 식당 주인의 마음을 움직이는 미끼로 사용되었다. 한 아이의 미래를 뇌물로 바꿀 수 없다는 걸 모르지 않았다. 프리티가 야멸치게 쏘아붙인 말이 귓전을 맴돌았다.

"학교에 보내는 걸 반대하는 아이 부모들을 모두 돈으로 설득하게요? 선생님이 그 정도로 부자는 아니잖아요."

프리티의 말이 결코 틀리지는 않았지만 당장 좋은 해결책이 떠오르지 않았다. 그저 앞길을 가로막는 장애물을 어떤 방법을 쓰든 뛰어넘을 수밖에 없었다.

다음날 레나는 식당에 가서 랄리타를 만났다. 식당 구석자리에 앉아 있는 아이는 인형을 옆에 두고 수첩에 글자를 쓰고 있었다. 레나를 발견한 아이는 벌떡 일어나 품속으로 뛰어들었다. 그 순간 레나는 시야를 뿌옇게 가리고 있던 안개가 말끔히 사라지는 기분이었다. 레나는 마침내 확신했다. 이 아이는 몇 달만 있으면 학교에서 공부를 할 수 있게 될 것이다. 공부를 하게 되면 아이는 자신을 옭아매고 있는 사슬을 스스로 풀 수 있는 힘을 갖게 될 것이다. 그렇게만 된다면 아이 엄마가 간절히 소망했던 꿈이 마침내 이루어지는 셈이었다,

16장

어느 날 아침 한 남자가 레드 브리게이드 본부를 찾아왔다. 문 앞에 버티고 선 젊은 남자는 섬세한 이목구비와 상대방을 꿰뚫어 보는 것 같은 눈빛, 검은색 고수머리 소유자였다. 교사를 구한다는 소식을 듣고 왔다고 했다. 레나는 지금껏 겪어온 여러 가지 난제들을 고려할 때 교사를 하겠다고 자발적으로 나서는 사람이 있으리라고는 미처 예상하지 못했다. 건물 보수 공사를 하고 있는 중이라 내부가 어수선했지만 레나는 남자를 안으로 들어오게 했다. 남자에게 벽에 새로 바른 석회에 옷이 닿지 않도록 조심하라고 일러 주었다.

뱅골보리수나무가 있는 앞마당에서는 레드 브리게이드 단원들이 호신술 수련에 열중하고 있었다. 마당에 흩어져 있던 폐차 부품들과 고철들, 잡동사니들을 말끔히 치운 덕분에 이제는 아이들이 뛰어놀 운동장으로 사용하기에 손색이 없었다. 레드 브리게이드 단원들은 프리티의 지도를 받아 가며 방금 배운 '니샤스트라칼라'의 동작을 반복 숙달하고 있었다.

레나는 의자를 가져와 남자에게 앉으라고 권하고 나서 맞은편에 앉았다. 남자의 나이는 스물 두셋쯤 되어 보였다. 인근 지역 출신으로 첸나이 대학을 졸업했고, 이름은 쿠마르였다. 타밀어로 '쿠마르'는 '왕자'라는 뜻이었지만 이름처럼 고귀한 신분은 아니라고 했다. 쿠마르는 달리트 계급의 아버지와 브라만 계급 어머니 사이에서 태어났다. 계급이 전혀 다른 남녀의 결합이었다. 이 나라에서는 결코 흔하지 않은 일이었다. 서로 다른 계급 간의 결합을 금기시해온 나라이니까. 금기를 어길 경우 죽임을 당하는 일도 비일비재했다. 이 나라의 상층 카스트 가족들은 명예살인을 헤아릴 수 없을 만큼 많이 자행했다. 명예롭지 않은 혼인을 허용하느니 차라리 딸을 죽이는 편을 선택했다. 이곳 사람들은 뉴스에 대대적으로 보도되어 세상을 떠들썩하게 했던 어느 대학생 커플의 비극을 선명하게 기억하고 있었다. 대학생 커플은 사랑을 지키기 위해 도망쳤지만 오토바이를 타고 추격해온 자객 다섯 명에게 붙잡혔다. 남학생은 자객이 휘두른 칼에 목숨을 잃었고, 여학생은 칼에 찔려 중상을 입었지만 겨우 목숨을 건졌다. 경찰 수사 결과 자객들을 보낸 사람은 여학생의 아버지였다. 학생의 아버지는 1심에서 유죄 선고를 받았지만 최종심에서 무죄로 방면되었다. 여학생은 현재 경찰의 신변 보호를 받고 있는 중이었다.

이 나라에서는 그런 끔찍한 비극이 종종 발생했다. 쿠마르의 부모는 금기를 어겼지만 다행히 목숨을 위협받지는 않았다. 어머니는 가족들과 주변 사람들에게 배척당하는 처지가 되었고, 브라만 사회에서 추방되었다. 그 이후 30년 가까이 가족들과 연락을 끊고 살아왔다. 이 나라에서 카스트 제도의 금기를 어길 경우 누구든 무사할 수 없었고, 마음대로 벗어날 수도 없었다.

쿠마르는 이제 자신이 태어난 곳으로 돌아오고 싶다고 했다. 어려운 중에도 자신이 교육받고 성장할 수 있었던 기회를 이곳 아이들에게도 제공해주고 싶다고 말해 레나를 감동시켰다. 쿠마르는 교사에게 필요한 자질과 역량을 모두 갖춘 사람이었다. 공감 능력이 뛰어나고, 두뇌가 명석하고, 인도 억양이 섞이지 않은 영어를 사용했다. 불가촉민의 처지를 잘 이해하는 한편 학생들에게 지식 전수를 하고 싶다는 의지가 충만한 사람이었다. 쿠마르의 이력은 나무랄 데 없었다. 학창 시절 내내 성실했고, 초등학교부터 대학교까지 언제나 우수한 성적으로 졸업했다. 겉으로 보기에는 전혀 그늘진 구석이 없는 사람이었다. 나중에 들은 얘기지만 쿠마르는 초중고는 물론 대학교 시절까지 집단 따돌림과 학대당한 경험이 있었다. 힌두교도는 아버지의 계급을 물려받는 걸 원칙으로 하기에 쿠마르는 불행하게도 달리트 계급으로 살아야 했다. 어머니가 브라만이라고 할지라도 인도 사회가 정한 규칙을 따를 수밖에 없었다. 결국 쿠마르는 브라만과 달리트, 그 어느 쪽에도 속하지 못하는 사람이 되었다. 이 나라에서 태어나 살고 있었지만 가끔 자신이 이방인이 된 느낌이 든다고 했다. 서로 다른 계급인 부모의 결합으로 생긴 '잡종'이라는 삶의 조건은 쿠마르가 평생 짊어져야 할 짐이었다.

운동장에서 호신술을 지도하고 있는 프리티가 열린 창문을 통해 레나와 쿠마르를 힐끔거렸다. 프리티의 얼굴에 호기심이 가득했다. 프리티는 단원들의 호신술 동작을 건성으로 지켜보면서 레나를 찾아온 낯선 남자에게 온통 관심을 쏟았다.

'무슨 일로 찾아온 남자인데 레나와 오랫동안 이야기를 나누고 있는 것일까?'

프리티는 궁금증을 견딜 수 없어 두파타를 가지러 왔다는 핑계를 대고 건물 안으로 들어갔다. 레나는 마치 방문객이 있는지 몰랐다는 듯 시치미를 떼는 프리티에게 쿠마르를 소개했다. 마침 쿠마르는 돌아가려고 몸을 일으킨 상태였다. 경계심 많은 프리티는 언제나 그랬듯이 머리끝에서 발끝까지 쿠마르를 살펴보았다. 이곳에서는 남녀 간 신체 접촉이 허용되지 않았기에 악수를 청할 수는 없었다. 그 대신 프리티의 눈길이 윤곽이 섬세한 쿠마르의 얼굴에 한참 동안 머물렀다. 쿠마르의 얼굴 피부는 이 마을 사람들처럼 짙은 갈색이 아니었다. 밝은 빛의 피부에 서로 다른 계급의 피가 혼합된 흔적이 고스란히 내비쳤다. 이곳에서 피부색은 사회계급을 나타내는 표식이었다. 볼리우드 영화에 출연하는 배우들 중에는 서구인처럼 하얀 피부를 지닌 사람들도 더러 있었다. 그 반면 달리트들의 피부색은 어두운 갈색이었다.

프리티와 쿠마르는 변변한 인사말을 주고받지도 않은 채 서로 마주 보며 말없이 서있었다. 두 사람 다 먼저 말을 건넬 엄두를 내지 못했다. 결국 쿠마르는 레나에게 감사 인사를 건네고 나서 몸을 돌려 본부 건물을 떠났다.

그날 저녁, 레나는 프리티와 마주 앉아 차이를 마시면서 기쁨을 감추지 못했다.
"쿠마르는 교사로서 흠잡을 데 없는 이력을 갖추었어요. 아마 쿠마르보다 조건이 잘 맞는 교사를 구하기 힘들 거예요."
레나는 고작 한 시간 정도 이야기를 나누어봤을 뿐이지만 쿠마르가 좋은 교사가 될 자질이 충분하다는 걸 알 수 있었다.
"교사를 오래 하다 보니 나름 동업자를 알아보는 시각이 생겼어요. 다른 길이 막혔거나 안정적인 직업이 좋아 교사가 된 사람과 학생들을 가르치는 일에 열정이 있어 교사가 된 사람은 엄연히 달라요. 쿠마르는 아이들을 잘 가르치려는 열정이 있어 보여요."

프리티의 표정을 보니 레나의 말에 기꺼이 동의하거나 함께 기뻐할 마음이 없어 보였다. 프리티가 시큰둥하게 말했다.

"교사로서 능력이나 자질은 있을지 모르지만 저는 그런 유형의 배신자들을 잘 알아요. 그 남자는 더 좋은 기회가 생기면 망설이지 않고 떠날 거예요. 브라만은 거만하고, 야심만만하고, 선민의식에 절어 이익이 되는 일에만 매달리죠. 그 남자는 이 학교를 경력에 이용할 속셈으로 찾아온 거예요. 석회로 틈을 메우듯 새 학교에서 쌓은 교사 경력이 무경험자라는 단점을 메워 그럴싸한 이력을 만들어 줄 테니까요. 새 학교에서의 교사 경력을 트램펄린 삼아 개인적인 이익을 추구하려는 거예요. 경력을 쌓아야 더 번듯하고 보수가 좋은 자리에 지원해볼 수 있을 테니까요."

프리티는 고개를 절레절레 저으며 쿠마르가 털어놓은 이야기들, 가령 부모의 계급이 서로 다른 것에 대한 내력, 새 학교 교사로 지원한 동기를 믿을 수 없다고 했다.

"왠지 꾸민 냄새가 나요. 그림이 너무 아름다우면 실물과 다르다는 의심이 들기 마련이잖아요."

레나는 프리티가 편견을 갖고 있다고 생각했다. 눈에 색 안경을 끼고 보면 뭐든 제대로 보일 리 없으니까.

"쿠마르의 어머니가 브라만 출신이라 불신하는 건 어쩌면 당연해요. 하지만 쿠마르는 카스트 제도의 특권을 누리지 못했고, 그다지 유복한 환경에서 자라지도 못했어요. 부모의 계급이 서로 다른 건 결코 유리한 조건이 아니었죠. 브라만과 달리트 그 어느 쪽에도 속할 수 없었으니까. 쿠마르도 수많은 달리트들처럼 자라는 동안 차별과 배척을 당했고, 폭력의 대상이 되었어요. 쿠마르는 자신의 삶을 고통스럽게 만든 폭력에 맞서 싸우고자 해요. 쿠마르의 무기는 몸이 아니라 정신이죠."

레나는 이중으로 차별당한 쿠마르의 입장을 옹호하면서 교사가 되어 달리트 아이들을 가르치고자 하는 그의 뜻을 가로막아서는 안 된다고 강조했다.

"우리가 아이들을 가르치고 싶어 하는 쿠마르의 소망을 무슨 권리로 막을 수 있죠? 카스트 제도나 피부색이 그런 권리를 행사할 근거가 될 수 있을까요? 프리티, 당신은 계급에 따라 차별을 당연시하는 이 사회의 부조리와 맞서 싸워 왔어요. 그런 사람들과 똑같은 잣대로 쿠마르를 재단하는 건 옳지 않아요."

구인 공고를 내면서 걱정했다시피 쿠마르를 제외하고는 교사 지원자가 아예 없었다. 그나마 이 나라의 교사들보다는 외국의 자선단체들이 레나의 호소에 관심을 보였다. 레나는 여전히 인도 사회가 달리트들에 대해 극심한 차별을 가하고 있다는 걸 실감했다. 이 나라에서는 당연하다는 듯 달리트 아이들을 멸시했다. 사정이 그러하다 보니 달리트 아이들을 가르칠 교사는 달리트 출신 중에서 찾을 수밖에 없었다.

"이 나라에서 계급에 따른 차별을 없애려면 우선 달리트 안에서 변화를 불러일으켜야 해요."

레나는 작은 혁명을 일으키는 불쏘시개가 되고 싶었다. 시계공들이 작은 톱니바퀴들이 서로 유기적으로 맞물려 돌아갈 수 있도록 긴 시간 공들여 조립한 끝에 하나의 시계를 만들어내듯이 학교를 잘 이끌어가 이 사회를 바꾸는 물꼬를 트고 싶다고 했다.

"쿠마르는 학교를 이루는 하나의 톱니바퀴일 뿐이에요. 학교를 완성하려면 그 사람이 필요해요."

프리티는 여전히 대답을 망설였지만 레나는 동의한다는 뜻으로 받아들였다는 듯이 고개를 끄덕였다.

'내가 옳았다는 걸 미래가 알려줄 거야.'

레나는 자신이 옳다고 생각하는 걸 포기할 수는 없었다. 달리트를 위한 학교를 설립하는 이 전례 없는 모험을 지속해 나가려면 직감이야말로 유일하게 의지할 수 있는 나침판이었다.

'가능하다는 신념을 갖고 계속 앞으로 나아가는 거야.'

17장

마침내 학교 건물 공사가 완성되었다. 운동장 한쪽 구석에 폐정비소 부속 건물이 한 채 있었다. 원래는 낡은 연장과 석유통이 쌓여 있는 창고로 오래도록 사용하지 않아 주위에 온통 덤불이 우거진 상태였다. 레나는 건물을 수리해 자신이 사용할 숙소를 마련했다. 호텔이나 가구 딸린 임대 건물을 전전하는 생활에서 벗어나 자신의 꿈을 실현할 학교가 있는 마을 한복판에서 살고 싶었다. 침대와 책상, 옷가지를 넣어둘 궤짝 하나가 들어갈 공간만 있으면 충분했다. 이곳 사람들은 누구나 옷가지를 궤짝에 넣어 관리했다. 프리티가 머물 방도 마련했다. 지금껏 폐정비소 건물에서 지낸 프리티는 새로운 방을 갖게 되어 마음이 설렌다고 했다.

"어릴 때는 비좁은 오두막집 단칸방에서 부모와 형제자매가 함께 지내야 했어요."

오두막집을 나와 옮겨간 합숙소에서는 여자 서른 명이 침실을 함께 썼다. 별채의 방은 프리티가 스물두 살에 처음 마련한 자기만의 공간이었다. 프리티는 방이 생기니까 마음이 편안해지고 자랑스러운 기분이 든다고 했다. 폐정비소 건물에 걸어두었던 우샤의 사진도 새 방으로 옮겨 걸었다. 그 액자가 프리티의 전 재산이었다. 프리티의 소지품이라고 해봐야 천 가방 하나에 다 들어갔기에 이사하는 게 식은 죽 먹기보다도 쉬웠다.

레나는 새롭게 마련한 방에 책, 라디오, 노트북을 옮겨다 놓았다. 레드 브리게이드 단원 하나가 인터넷을 연결해준 덕분에 노트북을 사용할 수 있게 되었다. 인도의 인터넷 설비는 불안정하고 해킹 위험이 컸지만 이메일을 사용할 수 있는 것만으로도 큰 도움이 되었다. 이메일은 레나가 추진하는 후원금 모금 운동을 할 때 요긴하게 쓰이는 소통 수단이었다. 프랑수아의 사진 가운데 가장 마음에 드는 한 장을 골라 벽에 붙여두는 것으로 새 방 꾸미기가 모두 마무리되었다.

'이 사진이 과거의 내 삶을 증명하는 유일한 물건이네.'

사진 속에서 프랑수아는 브르타뉴 바다를 배경으로 배 위에 앉아 활짝 웃고 있었다. 레나는 프랑수아를 봄날 탁 트인 바다로 나아가는 자유롭고 행복한 모습으로 기억하고 싶었다.

교실로 탈바꿈한 폐정비소 건물 구석의 작은 공간에 주방 시설을 만들었고, 그 옆에 화장실과 샤워 시설을 만들었다. 이 마을 주민들 대부분은 수도 설비가 되어 있지 않은 집에서 살고 있었다. 마을 근처에 저수지가 있어 주민들은 그곳에 가서 멱을 감았다. 목욕을 해야 할 때는 우물가에서 옷을 입은 상태로 몸을 씻었다. 레나는 우물가에서 몸을 씻는 사람들을 처음 보았을 때 목욕 방식이 매우 독특하고 신기해보여 몰래 훔쳐본 적이 있었다. 비누를 옷 밑으로 넣어 맨살에 문지른 다음 물을 끼얹어 비눗물을 씻어내는 방식이었다. 프리티가 그 모습을 보고 신기해하는 레나에게 말했다.

"예전에는 저도 저런 방식으로 몸을 씻었어요."

레드 브리게이드 단원들이 폐타이어에 페인트를 칠해 운동장 한편에 놀이기구를 만들었다. 마을 소년들이 와서 단원들의 일을 도왔다. 타이어 하나는 그네의 발판으로 쓰기 위해 남겨두었다. 레나는 벵골보리수나무에 줄을 매달아 그네를 만들 생각이었다. 레나가 생각하기에 그네는 학교 운동장에 반드시 있어야 할 놀이기구였다. 그네는 희망의 상징이자 자유를 되찾으려는 몸짓이었다.

레나는 혼잣말로 중얼거렸다.

'그네는 연과 비슷한 의미가 있어. 중력의 법칙과 상관없이 땅을 박차고 하늘로 올라가잖아. 이 학교 아이들도 달리트로 태어났지만 높이 날아오를 거야. 교육이 아이들에게 큰 힘을 줄 수 있을 테니까.'

학교 설립을 위해 부패한 공무원들을 상대하느라 끝없이 관공서를 드나들고, 자금을 모으기 위해 인도와 프랑스를 몇 번이나 오가는 동안 레나를 버틸 수 있게 해준 생각이었다. 레나는 연락 가능한 모든 단체와 기업, 재단에 학교 설립 취지를 설명하고 후원을 호소했다. 친구와 지인들에게도 적극적인 지원을 부탁했다. 레나가 무리한 일을 벌인다고 걱정하는 사람들도 있었지만 대부분 기꺼이 도와주었다. 과거의 동료 교사들은 자신이 근무하는 학교에서 후원 운동을 벌여 연필, 공책, 물감, 종이, 각종 학용품이 가득 담긴 상자들을 보내왔다. 레나는 그 상자들을 열어볼 때마다 기쁘고 가슴 뭉클한 느낌을 받았다. 새 공책에서 코끝으로 스며드는 종이 냄새는 프루스트의 마들렌이 그랬듯 레나를 추억의 갈피로 데려다 놓았고, 가장 행복했던 시절을 되살려놓았다.

아이들이 입을 교복을 만들기 위해 시장에 가서 옷감을 구입해왔다. 교복을 만드는 일은 레드 브리게이드 단원들이 맡았다.

단원 하나가 타밀어로 장난스럽게 말했다.

"글은 읽지 못하지만 바느질은 잘해요."

레나의 타밀어 실력은 점점 향상되어 이제는 프리티와 대화를 나눌 때 알아듣지 못하는 말이 거의 없을 정도였다. 프리티가 매일 저녁 열정적으로 타밀어를 가르쳐준 덕분이었다.

　랄리타와 마을 아이들이 학교 건물 벽에 만다라를 그렸
다. 이곳 사람들은 만다라에 조화와 평화를 되찾게 해주
는 힘이 깃들어 있다고 믿었다. 만다라가 두려움을 없애준
다고 주장하는 사람들도 있었다. 레나는 사람들의 믿음대
로 만다라가 큰 힘을 발휘해주길 기대했다. 남인도의 오래
된 전통에 따라 여자들은 쌀가루를 이용해 집 앞 땅바닥에
콜람*을 그렸다. 일정 간격으로 배치된 점과 그 점을 잇는
곡선으로 이루어진 그림들은 시간이 지나면서 행인들의 발
자국과 차바퀴에 밟히고 바람에 쓸려 점점 희미해졌다. 콜
람은 이렇듯 덧없이 사라지는 그림이어서 한층 더 매혹적
이었다.

　랄리타는 콜람 그리기를 좋아했다. 아름다운 만큼 까다
로운 작업이었다. 아침마다 랄리타는 학교 문 앞에 매번 문
양이 다른 콜람을 그려놓았다. 랄리타가 그림을 그리려고
바닥에 쪼그려 앉아있거나 몸을 구부정하게 숙이고 있는 모
습을 볼 경우 레나는 달가워하지 않았겠지만 아이가 미술에

*남인도 여자들이 매일 아침 집 앞에 그리는 기하학적 문양으로 신의 축복을 불러온다고 믿었다

대한 탁월한 재능이 있다는 건 금세 알아보았을 것이다. 랄리타가 그린 콜람을 볼 때마다 레나는 그림 자체가 하나의 철학이라는 생각이 들었다. 어렵사리 완성되었다가 덧없이 사라지는 콜람은 말하자면 무에서 무로 돌아가는 인간의 운명과 맥이 닿아있었다.

그날 아침, 랄리타가 콜람을 거의 완성해갈 무렵 우체부가 다가오고 있었다. 랄리타는 집배원의 갈색 제복과 모자를 멀리서도 알아볼 수 있었다. 우체부는 우체통까지 가길 포기하고 랄리타에게 편지 한 통을 내밀었다. 레나에게 온 편지를 받아든 랄리타는 교실로 달려갔다. 레나는 교실 벽에 칠판을 걸고 있었다. 편지 봉투에 공문서를 표시하는 인장이 찍힌 걸 발견한 레나는 놀란 표정을 지으며 움직임을 멈췄다. 레나는 간절하게 기다려온 서류를 꺼내면서 자기도 모르게 몹시 긴장했다. 학교 설립 인가서가 마침내 눈앞에 있었다. 레나는 몹시 흥분해 환호성을 터트리며 랄리타를 부둥켜안았다. 레나의 환호성을 듣고 프리티가 즉각 달려왔고, 그 뒤로 단원들 전원이 뒤따라왔다. 마을에서 온 소년들도 여러 명 섞여있었다. 운동장의 벵골보리수나무를 에워싸고 즉흥적인 춤판이 벌어졌다.

공사가 마무리되자 예정된 개교를 축하하기 위해 여신에게 제를 올리고 잔치를 벌이자는 제안이 나왔다. 이곳 사람들은 입시, 입학, 새 학년이 시작될 때면 지식과 지혜, 예술의 여신인 사라스바티에게 기도를 올리며 행운을 빌었다. 사라스바티 여신에게 봉헌하는 제물을 바치고 한 해 동안 학생들에게 여신의 가호가 있기를 비는 의식이었다. 보통은 집에서 제를 올리지만 이번에는 교실에 마련하기로 했다. 레드 브리게이드 단원들이 연꽃 위에 앉아 네 개의 팔로 비나*를 연주하는 사라스바티 여신의 초상 앞에 제단을 만들어 교과서와 새 공책을 쌓았다. 입학 예정인 아이들과 부모, 쿠마르를 비롯해 학교 설립에 도움을 준 주민들도 모두 초대되었다.

레드 브리게이드 단원들은 제를 올리기 위해 운동장과 교실 건물을 꽃 줄로 장식했다. 힌두교 축제 때 사람들은 전륜화와 재스민꽃을 엮어 만든 이 꽃 줄 '말라이'로 집과 사원을 꾸몄고, 숭배하는 신상 밑에도 둘러놓았다.

잔치 전날, 전통음식을 만들 줄 아는 소녀들이 모여 크고 우묵한 냄비를 걸어놓고 갖가지 잔치 음식을 준비했다. 매

*비파와 비슷한 인도의 전통 현악기. 물 흐르는 소리를 묘사한다고 알려졌다

운 맛의 스튜 삼바르와 채소 요리인 포리얄을 넉넉하게 만들고, 생선 카레, 메두 바다도 준비했다. 작은 도넛처럼 노릇하게 튀겨낸 메두 바다는 요거트 크림이나 코코넛 처트니를 곁들여 먹는데, 아이들은 이 튀김을 무척이나 좋아했다. 렌틸콩을 가루 내어 둥글게 빚은 메두 바다 반죽을 뜨거운 기름 솥에 넣어 튀겨내던 단원 하나가 이 음식에 얽힌 이야기를 들려주었다. 이곳 사람들은 모두 아는 〈까마귀와 바다〉라는 이야기였다. 한 노파가 거리에서 바다를 팔고 있었는데 까마귀 한 마리가 날아와 한 개를 낚아채 달아났다. 나무 위에 올라앉아 튀김을 먹으려던 까마귀 앞에 여우가 나타났다. 까마귀가 튀김을 나눠줄 마음이 없다는 걸 안 여우는 꾀를 내게 되었다. 여우는 까마귀가 우쭐해지도록 한껏 치켜세운 뒤 노래를 불러 달라고 부탁했다. 까마귀가 노래를 부르려고 부리를 벌리는 순간 맛있는 튀김이 나무 밑에서 기다리던 여우의 주둥이 속으로 떨어졌다. 여우는 튀김을 맛나게 삼켰다.

"바다를 먹을 때는 노래를 부르지 말라는 게 이 이야기의 교훈이죠."

아이의 장난기 섞인 말에 모두 웃음을 터뜨렸다. 레나도 따라 웃으면서 내심 신기했다. 아이가 들려준 이야기는 인도 타밀 버전의 〈까마귀와 여우〉였다. 라퐁텐이 우화를 쓰면서 이솝우화를 바탕으로 삼았다는 건 진작부터 알고 있었지만 타밀 버전이 존재하는 줄은 미처 몰랐다.

'그리스와 인도 사이의 문제라면 판단을 내리는 게 간단하지 않아. 그리스와 인도의 이야기꾼 중에서 누가 남의 이야기를 베꼈을까?'

하루 종일 즐거운 분위기 속에서 잔치가 이어졌다. 레나는 마치 꿈을 꾸는 것 같은 느낌을 받으며 주변을 둘러보았다. 마을 주민들이 운동장을 오가고, 아이들은 그네를 탔다. 학교 시설이 궁금한 사람들은 교실로 몰려 들어가 책장에 꽂힌 책들과 새 칠판을 기웃거렸다. 레나는 이제 시작일 뿐이라는 걸 모르지 않았다. 우여곡절 끝에 학교를 세웠지만 앞으로도 수많은 어려움이 밀어닥칠 게 뻔했다. 하지만 오늘만큼은 맘껏 기뻐하고 싶었다. 아침부터 해가 질 때까지 웃음과 노랫소리에 파묻혀 바다와 삼바르를 맛보고, 코끝이 찡하도록 차이를 마시면서 이 승리의 느낌을 만끽하고 싶었다.

잔치가 끝나고 레나 혼자 학교에 남았을 때 교실은 다시 고요 속으로 가라앉았다. 달력을 보았다. 운명이 준비해둔

시나리오는 바로 그것이었다. 레나는 동분서주하며 몇 달을 지내오는 동안 그 문제를 미처 생각하지 못했다. 어쩌면 알면서도 회피했는지도 모른다. 인도에서는 7월 초에 새 학년이 시작된다는 걸 모르지 않았다. 하지만 삶이 잔인한 장난을 걸어올 줄은 미처 몰랐다.

운명의 장난인지 우연의 일치인지 모르지만 학교가 문을 열기로 한 날이 바로 2년 전 프랑수아가 목숨을 잃은 날이라는 사실을 미처 몰랐다. 레나는 미신이나 징크스를 믿지 않았지만 분명 이상한 징조였다. 비극이 부메랑이 되어 돌아올 징조, 슬픈 운명이 번개 치듯 들이닥쳐 모든 열정과 의지, 기력을 빼앗아갈 수도 있었다.

레나는 가능한 모든 노력을 기울여 싸워왔다. 온갖 역경에도 굴하지 않고 끝내 학교 설립 인가를 받아냈지만 강력한 파도가 밀려와 먼 바다로 속절없이 이끌려갔다.
'그날도 바다에 들어갔다가 파도에 휩쓸렸어.'
머릿속에서 그날의 기억이 떠오르며 윙윙 소리를 냈다. 하지만 오늘은 하늘에 연이 떠있지 않았고, 위험한 상황을 알려 주는 수호천사도 없었다. 바다에서 건져 올려줄 레드 브리게이드도 없었다. 레나는 자신의 발이 자꾸만 바닷속으로 깊이 빠져드는 걸 느꼈다. 과거에서 튀어나온 악령들이 팔을 움켜쥐고 목을 졸라매더니 바닥이 어딘지 모를 바닷속으로 끌어당겼다.

2년 전, 낭트 교외의 부그네 코뮌

　종이 울리자 교실 문이 활짝 열리고 학생들이 몰려나왔다. 사춘기답게 이유 없이 흥분한 아이들이 복도와 계단을 질풍처럼 휩쓸었다. 마치 댐에 고인 물이 수문을 향해 굉음을 내며 밀려가는 것 같았다. 한 학년이 끝나는 날이었다. 누군가는 무사히 한 학년을 마친 것에 대해 안도하며 한숨을 돌릴 것이고, 또 다른 누군가는 혼자 지내야 하는 지루

한 휴가가 시작되는 날이었다.

날씨가 몹시 더운 7월이었고, 레나는 본관 3층 교실에서 칠판을 가득 채운 글씨를 지우며 수업 뒷정리를 하고 있었다. 레나는 교실 바닥에 어지럽게 흩어져있는 의자들과 낙서로 가득한 책상들을 다시 짝을 맞춰 정리했다. 레나는 이 중학교에서 학생들을 가르친 지 제법 오래되어 학교에 대해서라면 구석구석 잘 알고 있었다. 학교는 레나가 대부분의 시간을 보내는 또 하나의 집이었다. 복도로 나선 레나는 과학 실험실로 갔다. 프랑수아는 대부분 그곳에서 시간을 보냈다. 날씨가 유난히 더운 날이어서인지 과학 실험실 문이 활짝 열려 있었다. 수납장 안에 가지런히 정리되어있는 시험관, 현미경, 시험기와 비커들이 눈에 들어왔고, 교육용 인체 골격 모형이 특히 시선을 끌었다. 아무런 인기척이 없는 것으로 보아 프랑수아는 1층의 교무실에 내려가 동료 교사들과 커피를 마시고 있는 듯했다. 두 사람은 방과 후에 티보, 레일라 그리고 학교에 남아있는 몇몇 교사들과 어울려 이야기를 나눌 때가 많았다. 동료 교사들 중 몇몇은 친구처럼 가깝게 지내는 사이였다. 레나와 가까이 지내는 교사들은 직업에 대해 습관적으로 불평불만을 쏟아내는 부류는 아니었다. 걸핏하면 월급봉투가 얇다거나 무례한 아이들 때문에 수업하기 힘들다고 불만을 토로하는 사람들도 아니었다. 레나와 친한 교사들은 주로 뉴스에서 본 관심사나 살아가는 이야기를 나누는 걸 좋아했다. 학교 담장 밖으로 나갔을 때 마주치게 되는 삶의 이야기.

레나가 계단을 내려가고 있을 때 몇 발의 총성이 울렸다. 처음에는 장난꾸러기 학생이 운동장에서 폭죽을 터뜨린 줄 알았다. 하지만 곧바로 공포에 찬 비명이 동시다발로 울려퍼졌고, 머리끝이 쭈뼛해졌다. 방금 전에 울린 총성이 분명 총기에서 난 소리라는 걸 금세 알 수 있었다. 학교 전체가 온통 공황 상태에 휩쓸렸다. 계단을 뛰어오르는 사람, 문 뒤나 화장실로 뛰어 들어가 숨는 사람, 관리구역 기계실이나 보일러실 쪽으로 허둥지둥 달려가는 사람들이 눈에 들어왔다. 모두 놀란 얼굴로 달아나고 있었다. 바로 그때 레나는 어떤 손이 자신을 붙잡아 끄는 걸 느꼈다. 그 손은 레나를 방금 돌아서서 나온 과학 실험실 쪽으로 이끌어갔다. 동료 교사 나탈리였다. 나탈리는 레나를 수납장 뒤쪽 자그마한 공간으로 끌고 들어갔다. 앞쪽에 놓인 인체 골격모형 때문에 복도 쪽을 내다보려고 해도 겨우 한쪽 귀퉁이만 눈에 들어올 뿐이어서 불길했다.

'프랑수아가 아래층에 있어.'
그때 레나의 머릿속에서 울려 퍼진 생각이었다.

갑자기 사방이 고요해졌지만 마음을 놓게 만드는 평화의 느낌과는 거리가 멀었다. 고요 속에는 언제 터질지 모르는 불안한 정적이 깃들어 있었다. 고요 속에서 메아리치는 비극을 감지할 수 있는 정적. 그다음 눈에 들어온 상황은 슬로비디오로 재생한 영화의 한 장면을 연상케 했다. 눈을 그대로 뜨고 꾸는 악몽이었다. 차라리 악몽이었다면 잠을 깨면 벗어날 수 있었을 것이다. 레나가 아래층으로 내려갔을 때 시야에 들어온 장면은 머릿속에 영원히 아로새겨졌다. 생명이 빠져나간 프랑수아의 몸이 1층 홀 한가운데 널브러져 있었다. 옆에는 교감이 쓰러져 있었고, 구급대원들이 열심히 응급처치를 하고 있었다. 쓰러진 두 사람의 주변을 에워싸고 있는 동료 교사들과 학생들의 모습이 눈에 들어왔다. 모두 커다란 충격을 받아 얼이 나간 표정이었다.

뤼카 메예르라는 학생이 있었다. 이 학교에서 그 아이를 모르는 사람은 없었다. 레나는 2년 전부터 영어 수업 시간마다 뤼카의 얼굴을 마주했고, 부모도 만나보았다. 적어도 그날까지는 별문제 없는 사춘기를 지나는 평범한 학생일 뿐이었다. 뤼카가 저지른 행위를 설명하기 위해 미디어들은 아이의 성격이 불안정하고 내성적이었다는 사실을 부각시켰지만 레나가 알기로는 사실과 달랐다. 뤼카에게 성격 파탄자라는 낙인을 찍고 꼬리표를 달아 사건을 한층 이해하기 쉬운 쪽으로 유도하려는 거짓이었다. 특이한 사건이었지만 미디어들은 쉽게 납득할 수 있는 문제로 단순화시키고 싶어 했다. 언제나 진실은 그렇게 단순하지 않은 법이었다. 뤼카는 심리적으로 큰 문제가 있지도 않았고, 정신 분열증이 있는 아이도 아니었다. 나름 친구도 잘 사귀고, 사교성도 좋았다. 성장 과정에서 겪은 트라우마도 없었고, 가정폭력이나 지속적인 학대 경험도 없었다.

정신과 전문의나 청소년 심리상담사들은 뤼카의 부모가 이혼했고, 아이가 아버지와 사이가 원만하지 않았고, 예민한 사춘기였고, 영화와 비디오게임의 영향을 받았고, 학교생활에 적응하지 못했고, 권위적인 인물에 대해 저항심이 강한 아이였다고 지적했다. 환경적 요인, 가족관계,

개인적 성향이 복합적으로 작용한 사건이라는 진단이었다. 심리전문가들이 어려운 정신분석학 용어를 동원해가며 뤼카의 범죄 동기를 나열했지만 정확한 진단이라고 믿기 어려웠다. 그들 역시 다양한 추측을 하고 있을 뿐이었다. 진실은 전문가들이 분류하고 정의하려는 시도 바깥에 있었다.

사건이 벌어지기 직전 뤼카가 보인 행태를 꼼꼼하게 검토할 필요가 있었다. 뤼카는 교감에게 휴대폰을 몰수당하자 그 자리에서 대들었고, 즉시 징계위원회가 열렸다. 그 일로 정학 처분을 받은 뤼카는 분명 억울하고 모욕적인 기분을 느꼈을 것이다. 하지만 뤼카가 받았던 모욕감이 그날 오후에 벌어진 비극적인 사건의 진실을 설명하기에는 충분하지 않았다.

뤼카는 도대체 무슨 이유로 한 학년을 마무리하는 날, 아버지의 사냥총을 몰래 들고 와 교감 선생님을 살해하려고 했을까?

사냥총을 든 뤼카는 곧장 교감실로 향했고, 마침 거기에 와있던 프랑수아가 앞을 막아서며 달래려고 하자 즉각 방아쇠를 당겨 총을 발사했다. 총구 앞을 막아섰던 프랑수아와 교감은 그 자리에서 숨졌다.

누구의 잘못인가? 어느 부분이 가장 결정적인 실수였을까? 대처 방식에 따라 다른 결과가 나올 수도 있었을까?

전문가들은 다양한 의문을 파고들며 연구하고 분석한 결론을 내놓았다. 언론사 기자들은 몇 날 며칠 열을 올려가며 그 사건을 다루었다. 현장르포, 토론과 분석 프로그램, 전문가 인터뷰, 목격자 증언이 화면을 통해 쏟아져 나왔다.

레나는 두려웠고, 믿을 수 없었고, 분노가 솟구쳤고, 그다음은 무너졌다. 그 일이 벌어지고 나서 몇 주 동안 집 안에 틀어박혀 지냈다. 문과 덧창을 모두 닫아걸고 바깥으로는 한 발짝도 나가지 않았다. 하루 종일 그 사건을 들쑤시는 라디오와 텔레비전이 싫어 아예 전원을 빼버렸다. 가족들과 동료 교사들, 친구들이 보내오는 위로 메시지도 전혀 도움이 되지 않았다. 그 어떤 일에도 집중하기 힘들었다. 프랑수아에 대한 생각이 머릿속을 온통 가득 채우고 있었으니까. 밤이면 심장 박동이 별안간 빨라져 잠을 이룰 수 없었다.

뤼카의 태도에서 왜 비극의 전조를 알아채지 못했을까?

그날 좀 더 빨리 1층으로 내려가 프랑수아를 만났더라면 상황이 달라지지 않았을까?

아무리 떨쳐 버리려고 애써도 그 생각에서 벗어날 수 없었고, 늪에 빠져든 기분이었다. 레나는 그 아이에게 정학 처분을 내리기로 한 결정에 반대했다. 어쨌든 징계위원회는 정학 처분을 내렸고, 레나는 그 결정이 몰고 올 결과에 대해 상상해본 적이 없었다.

'정학 처분을 기어이 막았어야 해.'

여러 후회가 레나를 바닥을 알 수 없는 수렁으로 끌고 들어갔다. 몇 년 전부터 레나는 학교 일에 의욕을 잃어 그다지 열성적이지 않았다. 연구회나 학습모임을 만들고 꾸려가는 일에도 시들해졌다. 새로운 교육적 시도나 탐구에도 소홀해졌다. 일종의 권태였고, 교육에 대한 지원이 턱없이 빈약한 교육 당국과 자주 충돌을 빚었다. 간혹 풍차를 향해 돌진하는 돈키호테가 된 기분이었다. 교사라는 직업을 여전히 사랑했지만 교육에 대해 쏟는 열정과 에너지는 예전만 못했다.

레나는 자신이 학교 일에 좀 더 열성을 보였다면 그날의 비극이 벌어지지 않았을 수도 있다고 생각했다.

프랑수아를 죽게 만든 그 비극적 사건에서 내가 차지하는 비중은 얼마나 될까?

레나는 그 어떤 질문에도 해답을 찾지 못했다. 진을 빼놓는 질문들이 머릿속에서 와글거렸지만 답을 찾기 힘들었다. 더는 학생들을 가르치기 힘들다고 판단하고 사직서를 제출했다. 아무런 해답을 찾지 못한 상태로 학교로 다시 돌아가는 건 끔찍했다.

그날의 사건이 벌어진 1층 홀을 자연스럽게 밟고 다닐 자신이 없었다. 아무리 많은 시간이 흘러도 불가능할 것이라는 생각이 들었다. 그 사건은 레나가 천직으로 여겼던 교사 생활을 무의미하게 만들었다. 20년 동안 이어진 학생들과의 추억, 동료 교사들과 함께 보낸 시간들을 한꺼번에 쓸어가 버렸다. 학년말 발표회, 입학과 졸업, 커피자판기 옆에서 동료 교사들과 벌였던 토론, 세계와 삶이 재건되던 구내식당의 점심 식사 시간을 앗아가 버렸다.

생존하기 위해 구명대를 붙잡아야 했다. 그날의 비극과 가급적 거리를 멀리 띄워야 했다. 주변 배경을 날린 인물사

진처럼 자신을 둘러싸고 있는 온갖 것들에서 멀어질 필요가 있었다. 레나는 삶의 한 단면이 마무리되었다는 걸 느꼈다. 이제부터 전혀 다른 삶이 펼쳐지리라는 생각이 들었다. 얼마 후 레나는 지인들에게 삶에서 도망치는 건 아니라고, 깊이 생각해보고 내린 결정이라는 메일을 보냈다. 그러면서 조심스레 삶을 추스르기 위해 인도로 여행을 떠날 계획이라는 생각도 전했다. 인도는 프랑수아가 꼭 가보고 싶어 했던 곳이었다. 당장 생각을 바꾸라고 설득하는 지인들도 있었다. 인도의 궁핍과 열악한 환경을 언급하며 견디기 힘들 거라고 걱정했다. 차라리 풍성한 햇볕이 내리쬐는 프랑스 남부나 지중해 여행을 다녀오는 게 낫지 않겠냐고 했다.

레나는 지인들이 걱정해주는 마음을 고맙게 받아들였지만 애초의 생각대로 인도를 향해 떠나왔다.

"고작 한 달이야. 여행을 무사히 마치고 건강한 모습으로 돌아올게."

레나가 지인들을 안심시키려고 한 말이었다.

"한 달쯤 여행하다 보면 새로운 길이 보일 거야."

살기 위해 떠나온 탈주였다.

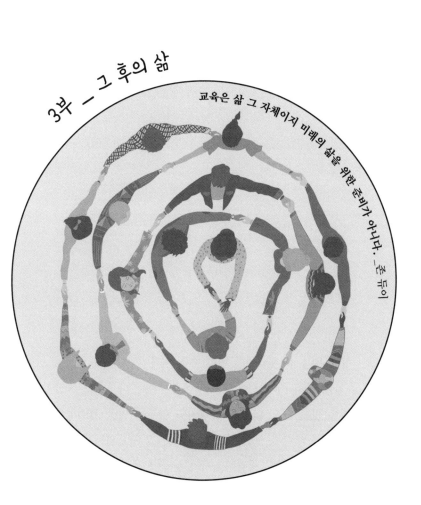

3부 — 그 후의 삶

교육은 삶 그 자체이지 미래의 삶을 위한 준비가 아니다. _존 듀이

18장

인도 타밀나두주, 마하발리푸람 마을

학교 문을 연 첫날, 첫 번째 수업 시간이었다. 레나는 교실 앞에 서서 마주 앉은 학생들을 바라보았다. 스물두 살 생일을 맞은 다음 날, 첫 발령지인 학교에 발을 들여놓았을 때처럼 가슴이 설레고 흥분되었다. 그 당시와는 학생들도 다르고, 교실도 달랐다. 지금 눈앞에 앉은 아이들은 여섯 살에서 열두 살까지 나이도 제각각이었다. 나이와 상관없이 이번 학년은 모두 한 교실에서 공부하게 될 것이다. 흙바닥에 새로운 깔개를 깔고 벽에는 페인트를 칠해 새 단장을 했다. 페인트를 칠한 벽에는 교사들이 대개 그러하듯이 지도를 걸고 글자와 수학기호 모형들을 걸어둘 생각이었다. 지금은 아이들이 그린 만다라가 벽면을 장식하고 있었다. 교실 전면에는 새로 구입한 칠판이 자리 잡았다. 학생들 사이에서 랄리타의 얼굴이 보였다. 머리를 길게 땋아 늘어뜨린 모습이 유난히 예뻤다. 새 교복을 입은 아이의 검은 눈이 반짝거렸다. 교복을 입은 모습을 무척이나 자랑스러워하는 듯했다. 랄리타를 비롯한 모든 아이들이 한순간도 놓치지 않겠다는 듯 레나의 얼굴에서 눈을 떼지 않았다. 레나는 학생들에게 영어 수업과 학교 운영을 맡게 될 거라고 자신을 소개했다. 그다음에는 쿠마르가 나서서 인사말과 함께 한 학년 동안 담임을 맡게 될 거라고 했다. 마지막으로 프리티가 나서서 체육 과목을 맡게 되었고, 호신술과 격투기를 가르쳐줄 거라고 했다.

학생들이 앞에 서있는 선생님들을 바라보았다. 모두 잔뜩 긴장한 듯 바스락거리는 소리조차 들리지 않았다. 나이가 가장 어린 세두는 언뜻 보기에도 잔뜩 겁을 먹은 눈치였다. 세두는 출입문 옆에 앉아 있었는데 레나가 다가가 문을 닫으려고 하자 별안간 몸을 바들바들 떨었다. 이제 곧 위험이 닥칠 거라 예상하고 당장 달아날 것 같은 태도였다. 세두가 왜 두려워하는지 이해한 레나는 문을 그대로 열어두기로 했다. 적어도 오늘 하루는 문을 닫지 않고 열어둘 생각이었다. 아이들 가운데 어느 누구도 학교에 다닌 경험이 없었다. 아이들의 부모도 마찬가지였다. 레나는 아이들이 학교를 어떤 곳으로 알고 있는지 몰랐다. 레나가 들은 바에 따르면 인도의 초등학교에서는 교사가 학생을 체벌하는 게 가능하고, 하층계급 아이일 경우 정도가 훨씬 심하다고 들었다. 레나는 아이들을 안심시키기 위해 학교에서 매를 맞는 일은 절대로 없을 거라고 말해주었다. 그 말을 들은 아이들은 반신반의하는 표정을 지었다.

다음 날에도 교실 문을 닫으려고 하자 세두는 겁을 집어먹고 몸을 웅크렸다. 며칠 후, 레나는 학부모들을 초대해 운동장 벵골보리수나무 아래에서 면담을 했다. 학부모들에게 학생들이 학교를 두려워하면 공부에 차질을 빚을 수 있다고 말해주었다.

"아이들에게 학교에서 매를 때리지 않는다는 걸 알려줘야 합니다."

그 말에 학부모들도 깜짝 놀란 눈치였다. 겨우 스무 살이지만 아이가 넷인 세두의 엄마가 레나의 말에 반발하고 나섰다.

"회초리를 들지 않으면 아이들을 통제하기 힘들 텐데요. 아이들은 때려야 말을 들어요."

세두의 엄마는 아이들을 훈육하기 위해서는 반드시 매질을 해야 한다고 주장했다. 다른 학부모들도 대부분 비슷한 의견이었다. 레나는 학부모들에게 자신의 생각을 명확하게 밝혔다.

"무슨 일이 있어도 아이들을 때려서는 안 됩니다. 훈육을 위해 체벌이 꼭 필요하다고요? 절대로 그렇지 않습니다. 체벌이 아닌 다른 방식으로도 얼마든지 아이들을 가르칠 수 있습니다. 저는 20년간 교사 생활을 하면서 그 어떤 경우에도 아이들을 때린 적이 없습니다. 앞으로도 아이들에게 매를 드는 일은 절대로 없을 겁니다."

마땅찮은 기색으로 레나의 말을 듣고 있던 세두의 엄마가 별안간 콧방귀를 뀌더니 운동장에 흩어져 돌아다니는 아이들과 염소를 불러 모았다. 그런 다음 인사도 없이 곧장 집으로 데려가 버렸다.

"원하신다면 얼마든지 그렇게 하세요. 하지만 절대로 성공하지 못할걸요."

레나는 어떻게 대응해야 좋을지 막막했다. 학부모들을 탓할 수는 없었다. 그들은 하나같이 매를 얻어맞고 자란 사람들이었다. 매를 때리면 잠시 효과가 있겠지만 아이의 신뢰를 얻어내긴 어렵다. 아이들이 학교생활에 잘 적응해가고, 교사들과 서로 믿고 존중하는 사이가 되려면 인내심을 갖고 기다려야 한다는 걸 알고 있었다. 교실 문은 계속 열어두어도 상관없었다. 떠돌이 개가 뭔가 먹을 게 없나 찾아보려고 교실로 들어온다고 해서 딱히 문제될 건 없었다. 레나는 언젠가 세두가 겁을 집어먹지 않고 직접 교실 문을 닫는 날이 올 거라 기대했다.

시간이 제법 오래 걸리긴 했지만 실제로 어느 날 영어 수업 중에 세두가 자리에서 일어나더니 문을 닫고 다시 앉았다. 세두의 행동을 보고도 레나는 모른체했다. 마침내 아이에게 그토록 바라던 신뢰를 얻게 되었다는 생각이 들었다. 이제 아이들은 학교에서라면 안전하게 지낼 수 있다는 걸 알게 되었다. 세두가 교실 문을 닫은 건 레나를 믿는다는 증표였다. 학생들에게 학교가 교육을 넘어 평화로운 섬이 되어줄 수도 있고, 거친 세상으로부터 안전하게 보호받을 피난처가 되어줄 수도 있다는 보증이었다.

모든 학부모들을 설득하기까지 좀 더 많은 시간이 필요할 것이다. 몸에 밴 관습을 바꾸는 게 그리 쉬운 일은 아니니까. 레나는 포기하고 싶지 않았고, 인내심을 갖고 노력하면 결국 나쁜 습관을 고치게 될 거라 믿었다.

레나는 자신을 격려했다.

'헛발질이 될지언정 작은 걸음을 떼어놓는다는 건 커다란 의미가 있어.'

쿠마르는 금세 아이들과 친밀한 관계가 되었다. 교사 경험이 없다는 사실이 믿기지 않을 정도였다. 쿠마르가 학생들 앞에서 어슬렁거리며 걸어 다니는 모습을 볼 때마다 혹시 교사가 되기 위해 태어난 사람은 아닐까 하는 생각이 들었다. 학년 초의 서먹한 느낌이 가시자 학생들은 쿠마르가 적이 아니라 동지라는 사실을 금세 알아차렸다. 쿠마르는 비록 나이는 젊었지만 상대로부터 존경심을 이끌어낼 줄 알았고, 항상 친절과 배려를 잃지 않았다. 인내심이 많아 그 어떤 상황에서도 결코 목소리를 높이지 않았고, 교육자의 자세를 잃지 않았다.

매일 아침, 쿠마르는 아주 이른 시간에 책과 공책이 들어 불룩한 가방을 메고 학교에 왔고, 수업이 끝난 뒤에도 늦게까지 교실에 남아 아이들의 과제를 고쳐 주고, 다음 수업을 준비했다. 이따금 열린 창문을 통해 운동장을 내다보기도 했다. 늦은 오후, 벵골보리수나무 아래에서는 레드 브리게이드 단원들이 호신술 수련에 열중하고 있었다. 프리티가 지켜보는 가운데 같은 동작을 수없이 반복하는 소녀들의 질서정연한 움직임이 쿠마르의 눈에는 매우 흥미로워 보이는 눈치였다.

프리티는 단 한 번도 시선을 돌려 쿠마르를 바라본 적이 없었다. 어쩌다 눈이 마주치면 찬바람이 도는 얼굴로 냉랭한 인사를 건네는 게 전부였다. 프리티는 일부러 쿠마르를 피하는 눈치였다. 프리티는 쿠마르의 채용을 반대하는 의견을 냈고, 레나가 받아들이지 않은 것에 대해 섭섭해하는 마음이 남아있었다. 결과적으로 쿠마르를 채용한 건 좋은 선택이었다. 쿠마르는 인품도 훌륭한 편이었고, 아이들과도 아주 잘 지냈다. 레나는 아이들이 운동장에서 뛰어놀다가 쿠마르가 나타나면 달려가 매달리는 모습을 자주 보았다. 아이들은 쿠마르가 가르쳐주는 새로운 놀이를 배우느라 신이 났고, 두 편으로 나뉘어 게임을 하며 즐거워했다.

프리티와 달리 레드 브리게이드 단원들 가운데 몇몇은 쿠마르만 보면 마음이 설레는 눈치였다. 쿠마르는 어느 누가 보더라도 잘생긴 미남이었다. 섬세한 얼굴 윤곽, 검은 눈, 정성스럽게 손질한 짧은 턱수염이 매력적이어서 지나가던 사람들이 한 번 더 보려고 고개를 돌려 쳐다볼 정도였다. 쿠마르는 신중한 성격에 예의 바르고 다정했으며 굳이 애쓰지 않아도 풍부한 교양과 세련미가 묻어났다. 쿠마르가 늦게까지 학교에 남아있는 날에는 레드 브리게이드 단원들이 훈련에 집중하지 못했다. 단원들은 별안간 웃음을 터뜨리거나 우스갯소리를 주고받았고, 쿠마르가 운동장으로 나오면 다들 동작을 멈추고 인사를 건네기에 바빴다.

프리티는 그런 모습들을 볼 때마다 대놓고 인상을 찌푸렸다.

레나는 프리티를 지켜보며 생각했다.

'프리티의 강한 성격을 다독여줄 사람이 나타날까? 프리티는 마치 머리를 빳빳이 세우고 달려드는 코브라 같아.'

프리티는 아직 자신을 사로잡은 남자를 만나보지 못했다

고 입버릇처럼 말했다. 스물두 살인 프리티는 미혼이었고, 이 마을에서는 매우 드문 일이었다. 이 마을 소녀들은 대부분 성년이 되기 전에 결혼했다. 프리티는 아예 결혼 이야기를 꺼내지도 못하게 했다. 부모의 굴레를 피해 가까스로 도망쳤는데 남편에게 속박당하는 신세가 되어야겠느냐고 반문했다. 프리티는 죽을 때까지 어느 누구에게도 얽매이지 않는 자유의 몸으로 살고 싶다고 했다. 레나가 보기에는 프리티가 자주 그렇게 말하긴 해도 누군가가 먼저 다가와 마음을 사로잡아 주길 바랄 수도 있다는 생각이 들었다.

레나는 늘 학교 안에 머물렀지만 마을 사람들을 자주 만날 수 있었다. 학생들과 부모들은 무슨 일이 생기면 언제나 서슴없이 레나의 집을 찾아와 사연을 털어놓았다. 이 마을 집들은 출입문에 잠금장치가 되어 있지 않았다. 레나는 문에 자물쇠를 달아야 한다는 걸 곧 깨달았다. 도둑이나 침입자를 걱정해서가 아니었다. 긴 하루를 보내고 나서 어느 누구에게도 방해받지 않고 혼자 조용히 지낼 수 있는 시간이 필요하기 때문이었다. 어떤 아이들은 일찍 학교에 와서 아침밥을 대신할 음식을 얻을 수 있지 않을까 기대하며 레나의 오두막 앞을 기웃거렸다. 아이들은 집에서 하루 한 끼를 먹었다. 주로 렌틸콩으로 수프를 만들어 먹었는데 식사를 건너뛰는 경우가 많았다. 학교 급식은 마을의 지원자들 중에서 채용된 라다가 맡고 있었는데 아직 점심 시간이 되려면 한참을 기다려야 했다. 레나는 이른 시간에 학교에 온 아이들에게 차이와 빵을 주었다. 내친김에 차파티 만드는 법을 배워 화덕을 들여놓고 직접 구웠다.

"차파티는 동그란 모양이어야 해요."

라다가 차파티 만드는 방법을 가르쳐주었다. 차파티의 품질은 얼마나 완벽하게 원형을 구현하느냐에 달려 있다고 했다.

"이유가 뭐죠?"

"이유는 모르겠어요. 그냥 그렇대요."

옆에 있던 프리티가 매번 하는 말을 덧붙였다.

"여기서는 무슨 일이든 이유를 찾으려고 하면 안 돼요."

점심 시간이 되면 아이들은 운동장 벵골보리수나무 아래에 자리 잡고 앉았다. 아이들은 나무 아래에 둘러앉아 식사를 했다. 아이들은 큰 접시에 담은 쌀밥과 삼바르, 수프를 난이나 도사에 곁들여 먹었다. 급식을 먹고 나면 과일을 나눠 주었다. 더러는 가족들에게 주려고 과일을 먹지 않고 집으로 가져가는 아이도 있었다. 레나는 아이들이 음식을 맛

있게 먹는 걸 볼 때마다 마음이 흐뭇했다. 인도 아이들 절반가량이 영양결핍 상태였다. 레나는 학교에 온 아이들만큼은 배를 곯지 않게 하고 싶었다.

  랄리타는 학교생활에 잘 적응했다. 성격이 활달하고 쾌활해 놀이 시간이 되면 다른 아이들과 거리낌 없이 잘 어울렸다. 여전히 말문을 닫고 있었지만 말을 하지 않는다고 해서 다른 아이들과 의사소통이 불가능한 건 아니었다. 랄리타에게 친한 친구가 생겼다. 자나키라는 이름의 여자아이였다. 두 아이는 동갑내기였고, 키도 비슷해 얼핏 보면 쌍둥이 자매로 보일 정도였다. 랄리타는 어디에 가든 자나키와 꼭 붙어 다녔다. 교실에서도 옆에 나란히 앉았고, 책과 공책을 서로 돌려 보았고, 연습문제를 풀다가 막히면 머리를 맞대고 함께 고민했다. 두 아이는 말을 하지 않고도 표정이나 몸짓만으로 의사를 주고받을 수 있었다. 랄리타가 친구와 우정을 맺고 의사소통을 해나가는 모습을 볼 때마다 레나는 행복했다. 랄리타는 놀이에도 적극적이었다. 프리티의 지도 아래 아이들이 두 편으로 나뉘어 술래잡기를 할 때마다 랄리타는 어느 누구보다 날쌔고 민첩하게 상대편 술래들을 잡았다.

학교는 언제나 끊이지 않는 움직임과 소리로 들끓었다. 레나는 자신이 어느새 끊임없이 이어지는 들썩임을 좋아하고 있다는 걸 깨닫고 깜짝 놀랐다.

프리티는 자주 구시렁거렸다.

"인도는 모든 게 뒤죽박죽이죠."

"맞는 말이에요. 나도 사람들과 떨어져 조용히 지내려고 인도에 왔는데 기대와는 정반대되는 삶을 얻게 되었어요."

레나는 이 마을에서 또 한 번의 삶을 살 수 있는 기회를 얻게 되었다. 작은 학교 안에서 레나의 두 번째 삶이 시작된 것이다.

19장

  학교 문을 연지 한 달이 지나면서 학생들의 결석이 잦아졌다. 학교는 매일 빠짐없이 와야 하는 곳이라는 걸 학생이나 부모들이 뚜렷이 이해하지 못했다. 어떤 아이들은 학교에 왔다가 해야 할 일이 있다며 집으로 돌아갔다. 산바라지를 하기 위해 친척 집에 가야 하거나 염소를 지켜야 해서 학교에 오지 못하는 아이들도 있었다. 레나는 마을 사람들과 타협이 필요하다는 걸 깨달았다. 마을 사람들에게 교육이 얼마나 중요한지 아무리 이야기해봐야 당장 깨우치고 알아들을 리 없었다. 꾸준히 설득하다 보면 언젠가 매일 학교에 나와 수업 진도를 따라가는 일이 얼마나 중요한지 깨닫게 될 것이다.

랄리타와 단짝인 자나키는 공부에도 금세 흥미를 느꼈는데 무려 닷새나 학교에 오지 않았다. 레나는 엿새 만에 학교에 나온 자나키에게 그동안 무슨 일이 있었는지 물었다. 아이는 어쩔 줄 몰라 하며 대답하길 꺼려했다. 레나는 아이에게 학교 공부는 벼농사처럼 끈기가 있어야 한다면서 1년 내내 한눈팔지 말고 공부해야 좋은 성과를 낼 수 있다고 다시 한번 더 일러주었다.

한 달 뒤에야 레나는 자나키가 처한 안타까운 사정에 대해 알게 되었다. 자나키가 일주일 내내 결석했다가 나타났을 때 레나는 다시 한번 결석 이유를 물었다. 자나키는 음식의 풍미를 내기 위해 종종 쓰이는 인도 고추 '나가 졸로키아'만큼이나 얼굴이 빨개졌다.

자나키는 겨우 말했다.

"죄송하지만 선생님께 이유를 말씀드릴 수 없어요."

아이의 목소리는 여렸지만 비밀을 결코 말해줄 수 없다는 완강한 의지가 느껴졌다. 레나는 몹시 당혹스러운 가운데 자나키에게 위협이 될 만한 말을 꺼냈다.

"네가 결석 이유를 말해주지 않으면 부모님을 찾아가 물어보는 수밖에 없어."

프랑스에서 하던 대로라면 가정통신문에 사연을 적어 보냈겠지만 자나키의 부모는 문맹이라 글을 읽을 줄 몰랐다. 이내 자나키는 울음을 터뜨렸고, 레나는 아이를 겁준 게 미안했다. 하지만 결석한 이유를 알아야 도울 방법을 찾을 수 있기에 아이를 데리고 자신의 오두막집으로 갔다.

레나는 차 한 잔을 만들어주고 나서 아이가 기운을 차릴 때까지 기다렸다. 자나키가 비로소 마음이 진정된 듯 비밀을 털어놓았다. 아이는 어찌나 부끄러운지 얼굴을 제대로 들지도 못하고 작은 목소리로 말했다.

"헌 옷이 없어요."

레나는 어리둥절했다. 결석 이유가 헌 옷 때문이라니 도무지 이해가 되지 않았다.

누군가 옷을 훔쳐 갔다는 말인가? 아니면 아이 엄마가 가사 일을 떠맡긴 걸까?

레나는 좀 더 자세한 이야기를 듣고 싶어 이런저런 말로 거듭 물었지만 아이는 더는 할 말이 없다는 듯 계속 고개를 저어대다가 두 손에 얼굴을 묻었다. 레나는 계속 캐물어봐야 소용없을 것 같아 아이를 다독여 집으로 돌려보냈다.

레나는 저녁 시간에 프리티의 방문을 두드렸다. 마침 프리티는 붉고 검은 유니폼을 갖춰 입고 야간 순찰을 나갈 준비를 하고 있었다. 프리티는 순찰을 잠시 미루고 레나에게 시간을 내주었다. 레나가 자나키와 이야기를 나눈 사연을 설명해주고 나서 헌 옷 이야기를 꺼내자 프리티는 겸연쩍게 웃었다.

"이 마을 여자들은 생리 때 생리대 대신 헌 옷을 사용해요. 생리대를 구할 수 없으니까요. 이 마을 여자들 대부분이 생리대라는 말을 아예 들어본 적도 없을 거예요. 우연히 광고를 봐 생리대가 뭔지 알게 되었다고 하더라도 돈이 없으니 구매할 방법이 없었겠죠. 그러다 보니 너무 작아 입지 못하는 옷이나 낡아 구멍 난 옷가지들을 모아두었다가 생리대로 사용하고 있어요. 이곳에서 생리 이야기는 금기시해요. 여자아이들은 어머니나 친한 친구와도 생리에 대해 툭 털어놓고 상의하지 못해요."

인도의 시골 학교에서는 생리 문제가 가장 큰 골칫거리였다. 생리대를 착용할 장소가 마땅찮기 때문이었다. 시골 학교 건물에는 화장실이 없었다. 여자아이들이 생리대를 착용하거나 갈아야 하는 경우 멀리 떨어진 밭으로 뛰어가 몸을 숨겨야 했다. 밭에 숨어 생리대를 착용하다가 우연히 남자들 눈에 띄어 성폭행을 당하기도 했다. 그런 까닭에 여자아이들은 생리 때만 되면 지레 주눅이 들어 집에 틀어박혀 나오지 않았다. 생리 때문에 학업을 포기하는 아이들도 있었다.

레나는 그야말로 충격적인 이야기라 머리가 멍해지는 느낌이었다. 생리 문제가 여자아이들의 교육을 가로막는 걸림돌이 될 줄은 미처 생각지 못했다. 자나키가 왜 결석하게 되었는지 비로소 이해가 되었다.

레나는 밤새 잠을 이루지 못했다. 아이들이 생리 문제로 교육받을 수 있는 기회를 포기해야 하는 상황을 마냥 지켜볼 수만은 없었다. 힘들게 얻은 교육의 기회였다. 게다가 헌 옷 생리대는 위생적으로도 불결해 세균에 감염될 위험성이 컸다.

레나는 저녁에 여자아이들을 따로 모아 생리 문제에 대해 이야기를 나눠볼 생각이었다. 아직 너무 어려 생리를 시작하지 않은 학생들은 제외하기로 했다. 레나의 계획을 들은 프리티는 회의적인 반응을 보였다. 생리 문제를 드러내놓고 상의할 경우 여자아이들이 거북하게 생각해 있는 그대로의 진실을 털어놓지 않을 거라고 했다.

레나는 프리티에게 말했다.

"학교의 역할은 학생들에게 공부를 가르치는 데 한정되지 않아요. 살아가는 데 필요한 지식을 전해주고, 위생과 건강에 대한 정보를 제공해주는 것도 학교가 맡아서 해야 할 일이죠. 사춘기를 맞은 여자아이들이라면 누구나 겪게 될 생리 문제를 해결할 대책이 필요해요. 아이들이 물어보고 싶어도 차마 엄두를 내지 못하는 문제들에 대해 해결책을 제시해 주어야만 해요."

그날 저녁 모임에 참석한 여자아이들은 다섯이었다. 아이들은 벵골보리수나무 아래에 모여 앉았다. 레나의 설득 끝에 자나키와 랄리타도 왔다. 두 아이의 나이가 가장 많았고, 나머지 아이들은 좀 더 어렸다. 레나는 아이들에게 기본적으로 지켜야 할 위생 규칙에 대해 말해주었다.

"생리대로 사용할 천은 반드시 세탁해 청결한 상태여야 해요. 만약 천을 세탁하지 않을 경우 각종 세균에 감염돼 질병에 걸릴 수도 있어요."

레나는 전날 인근 도시 슈퍼마켓에서 구입해온 일회용 생리대를 아이들에게 나눠 주었다. 아이들은 일회용 생리대를 받아들고 신기한 듯 살펴보다가 몹시 부끄러운 듯 얼굴을 붉혔다. 다들 기분 좋은 표정은 아니었다.

한 아이가 망설이다가 말했다.

"약국에 갔다가 일회용 생리대를 본 적이 있는데 돈이 없어서 살 수 없었어요."

먹을거리를 마련하는 게 버거운 가정의 아이들이었다.

레나는 아이들에게 약속했다.

"매번 필요한 만큼 생리대를 지급해줄게요. 그 대신 생리 문제로 결석하는 일이 있어서는 안 돼요. 생리 때도 반드시 학교에 나오겠다는 약속이 필요해요."

아이들은 생리대를 교복 속에 숨기고 땅거미가 진 길을 걸어 집으로 돌아갔다. 아이들이 조심스럽고 거북한 발걸음으로 멀어져가는 모습을 지켜보면서 레나는 마치 자신이 불법 거래의 조달책이 된 기분이 들었다. 여자들이 이곳에서 살아가려면 전투적이 되어야 할 듯했다.

'저 아이들은 매일 전투를 치르듯 살아가고 있어. 때로는 일회용 생리대 하나가 저 아이들을 조금이나마 자유롭게 해 줄 수 있을 거야.'

20장

어느 날 저녁, 레나가 학생들이 제출한 영어 숙제 채점을 막 끝냈을 때 자나키가 문을 두드렸다. 아이는 왠지 기운이 없고 표정이 몹시 불안해보였다. 아이가 성적이 나쁘게 나왔을까 봐 걱정되어 찾아왔을 거라는 생각에 레나는 서둘러 안심시키려 들었다.

"자나키, 숙제를 아주 잘했어. 백 점이야."

알고 보니 아이가 걱정하는 문제는 성적이 아니었다. 전날 부모가 나누는 대화를 엿들었는데 아이를 결혼시키려고 한다는 것이었다.

"부모님이 저를 사촌뻘 되는 남자에게 시집보내려고 해요. 한 번도 만나본 적 없는 남자인데 이곳에서 100킬로미터 넘게 떨어진 곳에 산대요."

자나키는 부모의 말을 엿듣고 밤새 한숨도 못 자고 눈물을 흘렸다고 했다.

"가족과 친구들 곁을 떠나고 싶지 않고, 무엇보다 공부를 중단하고 싶지 않아요. 앞으로도 공부를 계속해 의사나 경찰관이 되고 싶어요."

인도에서 조혼은 오래된 풍습이었지만 실제로 이리 가까이에서 접하게 될 줄은 미처 몰랐다. 부모가 혼처를 정해주면 어린 신부는 무조건 남편의 집으로 들어가 살아야 하는 풍습이었다. 프리티도 부모가 정한 대로 결혼하는 게 싫어 집에서 도망쳤다. 자나키는 이제 겨우 열 살이 넘은 아이였다. 아직 인형을 갖고 소꿉놀이를 해야 할 나이인데 강제로 결혼시키는 행위를 도저히 납득하기 힘들었다. 인도의 여자 아이들은 초경이 시작되면 갑자기 이전과 처지가 바뀐다. 어제까지만 해도 아이였는데 별안간 결혼해야 하는 여자가 된다. 도시보다는 가난한 시골일수록 조혼이 만연해 있었다. 부모는 아이를 일찍 결혼시켜 자녀 부양에 대한 부담을 줄일 기회로 삼았다. 인도에서도 조혼은 법으로 금지되어 있었고, 열여덟 살부터 허용되었다. 하지만 시골 마을에서 법은 아무짝에도 쓸모없었다. 어린 신부는 혼례를 치르고 나면 곧장 가족을 떠나 남편 집으로 들어가 살아야만 했다. 부인은 남편의 소유 재산이나 다름없었다. 어린 신부는 시어머니를 무조건 받들어 섬겨야 하고, 새벽부터 해가 질 때까지 온갖 노동에 시달렸다. 미래에 대한 전망이나 희망이 단절된 삶이었다. 운 좋게 친절한 시집 식구들을 만나 그나마 대접받으며 사는 경우도 더러 있었지만 반대인 경우 허구한 날 매질과 욕설을 견뎌야 했다. 친척 남자들에게 추행당하는 일도 있었고, 남편의 성적 욕구를 충족시키지 못할 경우 끔찍한 징벌이 기다리고 있었다. 익히 알려진 사건 가운데 신부의 몸에 황산을 뿌려 화상을 입히거나 석유를 끼얹고 불을 붙인 남편도 있었다. 인도의 수백만 소녀들을 공포로 몰아넣은 사건이었다.

레나는 큰 충격을 받았지만 자나키 앞에서는 차마 내색하지 않았다. 우선 자나키의 부모를 찾아가 혼사를 포기하도록 설득해볼 작정이었다. 자나키의 부모는 자녀가 다섯이었고, 쇠똥을 이겨 벽을 바른 움막집에서 살았다. 연초에 자나키의 부모를 찾아가 두 아이를 학교에 보내달라고 했지만 설득하기 쉽지 않았다.

자나키의 엄마가 딸들을 가리키며 말했다.

"자나키는 학교에 보낼 수 있지만 다른 아이는 집에 남아 있어야 해요. 내가 일하는 동안 동생들을 돌봐야 하거든요."

레나는 다른 아이도 학교로 보내달라고 설득했지만 어머니는 요지부동이었다. 쌀을 주겠다고 해도, 학교에 오면 공짜로 밥을 먹을 수 있다고 해도 소용없었다. 레나는 크게 낙심해 발길을 돌릴 수밖에 없었다. 그 당시 레나는 마음속으로 내년에는 다른 아이도 반드시 학교로 데려오겠다고 다짐했다.

자나키의 가족은 이 마을에서도 가장 궁핍한 편이었다. 아버지는 벽돌공장에 나가 일했고, 어머니는 비디를 마는 일감을 받아와 온종일 말았다. 하루에 비디 천 개비를 말아 버는 돈은 기껏 1유로 정도였다. 어머니는 1년 내내 하루도 빠짐없이 담배 마는 일을 했다. 매일 새벽에 일을 시작해 해가 지고 나서야 끝났다. 하루 할당량을 채우기 위해 아이들이 어머니를 도와 비디를 마는 모습을 종종 볼 수 있었다. 어머니는 단 하루도 일을 쉴 수 없었다. 할당량을 채우지 못하면 돈을 받을 수 없었으니까. 온종일 맨바닥에 앉아 비디를 말다 보면 등줄기가 뻣뻣해지면서 허리에 통증이 와도 손을 놓을 수 없었다. 한밤중에 통증이 심해 잠을 이루지 못할 때가 많았지만 다음날 해가 뜨면 어김없이 비디를 말아야 했다. 레나는 비디 제조업이 어떤 폐해를 초래하는지 알게 되었다. 비디를 마는 작업은 주로 여자와 아이들의 차지였다. 독성이 있는 담배 분진을 흡입하며 일하다 보면 천식 같은 호흡기 질환이나 피부병을 앓게 될뿐더러 나이에 비해 조로했다. 비디가 건강에 악영향을 미친다는 유해성이 입증되었고, 빈곤층 가정 여자와 아이들이 악성 노동에 내몰리고 있는 현실이 드러났지만 구제책은 여전히 없었다. 인도 정부에서 최근 전자담배를 법으로 금지하는 바람에 흡연자들의 상당수가 이 저렴한 지역 특산품을 다시 찾고 있는 실정이었다.

다음날 레나는 쿠마르와 프리티를 만나 자나키가 처한 상황을 이야기해주고 조언을 요청했다. 두 사람은 하나같이 해결하기 쉽지 않은 일이라고 했다.

프리티가 안타까운 표정으로 말했다.

"자나키의 부모는 딸을 결혼시키려는 계획을 쉽게 포기하지 않을 거예요."

레나는 이곳 사람들의 삶이 인도의 전통적인 관습에 깊이 뿌리내리고 있다는 사실을 모르지 않았다. 대다수 인도인은 자녀의 결혼을 책임이자 의무로 여겼다. 인도에서 결혼은 하나의 의례를 넘어 사회생활의 연결고리이자 인생에서 가장 중요한 사건으로 치부했다. 결혼은 인생에서 최고의 중대사이기 때문에 결혼 당사자들에게 모든 선택과 결정을 맡길 수 없다고 생각했다. 결혼 당사자 간의 사랑은 고려 대상이 아니었다. '연애 결혼'은 그저 하나의 환상이자 추상적인 개념으로 외국 사람들이나 하는 행위로 받아들였다. 인도에서는 극빈층이든 부유층이든 상관없이 대부분 중매 결혼을 했다. 자녀의 혼례를 치르기 위해 저축해놓은 돈을 기꺼이 꺼내 썼고, 더러는 빚을 지기도 했다. 신부가 남편에게 가져가야 하는 결혼 지참금도 있었다. 이 결혼 지참금이야말로 신랑 가족과 신부 가족 간의 가장 중요한 협상 주제였다.

쿠마르가 한참 동안 생각에 잠겼다가 말했다.

"우선 시간을 벌어야 합니다. 부모를 만나 자나키가 성년이 될 때까지 혼례를 미루자고 설득해보는 게 좋겠어요. 성년이 되면 부모가 원하는 대로 결혼을 시키라고 하면서요. 부모가 그 말을 들어주면 자나키는 성년이 될 때까지 학교에서 계속 공부를 할 수 있을 테니까요. 일단 성년이 되고 나면 자나키에게는 결혼을 거부할 권리가 생깁니다. 물론 그런 사실은 꼭꼭 숨겨 두어야겠죠."

프리티는 생각이 달랐다. 아이의 부모를 아무리 설득해봐야 들어주지 않을 거라고 했다.

"매운맛을 보여주는 것 말고는 다른 방법이 없어요. 이 마을 사람들은 모두 그 집 형편을 잘 알고 있어요. 자나키의 가족은 저녁 식사 대신 이웃집에서 밥물을 얻어와 배를 채우는 경우도 있다고 해요. 학교 급식을 맡은 라다도 이따금 자나키에게 집에 가져가 가족들과 함께 먹으라고 차파티와 렌틸콩, 과일을 싸주죠. 그러니까 만약 자나키를 결혼시킬 경우 앞으로 렌틸콩 한 알도 나누어 주지 않을 거라고 엄포를 놓는 거예요. 자나키의 부모는 당장 먹을거리가 끊길 수도 있는 상황이 가장 무서울 테니까 분명 항복할 거예요."

쿠마르는 그런 식의 해결책은 정당하지 않다며 동의하지

않는다고 했다.

"그 집 아이들의 먹을거리를 볼모로 삼는 건 문제가 있어요!"

어떤 방법을 선택할지 쿠마르와 프리티가 티격태격하며 목소리를 높이자 레나가 잘라 말했다.

"우선 혼인을 뒤로 미루자고 설득해봅시다. 대화로 문제를 푸는 게 가장 바람직하니까 우리 세 사람이 함께 자나키의 부모를 찾아가 설득해보는 거예요."

자나키의 부모는 세 사람이 한꺼번에 찾아오자 당황한 기색이 역력했다. 그들 부부는 손님들을 대접할 게 없다며 부끄러워했다. 다른 집이었다면 차이를 끓여 내놓겠지만 자나키의 집에는 차를 만들 향신료나 우유가 없었다. 그렇지만 자나키의 아버지는 손님들이 목을 축일 수 있도록 막내딸을 근처 우물로 보내 물을 떠오게 했다. 레나가 괜찮다며 간곡히 사양했지만 막내딸은 물을 뜨러 갔다.

레나와 쿠마르, 프리티는 자나키의 아버지가 권하는 대로 거적자리에 앉았다. 어머니는 다시 비디를 말기 시작했다. 바닥에 소복이 쌓아놓은 마른 담뱃잎 오라기들을 코로만델

흑단나무 잎사귀에 올려놓고 순식간에 돌돌 말아냈다. 레
나는 어처구니없을 만큼 빠르고 민첩한 손놀림을 홀린 듯이
바라보았다.

'눈을 감고도 척척 해낼 것 같은 손놀림이야. 손이 마치
몸의 다른 부분과 별개로 움직이는 것 같아.'

자나키의 엄마는 손가락을 한순간도 멈추지 않았다. 오
랜 세월 노동을 하면서 살아와 굽고 오그라든 손가락이었다.

'몇 살쯤 되었을까?'

여자의 얼굴을 물끄러미 바라보았지만 나이를 가늠할 수
없었다.

'서른을 넘기지 않았을 텐데 진이 다 빠진 노인네 얼굴이야.'

레나는 자나키의 학업성적을 칭찬하며 말문을 열었다.

"자나키는 성실한 아이라 반에서 1등을 놓친 적이 없어요."

아버지는 딸에 대한 칭찬을 듣자 기쁜 듯했지만 엄마는
무표정했다.

자나키의 엄마가 퉁명스럽게 말했다.

"자나키는 밥을 할 줄도 모르고, 배우려고 하지도 않아
요. 결혼해 시집에 들어가면 어쩌려고 그러는지 모르겠어
요. 숙제를 해야 하기 때문에 설거지할 시간이 없다고 하

고, 집안일에는 손끝 하나 대지 않으려고 해요. 도대체 어쩌려고 동생에게 일을 떠넘기는 걸까요?"

부모 옆에 앉은 자나키가 눈길을 아래로 떨어뜨렸다. 레나가 언뜻 보기에 자나키는 죄책감을 느끼고 있는 듯했다.

자나키는 굳이 맡지 않아도 되는 짐을 짊어지게 생겼다.

쿠마르가 세 사람이 함께 찾아온 이유를 설명하고 나서 자나키를 결혼시키려는 부모의 심정을 잘 알지만 시기를 뒤로 미루어 달라고 부탁했다.

"자나키는 성적이 매우 뛰어난 아이입니다. 지금 학업을 중단하면 정말 큰 손해를 보게 되죠. 자나키가 학교 졸업장을 따면 좋은 직장을 구할 수 있어요. 월급을 많이 받을 수 있다는 뜻이죠. 그렇게 되면 가족 모두가 좀 더 편안하게 살아갈 수 있을 텐데요."

얼마간 침묵이 흐르고 나서 자나키의 엄마가 먼저 입을 열었다.

"그건 받아들일 수 없어요."

자나키의 엄마는 고개를 완강하게 내저으며 말을 이었다.

"우리 집안에서는 딸들이 열두 살이 되면 결혼시키는 풍습이 있어요. 게다가 자나키의 조부모가 연세가 많다 보니 손녀의 혼례를 보지 못하고 떠나게 될까 봐 걱정이 많아요. 자나키를 당장 결혼시켜야 해요. 조부모의 기대를 저버려서는 안 되니까."

그때까지 잠자코 있던 프리티가 나섰다. 불같은 성격의 프리티가 아이의 부모를 몰아붙였다.

"열두 살짜리 여자아이가 임신하고 출산하는 게 얼마나 위험한 일인지 알기나 해요? 자나키의 조부모님은 손녀 결혼식을 보려다가 조만간 장례식을 보게 될지도 몰라요."

자나키의 엄마가 잔뜩 화난 얼굴로 쏘아붙였다.

"나는 열두 살에 결혼해 아이를 다섯이나 낳았지만 죽지 않고 살아있어. 내 딸도 나를 닮았으니까 그리 쉽게 죽지는 않을 거야."

자나키의 아버지도 프리티의 말이 몹시 못마땅한 듯 퉁명스럽게 내뱉었다.

"당신이 도대체 뭔데 남의 말을 함부로 하는 거요?"

자나키의 아버지는 프리티가 그 나이 먹도록 결혼도 하지 않고 혼자 지내면서 허구한 날 남자들과 싸움을 일삼고 다닌다며 비난했다.

"여자들이 부끄러운 줄도 모르고 스쿠터를 타고 돌아치는 행실이나 당장 고쳐요."

그 말을 들은 프리티가 참지 못하고 폭발했다. 자리에서 벌떡 일어선 프리티가 자나키의 아버지에게 달려들려고 하는 순간 쿠마르가 나서서 말리며 집 밖으로 데리고 나갔다. 프리티와 자나키의 아버지가 주먹질을 벌일 경우 협상은 돌이킬 수 없는 파국으로 치달을 게 뻔했다.

집 안에 남은 레나는 자나키의 아버지와 대화를 이어나가려고 애썼지만 이미 확고하게 마음을 정한 듯 요지부동이었다.

"우리 아이의 혼사를 더 이상 뒤로 미룰 수는 없어요."

이미 어느 사두*에게 물어 별자리가 좋은 날을 받아놓았다고도 했다.

"이미 결정된 일이니 더는 간섭하지 말아요. 한 달 후에 자나키의 혼례를 치를 테니까."

*수행을 위해 물질적 안락을 거부하는 힌두교의 고행자

21장

레나와 프리티, 쿠마르는 아무런 성과도 얻지 못하고
학교로 되돌아왔다. 자나키의 부모를 설득해보려고 했지
만 결과는 실패였다. 프리티는 말 한마디 없이 입을 꾹
다물고 자기 방으로 들어가더니 해가 지도록 나오지 않았
다.

프리티가 밤늦은 시간에 레나의 방문을 두드렸다. 프리티는 예전에 언니가 겪었던 일에 대해 이야기했다. 프리티의 언니는 열세 살에 결혼했고, 첫 아이를 출산하다가 죽었다. 아이 역시 숨을 거두었다. 가족들은 딸이 목숨을 잃는 모습을 속수무책으로 지켜볼 수밖에 없었다. 언니가 결혼한 날로부터 딱 1년이 되던 날 장례식을 치르게 되었다. 프리티는 어린 나이에 강제로 결혼하게 된 자나키가 그런 일을 당하게 될까 봐 두렵다고 했다.

"늘 언니를 생각해요. 나를 강간한 남자와 결혼시키려는 부모의 뜻에 반기를 들고 도망치기까지 줄곧 언니가 겪은 일을 생각했어요. 그때 이미 결혼하지 않기로 나 자신과 맹세했죠. 사람들이 뭐라고 입방아를 찧어대든 상관없어요. 여자가 결혼하지 않고 혼자 산다는 이유로 온갖 욕설을 퍼부어도 신경 쓰지 않아요. 앞으로도 지금처럼 혼자 살아갈 거예요. 자유보다 소중한 건 없으니까요."

프리티는 아이들에게 거짓을 가르치는 부모들을 비난했다. 인도의 여자아이들은 어린 시절에 부모로부터 혼례일이 생애에서 최고로 좋은 날이라는 말을 듣고 자란다. 혼례일이 되면 화려한 옷을 입고, 값비싼 장신구로 치장하고, 아름답게 화장을 한다는 말을 들은 아이들은 원더랜드를 상상한다. 결혼을 앞둔 아이들은 시댁에서 떠맡게 될 가사 노동을 배우고 익힌다. 막상 결혼한 아이들은 장밋빛 환상과는 동떨어진 현실, 남편과 시댁 가족들에게 평생 예속되어 살아야 하는 운명과 맞닥뜨리는 순간 깊은 절망감에 빠져든다. TV 화면으로 본 볼리우드 영화의 화려한 혼례식과는 전혀 다른 현실이 눈앞에 펼쳐져 있으니까. 영화에서는 여자아이의 로망을 충족시키는 젊고 잘생긴 신랑이 백마를 타고 입장해 화려하고 호사스럽게 치장한 신부 앞에 선다. 신랑 신부는 전통에 따라 꽃목걸이를 서로 바꾸어 건다. 이어서 신부의 옷자락을 신랑의 숄에 묶은 다음 두 사람은 함께 불* 주위를 일곱 번 돈다. 신부와 신랑 사이의 매듭은 두 사람의 결합을 상징한다. 이 매듭처럼 신랑과 신부는 평생을 함께하라는 축복을 받는다. 하지만 현실은 화면에서 본 결혼과는 너무나 거리가 멀다.

프리티가 분개한 얼굴로 소리쳤다.

"많은 여자들에게 그 매듭은 굴레일 뿐이죠. 인도에서의 결혼은 여자들의 입에 재갈을 물리고, 고삐를 꿰어 평생 노

*힌두 결혼에서는 결혼식 내내 불을 피우는데 이 불은 정화력과 활력을 대표하는 불의 신 아그니를 상징한다

예로 부려 먹기 위한 의식에 불과해요."

레나는 자신이 맞서 싸워야 할 진짜 적이 따로 있다고 생각했다. 적은 관습과 전통이라는 허울 좋은 이름으로 마을 사람들을 옭아매고 있었다. 우선적으로 넘어야 할 첫 번째 장애물이 빈곤이라고 생각했는데 착각이었다. 이 마을 사람들은 주어진 삶이 아무리 비참해도 오랜 관습을 바꾸려고 하지 않았다. 조혼 풍속이 가난의 악순환을 불러온 건 이미 증명된 사실이었다. 여자들이 어린 나이에 결혼하면 출산 횟수가 증가하고, 부양가족이 늘어나기 때문이었다. 이 마을 사람들이 빈곤의 악순환을 거듭하게 된 바탕에는 무지가 존재했다. 교육받지 못했기에 자신과 아이들의 삶을 바꿀 수 있는 기회를 차단당했다. 레나는 **'여성을 가르치는 일이 전 국민을 가르치는 일이다**[*]'라는 아프리카 여성 정치 지도자의 구호를 떠올렸다. 레나가 접한 여자아이들은 자신을 성장시킬 기회를 얻지 못하고 있었다. 레나가 이 마을에 세운 학교는 눈에 보이지 않는 감옥, 그들을 계속 가둬놓으려는 낡은 관습과 전통에서 벗어날 수 있는 기회를 제공할 유

*아프리카 여성 인권신장에 헌신해온 감비아 전 부통령 파투마타 탐바장(Fatoumata Tambajang)이 구호로 사용해서 널리 알려졌다

일한 탈출구였다.

부조리한 전통과 관습에 맞서 싸우는 건 매우 길고 위험한 전투가 될 것이다. 레나는 위대한 스승 마하라지*의 가르침 가운데 한 구절이 떠올랐다.

'미지의 세계는 경계선이 없다. 겉보기에 불가능해 보이는 어떤 과제를 붙잡아라. 거기에 길이 있다!'

구불구불하고 불명확한 길이 앞에 놓여 있었다. 레나는 자신의 도전이 얼마나 무모한지 모르지 않았지만 더는 물러설 수 없었다. 이쯤에서 적당히 뒷걸음질 치려고 지금껏 어려운 장애물을 헤쳐 나온 게 아니었다. 세상의 모든 자나키와 랄리타를 위해 물러서지 않고 싸울 결심이었다. 이 마을 사람들에게 세상을 다른 시각으로 바라볼 수 있다는 사실을 반드시 증명해보이고 싶었다.

레나는 다시 한번 굳게 맹세했다.

'아이들이 무사히 학교를 마치고 졸업할 수 있도록 하겠어. 학교를 마친 아이들이 변화의 물꼬를 트게 되면 다른 아이들에게도 새로운 길이 열릴 거야. 현재 학교에 다니는 아이들이 걸어간 길을 그들의 동생, 아들, 딸들이 계속 따

*'담배가게 성자'라는 별칭으로도 불리는 인도의 구루

라갈 수 있도록 해야 돼.'

　레나는 사람들이 욕설을 퍼붓는 소리가 귓전에 들리는 듯
했다. 사람들은 레나를 손가락질하며 시각이 한쪽으로 치
우쳐 낯선 세계를 바라보는 서구인의 편견에 매몰되어 있다
고 비난할 것이다. 그들의 전통과 관습을 바꾸라고 강요할
권리가 있는지 반문할 것이다. 타국에 와서 심판자이자 검
열자 행세를 하고 있다고 비아냥거릴 것이다. 하지만 그 어
떤 비난을 들어도 상관없었다. 본인의 의사와는 무관하게
방금 전 혼례를 치른 열 살짜리 여자아이의 눈에 고인 눈물
에 비하면 그런 비난쯤은 아무것도 아니었으니까. 인도인이
든 프랑스인이든, 학식이 있든 문맹이든, 이 나라의 문화를
알든 모르든 나이 어린 신부가 혼례 때문에 눈물을 흘리는
모습을 본다면 어느 누구든지 심장이 부서지는 아픔을 느낄
것이다.

　얼마 지나지 않아 심장이 부서지는 상황이 실제로 밀어닥
쳤다. 자나키의 혼례식을 맞아 마을에서 큰 잔치가 열렸다.
레나와 쿠마르는 잔치에 초대받았지만 프리티와 동행해서
는 안 된다는 단서가 붙었다. 자나키와 가장 가깝게 지낸

랄리타와 다른 친구들 역시 어린 신부의 간청에 따라 혼례식에 초대받았다.

레나는 혼례를 막기 위해 온갖 냉대 속에서도 자나키의 부모를 찾아가 마음을 돌리기 위한 노력을 쏟아부었다. 자나키의 혼례를 철회할 경우 가족들이 굶지 않고 배를 채울 수 있도록 쌀과 과일을 지속적으로 제공하겠다는 타협안을 제시하기도 했지만 아이의 부모는 요지부동이었다. 자나키는 사촌과 결혼할 것이고, 그것만이 집안 어른들의 뜻을 받드는 것이라는 말을 되풀이했다. 인도 남부에서는 근친 간의 결혼을 권장했다. 사촌 간 결혼이 친척들이 화합을 유지하고 결속을 강화하는 데 도움이 된다고 믿었다. 사촌끼리의 결혼인 만큼 서로 이해관계가 맞지 않아 생기는 갈등이나 파탄을 미연에 방지할 수 있기 때문이었다. 사정이 그러하다 보니 조카와 삼촌이 결혼하는 경우도 드물지 않았다. 심지어 이제 두 살인 아이를 병환 중인 조부나 조모의 소원을 들어주기 위한 것이라는 명분을 내세워 태어난 지 몇 개월밖에 안 된 갓난아기와 결혼시킨 일도 있었다.

레나는 결혼식에 참석하지 않기로 했다. 끝까지 말리고

싶었던 결혼식의 증인이 되고 싶지 않았다. 자나키를 명랑하고 구김살 없는 아이, 운동장에서 친구들과 즐겁게 뛰어노는 아이의 모습으로 기억하고 싶었다. 짙은 화장을 한 아이, 화려한 장신구로 치장한 아이, 팔찌를 겹겹이 두른 아이로 기억하고 싶지 않았다. 그런 아이의 모습은 무지와 관습의 제단에 바쳐질 소를 떠올리게 하니까.

결혼식 날 아침에 레나는 갑자기 마음을 바꾸었다. 레나의 방문 앞에 놓인 꾸러미 하나가 결심을 바꾼 계기가 되었다. 레나는 꾸러미를 열어보고 깜짝 놀랐다. 자나키의 교복이 들어 있었다. 아이는 자신이 입던 교복을 정성스럽게 개어 종이봉투에 담아 레나에게 보낸 것이다. 공책에서 찢어낸 종이에 쓴 아이의 편지가 옷과 함께 들어있었다. 자나키는 수업 시간에 배운 짧은 영어로 다시는 레나를 만나지 못하게 되리라는 걸 알고 있다고 적었다. 아이는 학교에서 공부할 수 있게 해주고, 결혼을 막기 위해 나서주어서 고맙다고 했다. 생리대를 마련해주고, 과일을 챙겨 준 것에 대해서도 감사를 표했다. 학교에 다니면서 수학, 영어, 역사, 지리를 배울 수 있어서 보람이 있었다고도 했다. 아이는 편지에 그림을 하나 그려놓았다. 학교에 입학한 날 교복을 입고 벵골보리수나무 아래 서있는 자신의 모습이었다.

레나는 편지를 읽는 동안 가슴 속에서 뭔가 뭉클 치밀어
오르는 걸 느꼈다. 소리 내어 펑펑 울고 싶었다. 이토록 소
중한 아이를 빼앗긴 게 분해 '도둑이야!' 소리치고 싶었다.
이 나라의 몹쓸 관습과 전통이 아이에게서 기쁨과 순수, 미
래를 도둑질해갔다. 아이의 뛰어난 재능과 총명한 두뇌를
빼앗으려 하고 있었다.

'아이들에게는 모든 것이 있다. 빼앗긴 것만 빼면.'

자크 프레베르의 말이 머리를 후려쳤다. 오늘 이 시간이
지나면 자나키가 빼앗긴 것들을 되찾을 기회는 없었다.

레나는 결혼식에 참석할 준비를 서둘렀다. 오늘은 누가
뭐래도 자나키 옆에 있고 싶었다. 그 아이를 외면할 수는
없었다. 레나는 급히 결혼식이 열리는 장소인 마을 회당 앞
공터로 달려갔다. 이미 예식이 진행되고 있었고, 수많은 하
객들이 모인 게 놀라웠다. 마을 사람 절반은 잔치에 온 듯
했다.

'이런 모순이 또 있을까? 차를 끓여내올 형편조차 되지
않을 만큼 가난한 집에서 이 많은 하객들을 푸짐하게 대접

하기 위해 빚을 내야 하다니?'

자나키의 부모는 혼인 잔치를 치르기 위해 양고기를 구입했다. 그 집 아이들은 양고기 가격이 너무 비싸 지금껏 단 한 번도 먹어보지 못했다.

레나는 흥청거리는 피로연을 보면서 마음이 착잡하고 서글퍼 하객들 틈을 헤집고 나와 신부가 있는 움막을 향해 걸어갔다. 신부는 신랑이 올 때까지 움막 안에서 꼼짝없이 기다려야 했다. 자나키는 남편이 될 남자를 한 번도 본 적이 없었다. 남편의 나이가 스물한 살이라는 말을 들은 적이 있을 뿐이었다. 그 남자 역시 신부를 선택할 수 있는 기회를 부여받지 못했다. 어느 누구도 의견을 묻지 않았으니까.

레나는 움막 안으로 들어선 순간 자나키가 흐느끼고 있다는 걸 알아차렸다. 자나키는 인도의 전통에 따라 머리를 금빛 관으로 장식하고, 화려한 금실로 장식한 붉은색 사리를 입고 있었다. 머리에서 아래로 늘어뜨린 긴 베일이 바닥까지 내려왔다. 자나키는 분명 흐느끼고 있었지만 소리가 들리지 않았다. 요란하게 화장한 아이의 얼굴 위로 눈물방울이 떼굴떼굴 굴러떨어졌다. 신부를 돋보이게 하기 위한 화장이었지만 아직 앳된 아이의 얼굴과 따로 노는 느낌이 들었다. 전혀 조화롭지 않은 화장이 자나키의 얼굴을 모욕하고 짓밟은 느낌이었다. 랄리타가 친구의 옆을 지키고 있었다. 마치 친구의 고통을 함께 나누는 듯했다. 두 친구는 이제 헤어지면 다시는 만나지 못할 것이다. 혼례를 치르고 나면 자나키는 이 마을을 떠나 100킬로미터 이상 떨어진 남편의 집에 가서 살아야 하니까. 자나키는 친구에게 언제 돌아오겠다는 말을 할 수 없었다. 남편과 시댁 사람들이 결정할 문제였으니까.

그날 밤 사람들은 어린 신부를 따로 꾸며놓은 신방으로 들여보낼 것이다. 모든 창문을 조금씩 열어놓은 방이다. 친척 여자들이 밤새 창문 틈을 들여다보며 혼인 절차가 제대로 진행되고 있는지 확인할 것이다.

레나는 어떤 말로 자나키를 위로해야 좋을지 알 수 없었다. 아이의 고통을 속수무책으로 바라보고 있자니 자괴감이 밀려들었다. 레나는 아이에게 주려고 챙겨온 책 한 권을 내밀었다. 기회가 되면 또 다른 책들도 보내 주겠다고 약속했다. 책이 있으면 앞으로도 계속 공부할 수 있을 거라고,

영어단어를 익힐 수 있을 거라고 말해주었다.

자나키가 슬프게 고개를 저었다.

"여자가 글을 읽으면 좋은 아내가 될 수 없대요."

장래의 시어머니에게 들은 말이라고 했다.

"아마도 책을 읽을 시간이 없을 거예요."

장래의 남편이 사탕수수 농사를 짓는데 자나키도 밭에 나가 일해야 한다고 했다. 게다가 출산과 육아, 노동으로 이어지는 지난한 길이 아이의 삶 앞에 놓여 있었다. 남편과 시댁 어른들은 자나키가 가능한 한 빨리 아이를 낳을 수 있기를 고대하고 있다고도 했다.

자나키는 예식이 진행되는 동안 조금도 울지 않았다. 어머니는 딸의 눈물 자국을 꼼꼼하게 지우고 다시 정성스럽게 분을 칠해주었다. 신부는 신랑 옆에 나란히 서서 판디트*의 주례사를 들었다. 모든 걸 체념한 듯 아이의 눈길이 텅 비어 있었다. 마치 영혼이 빠져 달아난 사람 같았다. 자나키의 유년은 그 자리에서 완전히 말소되었다. 아이의 내면을 환하게 밝히고 있던 불빛도 어둠 속 깊이 잦아들었다.

*힌두교 성직자 혹은 결혼식 주례

22장

출석을 부를 때 매일 있던 학생이 사라지면 학교 전체가 텅 빈 느낌이 들기 마련이었다. 교실에 앉은 학생들 모두가 자나키의 부재로 수업에 대한 열의를 잃어버린 듯했다. 레나는 아직 자나키의 이름이 그대로 적혀 있는 출석부를 물끄러미 바라보았다. 차마 그 이름을 지울 수 없었다. 다음 번에는 또 누가 출석부에서 건너뛰어야 하는 이름이 될지 생각하자 불안감이 가슴을 짓눌렀다. 지금 눈앞에 앉아 있는 여자아이들 중에서 누군가는 학교를 마치고 집으로 돌아갔을 때 자신을 기다리고 있는 결혼 예복과 장신구를 접하게 될 것이다. 미래의 신랑은 얼굴도 모르는 사람일 게 뻔했다. 전 세계에서 매일 2만5천 명의 소녀가 강제로 결혼한다는 통계가 있었다. 그때는 종이에 인쇄된 숫자가 추상적인 기호처럼 느껴졌다. 지금은 그 숫자와 수많은 소녀들이 자나키의 얼굴을 하고 눈앞으로 다가왔다.

연말이 되면 랄리타도 열두 살이었다. 이 학교에서 현재 가장 나이 많은 학생이었다. 해변에서 연을 날리던 아이는 어느새 사춘기의 문턱에 다다라 있었다. 하루하루 성장해 가는 아이를 본 누군가의 눈에는 점점 성숙해지고 있는 모습으로 비치게 될 것이다. 그런 생각이 들 때마다 레나는 불안했다. 그나마 아직 마음을 놓을 수 있는 단 한 가지 이유는 제임스가 레나와 반목해서 좋을 게 없는 상황이라는 점이었다. 레나를 학교에 보내준 대가로 받은 보조금으로 제임스는 다바에서 일하는 프라카쉬의 봉급을 충당하고 있었다. 레나의 의사를 함부로 무시하지 못하는 이유였다. 그런 관계가 형성되다 보니 레나도 어느 정도는 랄리타의 안전을 지켜갈 수 있을 거라 믿고 있었다.

자나키가 떠난 뒤 랄리타는 다시 내성적인 아이가 되었다. 아이는 슬픈 얼굴로 비어있는 자나키의 빈자리를 물끄러미 지켜보며 자리에 앉아있었다. 체육 시간이 되어도 친구들과의 놀이에 끼어들지 않았다. 아이는 외따로 떨어져 침묵의 벽으로 자신을 완강하게 둘러쌌다. 레나조차도 아이를 둘러싼 벽을 뚫고 들어갈 수 없었다. 레나는 친구와의 이별 때문에 랄리타가 몹시 슬퍼한다고 생각했다. 하지만 랄리타는 이별의 고통 말고도 불안감과 초조감에 사로잡혀 있다는 느낌이 들었다. 레나는 시간이 지나면 점차 나아지길 기대하면서 랄리타의 기운을 북돋아주기 위해 애썼다.

한동안 술렁이던 학교는 다시 예전의 리듬을 찾아가기 시작했다. 자나키를 돕지 못했다는 자책감과 무력감이 여전히 마음을 짓눌렀지만 레나는 자신이 영향력을 행사할 수 있는 영역이 지극히 한정되어 있다는 걸 알고 있었다. 세상을 변화시킬 수 없다면 그대로 받아들일 수밖에 없었다. 레나의 영향력은 교실 문을 나서기 전까지만 유효했다. 학교는 낡은 관습과 전통에 좌지우지되는 이 마을 한가운데 고립된 작디작은 영토이자 변변찮은 보루였다.

'불가능한 일을 이룰 수는 없지만 등불로 삼을 수는 있다.'

레나는 르네 샤르*의 시 한 구절을 머릿속으로 되뇌었다. 눈앞의 작은 불빛에 매달렸다. 이 작은 초롱불이 오늘은 가냘프게 흔들리더라도 내일은 환하게 빛날 것이라 기대했다.

"상처받지 마."

레나는 혼잣말로 중얼거렸다. 다시 싸움에 나서야 했다. 매일 아침 학교에 오는 이 아이들을 위해 그래야만 했다.

'믿음이 필요해. 아이들을 위해서라도 희망을 포기해서는 안 돼. 지속적으로 밀고 나가다 보면 언젠가는 뭔가 바뀌게 되겠지.'

레나는 모두가 힘을 내는 데 도움이 될 것 같아서 쿠마르와 프리티에게 소풍을 가자고 제안했다. 큰일을 겪은 만큼 학생들도 야외로 나가 즐거운 시간을 보내면서 기분을 바꿀 필요가 있었다. 좀처럼 일상에서 벗어날 기회가 없는 아이들이었다. 수학과 영어 수업에서 몇 시간을 떼어내 해변으

---

*René Char(1907~1988), 프랑스 초현실주의 시인으로 카뮈와 '실천적 반항'의 이상을 공유했다. 위의 구절은 《깨지기 쉬운 시대 L'Age cassant》에 담겨있다

로 소풍을 가기로 했다. 레나 자신도 해변에서 머리를 식히며 생각을 정리해보고 싶었다.

레나가 소풍을 떠나자고 하자 학생들은 큰 소리로 환호했다. 모두들 눈이 빠지게 기다려온 소풍날 학생들은 삼삼오오 운동장으로 모여들었다. 모두들 들뜨고 설레는 표정이었다. 라다는 아이들이 먹을 점심 식사를 준비해 바구니에 담아두었다. 프리티는 공놀이를 준비했고, 쿠마르는 아이들이 마실 물병들을 챙겼다. 랄리타가 연을 가져가겠다고 해서 그러라고 했다. 다른 아이들도 연을 챙겨왔다. 인도에서는 북부든 남부든 연날리기가 성행했다. 연은 가난한 인도 아이들이 흔히 가지고 놀 수 있는 놀이 도구 가운데 하나였다. 아이들은 광고지나 신문지를 이용해 직접 연을 만들었다. 인도 전역에서 연날리기 대회가 열렸다. 시골 마을의 개구쟁이 아이들은 연을 더 높이 날아 올리려고 지붕에 올라갔다가 떨어져 골절상을 입는 경우도 더러 있었다. 연을 날려본 경험이 많은 사람들은 폐유리병을 빻은 가루를 연줄에 먹인다. 연싸움을 할 때 상대의 연줄을 쉽게 끊는 방법이었다.

오늘 소풍은 결투보다는 단합을 위한 자리였다. 레나는 아이들이 모래밭에서 맘껏 뛰어다니는 모습을 지켜보면서 얼굴 가득 미소를 머금었다. 아이들은 마치 금속 감옥에서 해방된 자유 전자들처럼 활발하고 거침없이 뛰어놀았다. 아이들은 공을 던지고, 연을 날리고, 밀려오는 파도와 씨름하며 교사들도 놀이에 끌어들였다. 레나는 아이들이 장난스럽게 파도를 튕겨 바닷물을 날려 보내는 바람에 껑충 뛰어 피하면서 자기도 모르게 활짝 웃음을 터뜨렸다. 파도 거품에 둘러싸인 레나는 모처럼 마음이 가벼워진 기분이었다.

'프랑수아의 말이 옳았어. 바닷물에 발을 담그고, 불어오는 바람에 머리카락을 내맡기는 것만으로도 한결 마음이 평화로울 수 있잖아. 아주 짧은 순간의 평화라고 할지라도. 프랑수아의 말대로 행복이란 그리 복잡하지 않고 간단한 것인지도 몰라.'

남편의 집으로 떠난 자나키를 생각했다. 전날 수업 도중 레나는 학생들에게 한 가지 제안을 했다. 멀리 떠난 자나키에게 편지를 써 학교 소식을 전해주자고. 아이들은 저마다 자나키에게 편지를 썼다. 레나는 자나키에게 비록 몸은 멀리 떨어져 있지만 아직 서로의 마음은 굳건하게 이어져 있고, 영원히 잊지 않을 거라고 말해주고 싶었다. 레나는 아이들이 쓴 편지가 자나키에게 힘을 북돋아주고, 힘겨운 결혼 생활을 견딜 수 있는 위안과 의지가 되어 주길 바랐다.

어느덧 날이 저물어가고 있었지만 아무도 돌아가려 하지 않았다. 많이 아쉬웠지만 이제 소풍을 끝내야 했기에 아이들은 각자 소지품을 챙기고 공과 놀이도구들을 한데 모았다. 레나와 교사들은 학생들을 인솔해 학교를 향해 걸어가던 도중 다바 앞에서 랄리타와 작별 인사를 나누었다. 제임스와 심하게 다툰 이후 레나는 그 식당에 발길을 끊었다. 랄리타의 장래보다는 이익만 챙기려고 드는 제임스 부부의 사리사욕과 속물적인 태도가 못마땅했다. 레나가 지급하는 보조금이 전액 종업원의 급여로 지급되지 않고 일부를 빼돌려 그들 부부의 주머니로 들어갈 거라는 의심이 일었지만 일일이 따질 수는 없었다. 랄리타가 자유롭게 공부할 수 있다면 나머지는 부차적인 문제일 뿐이니까.

랄리타를 식당 안으로 들여보내고 나서 레나는 몇 걸음 떼어놓다가 우연히 그 아이를 발견했다. 아이는 식당 위 테라스에 있었다. 나이가 열 살쯤으로 보이는 자그마한 소년이었다. 운동복 차림인 소년은 테이블 사이를 부지런히 오가며 차파티를 나르고 접시를 치웠다. 랄리타가 전에 하던 일이었다. 똑같은 영화를 출연 배우만 달리해 다시 찍는 느낌이 들었다.

제임스에게 농락당했다는 사실을 알아챈 레나는 그 자리에 우뚝 멈춰 섰다. 제임스는 식당 보조금 명목으로 돈을 꼬박꼬박 챙겨가면서 정식 종업원을 쓰는 대신 헐값을 주고 일을 시킬 수 있는 어린아이를 데려다 놓았다.

'저 아이는 급여를 만져보지도 못했을 거야. 그저 먹이고 재워주는 대가로 일을 시키고 있겠지.'

레나는 단단히 화가 나 교사들과 학생들을 그 자리에 남겨두고 혼자 식당으로 갔다. 제임스는 화난 얼굴로 식당에 들어서는 레나를 보는 순간 허겁지겁 변명을 늘어놓았다.

"프라카쉬가 돈을 야금야금 빼돌리는 바람에 해고할 수밖에 없었어요."

제임스가 둘러대는 말을 듣고도 레나는 눈 하나 깜짝하지 않았다. 식당 주인이 애초의 약속을 지키지 않고 속였다는 사실은 그 어떤 변명을 둘러대도 결코 달라지지 않으니까.

'프리티가 옳았어.'

레나는 허탈감이 밀려왔다.

'돈으로 문제를 해결할 생각을 한 것이나 식당 주인을 믿은 건 전적으로 내 잘못이었어.'

레나는 자신이 흥정에서 이겼다고 생각했지만 실제로는 또 다른 아이의 목에 올가미를 씌운 것이나 다름없다는 걸 알게 되었다. 나중에 레나는 아이 이름이 안부이고, 메리의 사촌 오빠 아들이라는 사실을 알게 되었다. 사촌 오빠는 메리에게 아이를 맡기면서 두 가지 약속을 받아냈다. 아들을 굶지 않게 해주라는 것과 입에 풀칠하며 살 수 있는 직업을 찾아주라는 것이었다. 두 가지 조건만 충족시켜 준다면 빚에 쪼들려 옴짝달싹 못하는 아이의 아버지를 구워삶기에 충분했다.

레나는 무거운 심정으로 식당을 나서다가 랄리타와 눈이 마주쳤다. 랄리타는 여전히 교복 차림으로 남자아이 옆에 서있었다. 랄리타의 어두운 표정이 많은 걸 짐작하게 했다. 두 아이는 방 하나를 함께 사용하고 있었다. 나이가 같았지만 눈앞에 놓인 삶은 달랐다. 얼마 전부터 랄리타의 얼굴이 눈에 띄게 어두웠던 이유를 알 수 있을 듯했다. 랄리타는 학교에 다니는 자신을 대신해 남자아이가 식당에서 일하게 되었다는 생각에 마음이 괴로웠을 것이다.

그날 밤, 안부에 대한 생각이 머릿속을 떠나지 않았다. 바닷가에 소풍을 가 공놀이와 연날리기를 즐기는 아이들의 웃음소리를 들으며 겨우 되찾았던 마음의 평화가 단숨에 깨져 버렸다. 안부는 평생 식당에서 일하며 살아가게 될 것이다. 글을 배우지 못했으니 다른 삶을 찾아낼 기회를 마련하기 쉽지 않을 것이다. 욕심 많은 식당 주인은 언제나 자신의 입장에 충실할 것이고, 돈 몇 푼에 아들을 식당에 넘긴 빚쟁이 아버지는 아이가 밥을 굶지 않고 살게 되었다며 안심할 것이다.

'안타까운 일이지만 내 힘으로는 어쩔 수 없잖아.'

시시포스가 바위를 산꼭대기로 밀고 올라간 뒤 다시 아래로 굴러떨어지는 모습을 지켜보는 기분이었다.

'부조리한 삶이 랄리타 대신 안부를 집어삼키고 있어. 이 빌어먹을 지옥은 영원히 끝나지 않아.'

23장

쿠마르와 프리티 사이에 긴장감이 감돌았다. 쿠마르는 기회가 있을 때마다 프리티와 대화를 시도했지만 매번 투명인간 취급을 받으며 외면당했다. 프리티의 냉랭한 태도에 쿠마르는 몹시 당황한 눈치였다. 쿠마르는 수업이 끝나고 난 뒤 평소 같으면 아이들이 제출한 과제물을 채점하고 있을 텐데 오늘은 두 손을 늘어뜨리고 운동장에서 무술 수련

중인 레드 브리게이드 단원들을 내다보았다. 한동안 초점을 잃고 헤매던 쿠마르의 눈길이 프리티에게서 멎었다. 프리티의 얼굴은 예쁘지는 않았지만 특유의 오라를 풍겼다. 매우 독특한 매력을 가진 프리티는 방과 후 해가 지고 나면 군마에 오른 전사처럼 스쿠터를 타고 좁은 골목을 누비고 다녔다. 프리티가 레드 브리게이드 유니폼 말고 다른 옷을 입고 있는 경우는 거의 없었다. 붉은색과 검은색으로 구성된 살와르 카미즈는 프리티의 제2의 피부이자 정체성이었다.

어느 날 저녁, 레드 브리게이드 단원들이 무술 수련을 마치고 거리 순찰에 나설 채비를 하고 있을 때 쿠마르는 용기를 내 프리티에게 다가갔다.

"나도 레드 브리게이드 단원들과 함께 순찰할 수 있게 해주세요. 수년 전부터 칼라리파야트*를 수련해 왔으니까 도움이 될 거예요."

프리티는 미덥지 않은 눈길로 쿠마르를 빤히 쳐다보다가 말했다.

"당신 도움은 필요 없어요. 레드 브리게이드는 여자들로 구성되어있는 단체이고, 앞으로도 계속 그럴 거예요."

*남인도 드라비다족의 전투술에서 유래한 격투기

그렇게 말한 다음 프리티는 경멸감을 슬쩍 내비치며 덧붙였다.

"칼라리파야트는 부자들이 취미 삼아 하는 운동이죠. 실제로 누군가 공격을 가해올 경우 속수무책으로 당할 수밖에 없어요."

쿠마르가 멋쩍게 웃었다. 프리티의 말에 수긍하는 태도는 아니었지만 그렇다고 화나 보이지도 않았다.

"칼라리파야트는 이 세상 모든 무술의 원조라고 할 수 있어요. 쿵후를 비롯해 다양한 무술이 칼라리파야트에 기원을 두고 있으니까요. 오랜 세월 동안 뛰어난 전사들을 길러낸……."

바로 그때 프리티가 말을 끊으며 쏘아붙였다.

"괴한이 뒤에서 강간하려고 덮치는데 공중 돌기를 하며 발차기를 할 겨를이 있을까요? 수탉 권법, 공작 권법, 코끼리 권법 따위가 절체절명의 위기 상황을 벗어나게 해줄 수 있을 거라 생각해요?"

프리티는 레드 브리게이드가 호신술로 수련하는 니샤스 트라칼라가 강간범을 퇴치하는 데 가장 효과적인 무술이라고 주장했다. 그 말을 끝으로 프리티는 순찰을 돌기 위해 몸을 돌렸다. 레드 브리게이드 단원들의 실망스러운 눈길이 프리티를 향해 쏟아졌다. 단원들은 쿠마르의 합류를 간절히 바라고 있었다. 쿠마르는 그다지 주눅 든 기색이 아니었고, 프리티가 잘못 생각하고 있다는 사실을 담담한 태도로 설명했다.

"칼라리파야트는 위기 상황에서 상대의 급소를 공략하는 방법을 알려 주죠. 목 한가운데 울대뼈, 목덜미, 흉골, 인중 등을 신속하게 공격해 상대를 꼼짝 못 하게 제압하는 방법입니다."

쿠마르가 여전히 미심쩍은 눈으로 쳐다보는 프리티를 향해 덧붙였다.

"내 말을 믿지 못하겠다면 당신 눈앞에서 당장 입증해보일 수도 있습니다."

쿠마르가 시범을 보여주겠다고 제안한 건 프리티에게 던진 일종의 도전장이나 다름없었다. 두 사람 주위에 둘러선 단원들도 말싸움이 별안간 무술 대결로 치닫는 분위기가 형성되자 입을 꾹 다물고 흥미를 보였다. 프리티는 겁을 집어먹거나 머뭇거릴 사람이 아니었기에 즉각 응수에 나섰다.

"그리 원한다면 받아들일 수밖에요."

프리티는 지금껏 수많은 남자들과 싸워 물리친 경험이 있었다. 쿠마르보다 훨씬 더 거칠고 힘이 센 남자들이었다.

쿠마르와 단원들은 교탁을 벽으로 바싹 밀어붙이고 교실 한가운데에 대련할 공간을 만들었다. 쿠마르가 외투와 신발을 벗어 구석 자리에 내려놓고 교실 한가운데로 걸어왔다. 프리티는 그의 일거수일투족을 가소롭다는 듯 지켜보다가 두파타와 카미즈를 벗고 티셔츠 차림이 되었다. 살와르에 짧은 티셔츠 차림으로 쿠마르와 한판 겨루겠다는 뜻이었다. 단원들은 두 사람을 중심에 두고 자리를 잡고 앉아 호기심 가득한 눈으로 대련이 벌어지길 기다렸다.

쿠마르와 프리티가 서로를 향해 다가가 원형경기장의 검투사처럼 마주 보고 섰다. 두 사람은 서로를 뚫어지게 바라보며 야수처럼 서로를 탐색했다. 누가 먼저 공격을 시도할지 전혀 가늠이 되지 않았다. 쿠마르는 시종 프리티에게서 눈을 떼지 않았고, 상대의 몸에서 느껴지는 근육의 미세한 떨림, 순간적인 눈꺼풀의 깜박임을 놓치지 않고 지켜보며 먼저 공격해오길 기다렸다. 일종의 신사도이자 레이디 퍼스트 차원이었다. 프리티는 오래 기다리게 하지 않았다. 입을 크게 벌리고 먹잇감을 향해 달려드는 암사자처럼 쿠마르를 향해 몸을 날렸다. 두 사람은 서로의 몸을 움켜잡았다. 그 동작이 어찌나 빠른지 서로 뒤엉켜있는 몸 가운데 어느 쪽이 쿠마르이고 프리티인지 구별하기 힘들었다. 쿠마르는 힘을 앞세워 밀고 들어오는 프리티를 유연하고 날렵한 움직임으로 모두 막아냈다. 프리티의 공격이 격렬하다면 쿠마르의 방어는 민첩하고 정교했다. 단원들은 넋이 나간 표정으로 불꽃 튀는 대련을 지켜보고 있었다. 두 사람의 대련은 맹렬하고 거친 한편 관능적인 매력을 발산하고 있었다. 마치 동물 다큐멘터리에서 본 야생동물의 짝짓기 구애 동작이 연상되었다.

쿠마르가 재차 공격을 시도하는 프리티를 번개처럼 빠른 동작으로 낚아채 바닥에 쓰러뜨렸다. 프리티가 위에서 내리누르는 쿠마르를 밀어내고 몸을 빼내기까지 두 사람의 얼굴은 서로 포개질 만큼 가까이에 위치했다. 프리티는 상대가 내뱉는 뜨거운 숨결이 살갗에 와닿는 걸 느꼈다. 별안간 숨쉬기가 힘들 만큼 심장이 요동쳤다. 쿠마르도 순간적으로 멈칫하는 게 느껴졌다. 프리티는 그 순간을 놓치지 않고 재빨리 몸을 빼내면서 상대를 공격해 뒤로 쓰러뜨렸다. 이번에는 쿠마르가 바닥에 누운 자세로 프리티의 공격을 막아내고 있었다. 두 사람의 몸이 서로 뒤엉킨 채 바닥에서 나뒹굴었다. 프리티가 최대한 힘을 끌어 모아 쿠마르를 타고 누른 뒤 고도의 집중력을 발휘해 상대의 팔을 꼼짝 못하게 제압한 결과 항복을 이끌어냈다.

단원들의 환호성이 교실 가득 울려 퍼졌다. 프리티가 상대를 제압한 것에 대해 모두들 진심으로 감탄하는 모습이었다. 프리티의 결단력과 과감한 공격이 승리의 비결이었다. 쿠마르는 깨끗이 패배를 인정하고 프리티에게 박수를 보냈다. 그가 몸을 일으키려 할 때 바깥에서 거칠게 울부짖는 소리가 들려왔다. 모두들 그 소리에 깜짝 놀라며 동작을 멈추었다. 마치 지옥에서 울려오는 듯 고통과 두려움이 뒤섞인 처절한 울음소리였다.

쿠마르와 프리티는 누가 먼저랄 것도 없이 밖으로 뛰어나갔고, 단원들도 뒤따랐다. 어느새 레나도 밖으로 달려 나왔다. 그 울음소리는 학교 건물과 맞붙어있는 자나키 가족의 움막집에서 들려왔다. 쇠똥이 말라붙은 움막집 앞에서 자나키의 엄마가 두 손으로 머리를 감싸고 울부짖고 있었다. 듣는 이의 가슴을 쥐어짜는 소리, 오장육부의 밑바닥과 깊이 유린당한 내면에서 토해내는 끔찍한 비탄의 소리였다. 이웃 주민들도 하나둘씩 집 밖으로 나와 비탄의 소리를 토해내는 자나키의 엄마를 우두커니 쳐다보았다. 자나키의 아버지가 눈물범벅이 된 얼굴로 부인을 진정시키려 했고, 아이들은 겁에 질린 눈으로 부부를 둘러싸고 있었다.

레나는 그들 가족 앞으로 다가가면서 가슴을 옥죄어 오는 불안감을 느꼈다. 몹시 비참한 일이 자나키의 가족들에게 밀어닥쳤다는 걸 느낌으로 알 수 있었다. 이웃집 여자가 자나키의 가족들에게 처음으로 끔찍한 소식을 전해주었다. 길가 도랑에서 자나키의 시신이 발견되었다는 소식이었다. 지난밤, 자나키는 남편 집에서 도망쳐 나와 이 마을로 달려오다가 길에 쓰러져 숨을 거두었다.

레나는 두 다리의 힘이 풀리며 몸이 휘청거렸다. 쿠마르와 프리티가 달려와 레나를 부축했다. 자나키의 엄마가 세 사람을 발견하고 다가오더니 원망과 증오를 담은 욕설을 쏟아붓기 시작했다. 세 사람 때문에 자나키가 죽었다는 것이었다.

"당신들이 자나키를 학교에 데려가 반항심을 심어놓지 않앉아도 내 딸은 아직 살아있을 거야."

자나키의 엄마는 조상 대대로 모든 여자들이 그래왔듯이 아이가 주어진 삶을 있는 그대로 받아들였다면 비참한 죽음을 면할 수 있었을 거라며 울부짖었다.

"당신들 때문이야. 당신들이 내 딸의 죽음에 대해 책임져야 해!"

자나키의 엄마가 쏟아내는 비탄과 원망의 말들이 총알이 되어 레나의 가슴에 박혔다. 프리티가 항변하려고 앞으로 나서자 쿠마르가 말리려고 붙잡으며 말했다.

"딸을 잃은 엄마의 마음이 얼마나 고통스럽겠어요. 나중에 이야기해도 늦지 않으니까 지금은 그냥 돌아가는 게 좋겠어요."

프리티도 더는 고집을 부리지 않고 뒤로 물러서며 레나에게 학교로 돌아가자고 했다.

레나는 큰 충격을 받아 반쯤 넋이 나간 얼굴로 고개를 저으며 말했다.

"난 잠시 걷다가 돌아갈게요. 걱정하지 말고 먼저 가요."

쿠마르와 프리티도 함께 가겠다고 나서자 레나는 한사코 뿌리쳤다. 두 사람은 레나가 골목길로 멀어져가는 모습을 물끄러미 지켜볼 수밖에 없었다.

레나는 혼자 있을 곳이 필요해 아무도 없는 해변을 향해 걸어갔다. 울긋불긋한 간판을 달고 늘어선 음식점들, 수공예 가게, 외국인 관광객들을 손짓해 부르는 행상들을 지나쳐 비로소 인적이 드문 해변에 당도했다. 파도 소리만이 들려올 뿐 사방이 고요했다. 레나는 눈앞에 막막하게 펼쳐진 바다를 바라보았다. 수평선은 어둠에 파묻혀 보이지 않았다. 레나가 친숙하게 아는 바다, 대낮에 모래밭을 거닐며 평화롭게 응시하던 바다가 아니었다. 검은 밤바다는 깊이를 알 수 없어 한층 더 불길한 느낌을 주었다.

그저 몇 걸음만 앞쪽으로 발길을 옮겨놓으면 될 것이다. 바닷물에 몸을 맡기고 멀리 헤엄쳐 나아가다가 기운이 다하면 천천히 아래로 가라앉게 될 것이다. 프랑수아를 앗아간 그 사건 이후 레나는 자주 죽음을 떠올렸다. 다만 지금처럼 죽음을 가까이에서 느낀 적은 없었다. 얼음장 같은 바닷바람의 날숨, 물보라를 실은 들숨이 살갗을 훑었다. 철썩거리는 파도 소리가 지척에서 들려왔다. 바다에 뛰어들어 거친 파도에 몸을 맡기고 있으면 저절로 해안에서 멀어져 먼 곳으로 밀려갈 수 있을 것이다. 레나는 파도에 몸을 맡기고 수평선 끝 피안까지 떠밀려가고 싶었다.

'우리의 삶은 늘 가느다란 실오라기 끝에 매달려있어.'
그날 랄리타의 도움을 받지 못해 피안의 세계로 떠났다면 학교를 세우지 않았을 것이고, 자나키는 분명 살아있을 것이다. 자나키 엄마의 말은 대체로 옳았다. 이 낯선 세계에 비집고 들어온 레나는 학교에서 교육을 받은 아이들이 낡은 관습과 전통을 깨부수고 변화를 꾀하는 주인공이 되길 바랐다. 레나는 자신의 야심이 자나키를 죽음으로 이끌게 되었다고 자책했다.

시간을 거슬러 이전 그대로 되돌려놓을 수만 있다면 모든 걸 포기하고 싶었다. 이곳은 이방인이 단 한 뼘이라도 탐내서는 안 되는 땅이었다. 어서 모든 흔적을 지워버리고 이곳에서 사라지고 싶었다. 이곳에서 조상 대대로 살아온 사람들에게 모든 걸 맡기고 떠나고 싶었다.
레나는 계속 꼬리를 물고 이어지는 음울한 생각을 떨쳐버리지 못하고 모래밭을 거닐었다.
'여기서 여행을 끝내는 거야. 저 문턱만 넘어서면 무한한 세계가 기다리고 있어.'

가만히 그 자리에 서서 눈을 감고 파도가 밀어닥쳐오길 기다리면 되었다. 전혀 두려움이 일지 않았고, 모든 준비는 끝났다. 레나는 또 다른 세계로 가는 길목에서 프랑수아가 마중 나오리라는 걸 알고 있었다.

바로 그 순간 짙은 피부의 여자가 레나 앞에 나타났다. 머리에 왕골 바구니를 이고 있었다. 어둠 속에서 여자의 눈이 반짝였다. 몸을 기울인 여자는 레나의 귀에 대고 속삭였다. 레나가 사용하는 언어가 아니었지만 이상하게 전부 알아들을 수 있었다.

"당신은 아직 떠날 때가 되지 않았어요. 이곳에서 해야 할 일이 많이 남았으니까요. 시련이 널려있더라도 가고자 하던 길에서 벗어나면 안 돼요."

지금껏 한 번도 본 적 없는 여자였지만 레나는 금세 누군지 알아보았다. 여자의 담담한 목소리가 또렷이 귓가에 울려 퍼졌다.

"나도 먼 길을 떠나 이 마을까지 왔어요. 랄리타에게 더 나은 삶을 열어 주길 기대하며 긴 여정 끝에 이 마을에 도착했죠. 난 숨을 거두는 순간까지, 아니 다른 세계로 떠난 이후로도 랄리타에게서 줄곧 시선을 뗄 수 없었어요. 다른 세계에서 랄리타를 지켜보다가 바다에 빠진 당신을 발견하고 아이의 귀에 대고 구해주어야 한다고 속삭였죠. 당신은 여길 떠나면 안 돼요. 랄리타 곁에 머물며 그 아이를 지켜 주어야 해요. 이미 그러겠다고 맹세했잖아요. 그러기로 약속했으니 반드시 지키길 바라요."

말을 마친 여자는 레나를 향해 기울였던 몸을 바로 세우더니 점점 멀어져갔다. 레나는 여자를 붙들고 싶었지만 몸이 말을 듣지 않았다. 여자의 윤곽이 어둠 속으로 스며드는 모습이 보였다. 그 순간 누군가의 손이 어깨를 짚었고, 정신이 번쩍 들었다.

24장

눈을 떠보니 바닷가 모래밭이었다. 먼 데까지 갔다가 다시 돌아오는 길이었는지, 낯선 길을 되짚어온 탓인지 방향을 종잡을 수 없었다. 랄리타가 크고 검은 눈으로 진지하게 내려다보고 있었다. 랄리타가 바로 지금의 그 눈길로 내려다봤던 지난 기억이 떠올랐다. 바로 그날, 이 모든 일이 시작되었다.

쿠마르와 프리티도 학교에서 레나가 보이지 않자 걱정돼 찾아 나섰다. 결국 모래밭에 쓰러져있는 레나를 발견한 사람은 랄리타였다. 아침마다 두 사람이 만나 공부를 하던 해변의 바로 그 장소였다.

레나는 몸을 일으켰다. 지난밤 꿈에 왕골 바구니를 인 여자를 보았다는 말을 랄리타에게 해주지는 않았다. 랄리타의 눈가가 퉁퉁 부어있는 걸 보면 자나키의 죽음에 대해 이미 알고 있는 듯했다. 랄리타가 레나의 어깨에 얼굴을 묻더니 가장 친했던 친구를 생각하며 한참 동안 눈물을 흘렸다.

그 일이 있고 나서 몇 주일 동안 레나는 표류를 거듭하다가 침몰했다. 한동안 떠났던 악몽이 다시 찾아왔다. 끔찍한 악몽에 시달리다가 몸을 떨며 깨어난 적이 한두 번이 아니었다. 생명이 빠져나간 프랑수아의 몸이 학교 교실 한가운데 눕혀져 있었고, 주변은 온통 피바다였다. 바로 그 옆에 자나키의 시신이 있었다. 레나는 깜짝 놀라 잠에서 깨어났지만 공포에 사로잡혀 숨을 쉴 수 없었고, 허겁지겁 진정제를 삼켜야만 했다. 아무리 도망치려고 해도 악몽은 깊은 심연 속에서 입을 떡 벌리고 레나를 기다리고 있었다.

매일 밤 악몽에 시달렸지만 레나는 수업을 할 때만큼은 조금도 내색하지 않고 집중했다. 어려운 가운데 꾸역꾸역 진도를 채워나간 결과 마침내 학년말 시험을 치르게 되었다. 방학을 앞두고 4월 중순에 열 예정이었던 축제는 어쩔 수 없이 취소했다. 누구나 상황을 알기에 축제를 즐길 형편이 아니었다.

레나는 한 학년을 마친 기념으로 학부모들을 초대해 수업을 참관하게 했다. 아이들이 그린 그림 전시회도 마련했다. 학생들은 부모들이 지켜보는 가운데 영시를 낭독하거나 노래를 불렀다. 세두는 한 아이가 낭송한 시를 즉석에서 번역해 사람들을 깜짝 놀라게 했다. 천사의 소리를 닮은 세두의 낭랑한 목소리가 교실 가득 울려 퍼지는 동안 레나는 몸에서 전율이 흐르는 걸 느꼈다. 교실 위에서, 마을의 지붕들 위에서 천사들이 재잘대고 있었다. 레나는 학생들이 성취해낸 학업 성과에 대해 칭찬하는 동안 목이 메었다. 학부모 초청 행사를 무사히 마친 레나는 아이들에게 두 달의 방학 기간 동안 틈틈이 책을 읽어야 한다고 당부했다. 교실 앞에

선 레나는 아이들이 흩어져 집으로 돌아가는 뒷모습을 지켜보았다.

아이들에게 새 학년이 돌아와도 다시는 만날 수 없으리라는 걸 이야기할 엄두가 나지 않았다. 프랑스로 돌아가면 다시는 이곳에 오지 않으리라는 걸 어떻게 전해야 할지 알 수 없었다. 언젠가 프리티는 이곳에 살기를 원하는 사람은 없다고 말한 적이 있었다. 프리티의 말대로 인도가 레나의 인내심과 의지를 꺾어버렸다. 자나키의 죽음이 열정에 찬물을 끼얹고, 동력을 앗아갔다. 아이들을 가르치면서 되살아났던 열정과 사명감은 죄책감에 파묻혔다. 물론 보람과 기쁨이 컸지만 그걸 얻기 위한 대가가 너무 컸다.

레나는 아직 프리티에게조차 결심을 털어놓지 못한 자신의 선택을 비겁하다고 자책했다. 프리티에게 솔직하게 털어놓을 용기를 내지 못해 하루하루 시간만 흘려보내고 있었다.

'무엇보다 중요한 건 이제 학교 운영이 정상적인 궤도에 올랐다는 사실이야. 내가 없어도 학교는 잘 돌아갈 수 있어.'

레나는 마음속으로 그렇게 되뇌며 자책감을 달랬다. 어쩌면 그런 구실을 내세워 자신의 결정을 정당화하려는 의도일 수도 있었다.

'내가 프랑스로 돌아가더라도 쿠마르와 프리티가 힘을 합쳐 잘 꾸려나갈 수 있을 거야.'

레나는 억지로라도 그렇게 믿고 싶었다.

'두 사람도 충분한 경험을 쌓았으니까 내 역할을 대신할 수 있어.'

요즘 쿠마르와 프리티는 예전과 달리 서로 잘 지내보려고 애쓰는 눈치였다. 언제부터인지 모르지만 프리티의 태도가 확연하게 달라졌다. 이제는 쿠마르를 외면하지 않았고, 어찌 보면 둘이 함께 있는 걸 즐기는 듯했다. 물론 프리티는 한사코 부인하겠지만 달라진 건 분명했다. 레나는 이따금 두 사람이 수업을 마치고 나서 함께 니샤스트라칼라의 어떤 기술이나 칼라리파야트의 자세 하나를 시험해보는 모습을 목도했다. 프리티는 둘이 함께 있는 모습을 들킬 때마다 변명 삼아 우샤를 내세웠다. 우샤도 남자를 상대로 무술 훈련을 했다는 것이다.

"무술 상대가 되어줄 남자가 있는데 적극 활용하지 않을 이유는 없잖아요."

두 사람의 살갗이 스치고 각자의 손이 서로의 몸을 움켜 잡는 모습, 바싹 다가선 그들의 뜨거운 숨결이 서로 뒤얽히는 모습을 볼 때마다 레나는 또 다른 대련의 전초전이 될 수도 있다는 느낌이 들었다. 지금 두 사람이 발산하는 열기는 프리티가 갑옷을 완전히 벗어버리는 순간 빠져들게 될 어떤 열병의 맛보기처럼 보였다.

마을을 떠나기 전날 레나는 두 사람을 작은 음식점으로 초대했다. 레드 브리게이드 단원 하나가 추천해준 곳이었다. 인도의 음식점들은 달리트의 출입을 환영하지 않았고, 더러는 아예 대놓고 거부하기 때문에 식당을 고르는 일이 결코 쉽지 않았다. 레나는 인도를 떠나기로 결심했고, 새 학년이 되어도 돌아오지 않을 거라고 말했다. 물론 프랑스로 돌아가고 나서도 계속 두 사람을 도울 것이고, 이제부터 후원금이 두 사람의 계좌로 입금되도록 조처해놓은 만큼 재정 문제로 학교 운영에 차질을 빚을 일은 없을 거라고도 말했다.

"도움이 필요하면 언제라도 연락해줘요."

쿠마르는 늘 그랬듯이 신중한 태도로 조용히 듣고만 있었다. 반면 프리티는 몸을 부들부들 떨더니 버럭 화를 내면서 레나를 쏘아보았다.

"처음 이야기를 꺼낼 때만 해도 간절히 함께하자고 하더니 지금은 우리만 남겨두고 떠나겠다고요?"

레나가 몇 마디 변명을 덧붙였지만 프리티를 한층 더 분노하게 만들 뿐이었다.

"학교를 세우고 싶다며 일을 벌려놓고 프랑스로 돌아가겠다고요? 당신을 잘 안다고 생각했는데 이제 보니 나만의 착각이었네요. 당신도 다른 이방인들과 똑같아요."

프리티는 그렇게 소리치고 나서 몸을 벌떡 일으키더니 거친 손짓으로 문을 가리켰다.

"이제 당신의 도움은 필요 없으니까 떠나고 싶으면 당장 떠나요! 어서 꺼지란 말이야!"

홀 안의 모든 눈이 그들을 뚫어지게 쳐다보고 있었다. 쿠마르가 진정시켜 보려고 했지만 프리티는 말을 듣지 않았다. 지배인이 다가와 중재에 나서려고 했지만 한발 늦었다. 프리티가 거칠게 의자를 뒤로 빼더니 음식점 밖으로 나가 버렸고, 쿠마르가 서둘러 뒤쫓아 나갔다. 홀로 남은 레나는 착잡한 마음을 가눌 길이 없었다.

프리티의 말이 밤새도록 레나의 머릿속을 맴돌았다. 레나는 학교 설립을 계획하고 프리티에게 가장 먼저 도움을 청했다. 이제 프리티에게 했던 수많은 약속을 저버리고 도망치려 하고 있었다. 끝까지 밀어붙이지 못하고 중도에 그만두는 게 부끄러웠다. 침몰하는 배를 버리고 혼자만 살겠다고 도망치는 선장처럼 비겁해보였다. 프리티와 많은 시간을 함께하며 가깝게 지내왔지만 과거에 대해 털어놓은 적이 없었다. 레나가 비극적인 사건을 겪었고, 상처를 달래기 위해 인도에 왔다는 사실을 프리티는 전혀 알지 못했다. 자나키의 죽음을 목도하면서 한동안 잊고 지낸 상처가 걷잡을 수 없이 되살아난 것에 대해서도 미처 털어놓지 못했다. 약한 모습을 보이는 게 부끄럽기도 하고, 상처를 드러내기 싫은 자존심 때문이기도 했다. 비극적인 사건을 입 밖으로 꺼내는 순간 지울 수 없는 사실로 굳어지는 게 두렵기도 했다. 고통을 입에 올리지 않으면 없던 일이 될 수도 있을 거라 생각했는데 착각이었다. 아무튼 이미 지나간 일이었고, 그 이야기를 털어놓기에는 너무 늦었다. 이제는 그저 변명으로 치부될 것이다.

작별 인사를 하기 위해 랄리타를 찾아갔다. 아이의 얼굴을 한참 동안 들여다보았다. 처음 봤을 때만 해도 무척이나 앳된 아이였는데 어느새 성큼 자란 느낌이 들었다. 바닷가에서 아이와 처음 마주친 이후 2년이 넘는 시간이 흘렀다. 연을 날리던 자그마한 여자아이는 어느새 사춘기가 되어있었다. 길게 땋아 내린 머리와 크고 검은 눈이 특히나 아름다운 소녀였다. 랄리타는 이제 타밀어와 영어 문장들을 막힘없이 써내려갈 수 있게 되었다. 레나가 준 수첩을 몸에서 떼어놓는 법이 없었다. 수첩은 랄리타와 세상을 연결시켜주는 도구였다. 랄리타는 누군가에게 하고 싶은 말이 있을 때 수첩에 적어 보여주었다. 아이는 여전히 입을 열지 않고 침묵했지만 레나는 희망을 포기하지 않았다. 랄리타가 언젠가 목소리를 찾게 될 거라 믿고 싶었다. 몇 년 후에는 아이가 대학 입학 자격을 얻을 수 있을 것이다. 랄리타는 반드시 시험을 통과해 대학교에 진학하겠다고 다짐했다. 대학에 들어가면 인도 북쪽의 마을로 돌아가 아버지를 다시 만나고 싶다고 했다. 랄리타의 가장 큰 소원이었다.

이제 랄리타와 헤어져야 할 시간이었다. 레나는 반의반으로 접은 쪽지를 랄리타의 수첩에 끼워 넣었다. 랄리타에게 작별을 고할 용기가 나지 않아 미리 편지를 써두었다. 랄리타가 작별의 충격을 받지 않길 바라는 마음으로 쓴 편지였다. 랄리타와의 작별이 슬프다고, 딸처럼 사랑하지만 떠나기로 결정했다고, 그 대신 믿음직한 쿠마르와 프리티를 믿고 따르라고, 두 사람이 가까이에서 보살펴줄 테니 안심해도 된다고 썼다. 언젠가는 다시 만나게 되리라는 약속도 잊지 않았다.

날이 밝자마자 레나는 학교 건물에 딸린 오두막집을 나섰다. 여행 가방을 끌고 나와 오두막 문을 닫는 동안 묘한 감정이 파도처럼 밀려들었다.

집으로 돌아가는 것일까, 아니면 집을 떠나는 것일까?

레나는 대답하기 곤란했다. 어느 쪽에도 속하지 못하고, 두 세계 모두에서 유배당한 느낌이 들었다. 레나는 이 세상 어디에도 자신이 머물 자리는 없다는 생각에 마음이 서글펐다.

예약해둔 택시가 도착했다. 레나는 무거운 마음으로 차에 올랐다. 창밖을 쳐다보지 않으려고 무던히 애썼다. 차가 달리기 시작하자 학교의 윤곽은 금세 작아지다가 이내 시야에서 사라졌다.

25장

　그날 아침, 랄리타는 이미 해가 떠올라 창밖이 환할 때 눈을 떴다. 안부와 함께 사용하는 지붕 밑 비좁은 방이었다. 안부는 어디 갔는지 보이지 않았다. 간밤에 레나가 두고 간 편지를 몇 번이나 거듭 읽다가 새벽녘에야 겨우 잠들었다. 레나의 편지는 랄리타를 깊은 혼란에 빠뜨렸다. 기운이 없어 다시 이불 속에 몸을 묻으려는 순간 바깥에서 시끄러운 소리가 났다. 아래층 식당에서 나는 소리였다. 이 시간에는 식당이 소란스러운 적이 없었다. 평소에는 정오쯤 되어야 손님들이 찾아들었다. 랄리타는 의아한 느낌이 들어 몸을 일으켜 옷매무새를 가다듬고 나서 방을 나섰다.

테라스로 나갔더니 평소와는 다른 상황이 펼쳐져 있었다. 메리가 안부와 이웃 여자를 데리고 커다란 식탁을 차리고 있었다. 주방에서 삼바르와 비리야니* 냄새가 흘러나왔다. 어쩌다가 잔칫날에나 맛볼 수 있는 음식이었다. 마침 제임스가 식당으로 들어섰다. 제임스가 가져온 생선의 양이 아주 많은 것으로 보아 시장에서 사온 게 분명했다. 매일 아침 제임스가 직접 바다로 나가 잡아 오는 물고기는 양이 반절에도 못 미쳤다.

랄리타를 발견한 메리는 일이 바쁜 중에도 잠시 일손을 놓고 다가왔다. 메리는 짐짓 다정한 미소를 지어 보이려고 입가를 움찔거렸다.

메리가 말했다.

"네가 깜짝 놀랄 만한 선물이 있어."

*쌀에 향신료에 잰 고기를 넣어 찐 요리

메리가 이런 식으로 자상하게 챙겨준 적이 없어 랄리타는 어리둥절했다. 아이는 앞장서서 걷고 있는 메리를 잠자코 따라갔다. 메리는 방으로 들어가더니 랄리타를 들어오게 했다.

랄리타의 눈앞에 화려한 금실 장식이 들어간 붉은색 사리가 펼쳐졌다. 머리에 쓰는 베일도 딸려있었다. 자나키가 혼례식 때 입었던 옷과 똑같았다.

레나는 탑승 수속을 위해 카운터에 여권과 항공권을 내밀었다. 여행 가방을 수하물 센터 앞에 내려놓고 라운지 쪽으로 나와 보안 검색대 앞에 줄을 섰다. 바로 그때 휴대전화가 울렸다. 전화를 받기 무섭게 쿠마르의 목소리가 들려왔다. 쿠마르가 다급하게 소리쳤다.

"랄리타가 식당을 나와 학교로 도망쳐왔어요. 제임스 부부가 오늘 랄리타를 결혼시키려고 한대요."

레나는 몸이 얼어붙는 느낌이었다. 쿠마르의 놀란 목소리가 이어졌다.

"책을 가져오려고 나와 봤는데 운동장에 랄리타……."

그 순간 전화기 속에서 차가 급정거하는 것 같은 굉음이 울리더니 울타리 문을 세차게 열어젖히는 소리가 이어졌다. 그다음에는 급박한 호흡 소리, 알 수 없는 소란에 이어 간간이 헐떡이는 소리가 들려왔다. 전화기 속에서 쿠마르가 소리쳤다.

"제임스와 그의 사촌들이 학교에 들이닥쳐 랄리타를 찾아내 데려가려고 해요. 랄리타는 방금 전 교실 안으로 피신해 문을 잠갔어요. 프리티는 지금 학교 밖에 있는데 전화를 받지 않아요."

레나는 불안하고 두려운 마음에 목소리가 떨려 나왔다.

"쿠마르? 쿠마르, 내 말 들려요?"

쿠마르는 대답하지 않았다. 쿠마르의 주변에서 무슨 일인가 벌어지고 있었다. 우당탕거리는 소리, 문짝을 세게 내려치는 소리, 유리창이 깨지는 소리가 연속적으로 들려왔다. 레나는 굳이 설명을 듣지 않아도 그 소리가 무엇을 의미하는지 알수 있었다. 지금 학교에서 벌어지고 있는 장면이 눈앞에 그려지며 온몸의 힘이 빠져나갔다. 당장 숨이 멎을 것 같았다.

바로 그때 아이의 소리가 들려왔다. 몇 년 동안 굳게 입을 다물고 있던 침묵을 깨뜨리고, 길고 긴 순응과 체념을 부수고 마침내 날카로운 소리가 울려 퍼졌다. 그 목소리는 마치 외마디 울부짖음처럼 들렸지만 레나는 금세 알아들었다. 지금껏 단 한 번도 들어보지 못한 목소리였지만 듣는 순간 분명하게 알 수 있었다. 단 한 번의 외침만으로도 충분했다. 그 목소리의 주인공은 바로 랄리타였다.

여행 가방을 수하물로 부쳤고, 이제 곧 프랑스로 날아갈 비행기가 떠오를 시간이 되었다는 사실을 머릿속에서 지워버렸다. 레나는 출국장을 가득 메운 승객들을 헤집으며 반대 방향으로 뛰기 시작했다. 누군가가 소리 질러 부르는 듯했지만 개의치 않았다.

레나는 공항에서 택시를 잡아타고 마을로 달려가면서 프리티에게 급히 전화를 걸었다. 쿠마르의 말대로 프리티는 전화를 받지 않았다. 세 번 연속으로 시도한 끝에 마침내 프리티가 전화를 받았다. 프리티는 지금 시위 현장에 가있다고 했다. 레드 브리게이드 단원들의 구호 소리가 들려왔다. 레나는 프리티에게 서둘러 상황 설명을 했다. 쿠마르와 랄리타가 교실에 피신해 있으니 어서 달려가 보라고 했다.
"프리티, 나도 지금 프랑스로 돌아가는 걸 포기하고 학교로 달려가는 길이에요."

말이 끝나기 무섭게 프리티의 반응이 날아왔다. 레드 브리게이드 단원들에게 당장 본부로 돌아가야 한다는 프리티의 명령이 떨어졌다.

레나는 마하발리푸람 마을로 돌아가면서 커다란 자책감을 느꼈다. 학교를 떠나려고 한 선택은 어리석었다. 제임스는 아이의 혼인 계획을 이미 오래전부터 차근차근 준비해 온 게 분명했다. 레나가 반대하고 나설 게 뻔했기에 한 학년이 끝나길 기다렸다가 기습적으로 결혼식을 치를 계획이었던 것이다. 레나가 학교를 떠나자마자 결혼식을 준비하기 시작한 것만 봐도 알 수 있었다. 그야말로 치밀한 계획이었고, 교묘하게 꾸민 배신이었다.

랄리타를 결혼시켜 남편 집으로 보내면 군입이 하나 줄어드는 셈이었다. 안부를 식당에 데려다 놓았으니 랄리타는 이제 쓸모가 없었고, 더는 먹여 주고 재워줄 필요가 없어진 것이다. 레나는 그런 발칙한 계획 아래 결혼식을 준비한 제임스를 악당으로 치부할 수밖에 없었다. 제임스는 아이를 결혼시켜 남편의 지배와 보호를 받게 해주었으니 이제 자신의 모든 의무를 다했다고 믿을 테니까. 이 마을 남자들 대부분이

제임스와 비슷한 생각을 가지고 있을 것이다. 기독교로 개종했다고 오랜 세월 동안 이어져 온 관습과 신조가 쉽게 바뀌지는 않으니까. 예수를 믿든 시바를 믿든 결혼에 대한 풍습은 오랜 세월 하나의 공동체에 뿌리내린 전통의 소산이었다.

제임스는 아이의 남편에게 보낼 지참금 액수를 줄이려고 장래의 시부모와 긴 시간 밀고 당기며 악착같이 흥정을 벌였을 것이다. 랄리타는 고아라서 식당에서 더부살이를 하며 자랐고, 타인의 분변을 치우는 엄마와 쥐잡이꾼 아버지 사이에서 태어난 아이인 만큼 지참금 액수를 최대한 줄였을 것이다. 제임스가 야비한 인물이라는 건 진작부터 알고 있었지만 이처럼 비열한 일을 꾸밀 줄은 미처 몰랐다.

레나가 학교에 도착해 가장 먼저 만난 사람은 멍들고 부풀어 오른 얼굴로 운동장에 서 있는 쿠마르였다. 방금 도착한 레드 브리게이드 단원들이 쿠마르 주위로 모여들었다.

쿠마르가 불안감이 가시지 않은 목소리로 다급히 말했다.

"그들이 문을 잠갔더니 부수고 쳐들어왔어요. 막아보려고 했지만 그들의 숫자가 너무 많아 역부족이었어요. 그들이 방금 전에 랄리타를 끌고 갔어요."

쿠마르의 말이 끝나기도 전에 프리티는 단원들에게 급히 신호를 보냈다. 단장의 지시가 떨어지기 무섭게 단원들 모두가 재빨리 스쿠터에 올랐다.

"다바로 가자!"

레나도 함께 가려고 어느 단원의 스쿠터 뒷자리에 올랐다. 쿠마르도 다리를 절룩이면서 스쿠터를 탔다. 다들 쿠마르의 몸 상태를 걱정해 말렸지만 기어이 같이 가겠다고 고집을 부렸다. 레드 브리게이드 자경단은 그을음이 섞인 연기를 내뿜으며 해변의 식당을 향해 달려갔다.

다바의 정면은 결혼식을 위해 종이로 만든 꽃과 꽃 줄로 장식되어 있었고, 하객들이 타고 온 차와 오토바이, 자전거들이 식당 앞에 줄줄이 세워져 있었다. 많은 하객들이 테라스에 모여 있었고, 예식은 아직 시작되지 않은 상태였다. 레드 브리게이드 단원들이 타고 온 스쿠터들이 굉음을 내며 식당 앞에 멈춰 섰다.

제임스가 학교에서 강제로 잡아온 랄리타를 데리고 걸어가는 모습이 보였다. 몸집이 크고 완력이 센 여자들이 랄리타 주변을 에워싸고 달아나지 못하도록 지키고 있었다. 랄리타에게 금실로 장식된 붉은색 사리를 입혀 놓았는데, 옷이 너무 큰 탓에 옷자락이 자꾸만 발에 걸려 비틀거렸다. 메리는 결혼식 날 신부에게 입힐 옷을 친척이나 이웃집에서 빌려왔을 게 뻔했다. 멀지 않은 곳에 신랑이 서 있었다. 삼십 대로 보이는 남자였다. 그 남자는 식장으로 끌려 들어오는 신부의 생김새며 체구를 샅샅이 훑어보았다. 랄리타는 잔뜩 겁에 질린 얼굴이었다. 한밤중에 도로에 들어섰다가 자동차 전조등 빛 안에 갇힌 새끼 암사슴 같았다. 아이는 다섯 살 생일에 부모에게 선물로 받은 풀란 데비 인형을 한쪽 손에 꼭 쥐고 있었다. 메리가 달려와 어린 신부의 손에서 인형을 빼앗으려고 했지만 말을 듣지 않았다. 결혼식 주례를 맡은 사람이 짜증스러운 표정으로 두 사람의 실랑이를 지켜보았다.

별안간 한 무리의 붉고 검은 전사들이 나타나 제임스와 사촌 형제들을 꼼짝 못 하게 제압했다. 이곳 사정을 모르는 외국인이 봤다면 무장 강도가 난입했거나 군사작전이 벌어지는 것으로 착각했을 수도 있었다. 프리티와 레드 브리게이드 단원들은 맨주먹으로 식당 주인을 때려눕혔다. 제임스가 하필 잔칫상 위로 쓰러지는 바람에 미리 준비해놓은 음식들이 바닥에 나뒹굴었다. 하객으로 온 남자들 몇몇도 달려들었다가 소녀 단원들에게 속절없이 제압당해 나동그라졌다. 쿠마르도 가만 있지 않았다. 니샤스트라칼라 기술과 칼라리파야트 권법을 합한 쿠마르의 동작은 천하무적 효과를 냈다. 이제 식당 테라스는 격투장이 되었다. 프리티는 분노를 감추지 못하며 암사자처럼 용감하게 싸웠다. 레나는 난투극이 벌어지는 현장을 헤집고 앞으로 나아가 불안에 떨고 있는 랄리타를 안아주었다. 우선 아이를 다른 곳으로 피신시켜야 했다. 레나는 아이를 감싸 안고 출입구를 향해 뛰어갔다. 그 사이 프리티가 주위를 두리번거리다가 망연자실한 얼굴로 퍼질러 앉아있는 메리의 손에서 풀란 데비 인형을 빼앗아 들었다.

프리티의 휘파람 소리를 신호로 모든 단원들이 동작을 멈추고 달려 나왔다. 프리티의 퇴각 명령이 떨어지자 단원들은 다시 스쿠터에 올랐다. 레나는 랄리타와 함께 프리티의 스쿠터 뒷자리에 올라탔다. 동시에 스쿠터 시동이 걸리면서 단원들은 일제히 식당 앞 공터를 빠져나갔다. 제임스가 미치광이처럼 쫓아 나와 삿대질을 하며 욕설을 퍼부어댔지만 레드 브리게이드 일행은 이미 사라지고 난 뒤였다. 제임스가 스쿠터 꽁무니에서 피어오르는 자욱한 연기를 향해 욕설을 퍼부었다. 랄리타를 향해서는 한 번만 더 자기 앞에 나타나면 가만두지 않겠다고 을러댔다. 그러고 나서도 한참 동안 알 수 없는 말을 고래고래 외쳤지만 그 소리는 이제 어느 누구의 귀에도 들리지 않았다. 선두의 프리티가 가속 페달을 힘껏 밟아 스쿠터의 속도를 높였다. 단원들은 길모 퉁이를 돌아 다바에서 멀어졌다.

레나는 빠른 속도로 달리는 스쿠터 뒷자리에 앉아있는 동 안 묘한 감정에 사로잡혔다. 마침내 가족을 얻은 느낌이었 다. 품에 안겨있는 랄리타의 가냘픈 몸이 느껴졌다. 프리 티의 뒷모습에서는 믿음직한 힘이 전달되어왔다. 세 사람 은 각자 상처를 갖고 있었지만 모두 살아있었다. 각자 지옥 을 겪었지만 살아남았다. 세 사람은 고통을 이겨낸 생존자, 삶과 맞서 싸운 전사였다. 세 사람의 공통점이 그들을 자매 로, 모녀로 묶어주었다.

'반드시 피를 나누어야만 가족이 되는 건 아냐.'

레나는 마음속으로 중얼거렸다.

'삶이 한 줄 실오라기 끝에 매달린 듯 위태롭다고 해도 누 군가 그 실을 잡아주면 되는 거야. 랄리타가 내 삶이 매달 린 연줄을 잡아주었어. 그때부터 눈에 보이지는 않지만 이 아이와 강한 연줄로 이어져 있는 거야.'

에필로그

"당신을 당신의 나라, 가문, 종교와 동일시하지 말라.
당신은 희망을 지니는 한, 자유로울 수 있는 한 당신 자신이다.
당신의 '나'를 찾아라. 이 '나'를 붙잡으면 구원받고 안전할 것이다."
_대(大) 마하라자, 〈단순한 것이 더 아름답다 Less is more〉

고대 인도 서사시 《마하바라타》에는 다음과 같은 이야기가 나온다. 크리슈나는 전쟁에 나가 쉬슈팔 왕과 맞서 싸우다가 상처를 입는다. 크리슈나의 손가락에서 피가 흐르자 그를 추종하는 드라우파다가 옷자락을 찢어 손가락을 동여매 멎게 해준다. 크리슈나는 그에 대한 보답으로 드라우파다에게 언제 어디서나 보호해 주겠다고 약속한다.

이 이야기가 '락샤 반단' 축제의 기원이다. 매년 8월 말, 슈라바나*의 만월이 뜰 때 열리는 이 축제는 흔히 오빠와 누이동생의 축제로 불린다. 이날이 되면 누이동생이 우애의 표시로 끈을 엮어 오빠의 팔에 팔찌처럼 둘러주는 전통이 있다. 이 관습이 오늘날에는 오누이 사이를 넘어 모든 인간 관계로 확대되었고, 팔목에 둘러 묶는 이 끈은 두 사람 간의 우애를 상징하게 되었다.

오늘만은 프리티가 사리를 입었다. 프리티는 평소 활동하기 편한 레드 브리게이드 유니폼을 전투복 삼아 입고 다녔는데 그런 사람이 사리를 입자 아주 달리 보였다. 레나는 단원들이 만들어준 살와르 카미즈를 입었다. 단원들은 레나에게 옷을 입혀준 뒤 목에 화환을 걸어 주었다. 레나는 살와르 카미즈를 입은 자신의 모습을 거울에 비춰본 순간 가슴이 뭉클했다. 그저 한 벌의 옷이 아니라 그 이상의 의미가 담겨있었다. 단원들은 그 옷을 통해 레나에게 당신은 언제나 우리와 함께이고, 레드 브리게이드의 일원이라고 말해준 셈이었다.

*힌두 점성술에서 22번째 나크샤트라(별자리)이자 8월의 이름

'락샤 반단' 의식은 작은 초에 불을 밝히면서 시작되었다. 레나를 마주 보고 선 프리티가 레나의 손목에 끈을 엮어 만든 '라키'를 묶었다. 전통에 따르면 라키는 신성한 것으로, 영원히 변하지 않는 관계의 표식이었다. 이어서 프리티가 축복의 말과 함께 레나의 건강과 번영을 기원한 뒤 이마에 행운과 행복을 가져다줄 붉은 점 '틸락'을 붙여 주었다.

이 의식은 그저 프리티와 레나의 우정을 축하하기 위한 것이 아니었다. 이 의식을 통해 두 사람은 진정한 자매가 되었다. 프리티는 몇 년 전 자신의 언니를 잃었지만, 오늘 다른 언니를 얻게 되었다. 산스크리트어로 '락샤'는 '보호', '반단'은 '묶는다'의 의미이다. 이제 두 사람은 출생이나 국적, 종교를 넘어 서로에게로 이어졌다.

레드 브리게이드 단원들과 학생들, 학부모들이 두 사람을 에워쌌다. 그들 가운데 마을 주민도 몇 사람 섞여 있다 보니 의식이 묘하게 엄숙해졌다.

프리티에 이어 랄리타의 차례가 되었다. 랄리타도 끈 팔찌를 레나에게 묶어 주었다. 랄리타가 레나와 영원히 이어지기를 선택한 것이다. 레나는 가슴이 벅차오는 걸 느끼며 미소를 지었다. 삶이 그토록 큰 시련을 던져놓은 뒤 선물을 주었다. 아이를 가져본 적 없는데 한 아이에게 선택되었다. 그야말로 신비한 인연이었다. 비극적인 사건으로 사랑하는 사람을 잃은 레나는 마침내 가족을 찾을 수 있게 되었다. 그동안 두 대륙 사이에서 떠돌다가 이제는 단단히 연결된 끈을 갖게 되었다.

랄리타를 구출한 뒤 레나는 프랑스로 돌아가려고 했던 마음을 접고 이곳에서 눌러살기로 결정했다. 랄리타를 위해서라도 이곳에 남아야 했다. 학교 건물에 딸린 오두막을 확장하는 건 어려운 일이어서 레나는 세 사람이 함께 지낼 수 있는 장소를 물색해보았다. 바다 가까운 곳을 산책할 때 눈에 들어온 땅이 있었다. 그 땅에 집을 지을 생각이었다. 면적이 그리 넓지는 않았지만 주변 경관이 매우 아름다웠고, 코브라가 출몰하지 않는 곳이었다.

이곳이 프랑수아와 함께 꿈꾼 브르타뉴나 모르비앙만과 같을 수는 없을 것이다. 거칠고 뜨거운 벵골만은 이곳에서 살아가는 사람들의 마음처럼 맹렬하고 예측하기 어렵다.

힌두 격언 중에 이 세계는 눈에 보이는 것과 다르다는 말이 있는데, 벵골만이 바로 그러했다. 이곳은 속에 숨긴 비밀을 아직 다 내보이지 않았다.

두 세계 어디에도 속하지 못하고, 두 개의 삶 사이에서 이러지도 저러지도 못하면서 레나는 마침내 알게 되었다. 어디에도 피난처가 없다면 자신이 바로 피난처이자 쉼터가 되어야 한다고. 레나는 가진 물건들을 모두 정리해 가방 하나에 담길 만큼 남겨두었다. 승려들이 출가할 때 등에 지는 바랑이 떠올랐다. 승려들이 바랑에 담기는 것 말고 아무것도 지니지 않는 건 물질적인 안락을 거부한다는 표식이었다. 레나는 자신이 지나온 삶, 꿈꾸어온 삶, 자신에 대해 품어온 이상과 결별했다. 예전에는 그토록 중요해보이던 모든 걸 내려놓았다. 레나는 이제 자신이 있을 자리를 찾았다고, 더는 헤맬 필요가 없다고 생각했다. 그런 까닭에 자신을 향해 나직이 속삭였다.

"이 공기와 빛이 온전히 나의 것이야. 저 하늘과 땅, 나무들, 온천지의 색채와 향기, 수평선에 떠오르는 해가 온전히 나의 것이야. 학교에 오는 학생들이 내 아이들이야. 내가 이 세계에 속해있듯이 이 세계도 내게 속해있어."

매일 아침 레나는 운동장에 나가 등교하는 아이들을 맞았다. 학교는 새 학년의 시작과 함께 세 명의 신입생이 들어왔다. 모두 마을 아이들이었다. 한동안 쭈뼛거렸던 신입생들은 얼마 지나지 않아 학교생활에 적응해 몹시 즐거워했다.

'교실을 하나 더 열어야 해.'

앞으로도 수없이 싸워야 한다는 걸 안다. 아마도 또 다른 일들이 닥쳐올 것이고, 가슴 아파해야 할 것이다. 여자아이들은 강제 결혼에 내몰릴 것이고, 또 다른 식당에 또 한 사람의 안부가 팔려 갈 것이다. 하지만 또 다른 승리와 기쁨도 기다리고 있을 것이다.

지금은 큰 벵골보리수나무 둘레에서 놀이하는 저 아이들만 생각하고 싶다. 삶이 저 아이들의 웃음소리, 헝클어진 머리카락에 담겨있는 것 같다. 레나에게는 아이들이 그린 그림, 그들이 부르는 노래, 그들이 날리는 연이 삶의 모든 것이다. 삶은 맹렬하게 흐르는 강물처럼 레나를 휩쓸어 이곳으로 이끌어왔다. 레나의 고통에 대해서는 아랑곳하지 않았다. 그래도, 아무리 그래도 레나는 살아갈 것이다.

그래도 역시 삶은 계속된다.

감사의 말

쥘리에트 조스트와 올리비에 노라, 그라세 출판사의 전 직원들이 내게 보내준 믿음에 감사한다.

자크 몽토에게 감사한다. 그의 우정과 호의가 이 소설을 쓰는 데 큰 힘이 되었다.

엘렌 기롱과 강파에게 감사한다. 두 사람은 내게 자신의 이야기를 기꺼이 들려주었다.

무케시의 귀중한 도움에 감사한다.

사라 카맹스키에게, 변치 않는 그의 배려와 응원에 감사한다.

인터뷰를 허락해 준 파티마 피르, 또 조언을 아끼지 않은 로랑스 다보에게 감사한다.

언제나 내 첫 번째 독자가 되어 주시는 부모님께 감사한다.

그리고 늘 내 곁에 있어 주는 우디에게 고마움을 전한다.

옮긴이의 말

삶을 위한 연대

《연》은 우리가 만나는 래티샤 콜롱바니의 세 번째 소설이다.

영화감독이자 시나리오 작가로 활동해온 래티샤 콜롱바니는 그 자신의 표현을 빌리면 "더 자유로울 수 있는 표현수단을 찾고 싶어서" 소설을 쓰기 시작했고, 그 첫 결실로 2017년 《세 갈래 길》을 발표했다. 인도의 스미타, 시칠리아의 줄리아, 캐나다의 사라. 서로 다른 지역, 다른 처지에서 살아가는 세 사람이 자신의 삶을 위협하는 억압과 불공정에 맞서는 이야기를 담아낸 이 첫 소설은 삶을 향한 그들의 용기가 보이지 않는 연결고리가 되어 서로와 이어지는 모습을 그려냄으로써 전 세계 독자의 찬사를 받았다. 이어서 2019년에 발표한 두 번째 소설 《여자들의 집》은 20세기 초 구세군 지도자였던 블랑슈 페롱이 차별당하고 궁핍에 허덕이며 거리로 내몰린 여자들에게 피난처를 마련해주기 위해 세운 '여성 궁전'을 배경으로 삼아 오늘날에도 여전히 고통에 내몰리는 여성의 위기 상황과 그 속에서도 자신의 삶을 지켜내려는 이들의 연대와 희망을 보여주었다.

2021년에 발표한 《연》은 여성의 삶을 이야기한다는 점에서 앞선 두 작품의 연장선에 있다. 이 책에는 사랑하는 사람을 잃고 살아갈 힘도 잃은 채 인도 동남부의 작은 마을 마하발리푸람으로 온 프랑스 여자 레나가 등장한다. 벵골만에 접한 마하발리푸람 마을은 대표적인 힌두교 유적지로 잘 알려진 관광 명소이지만, 마음의 상처를 입은 레나에게는 자신을 세상으로부터 숨기기에 좋은 장소일 뿐이다. 이 마을에 온 뒤로 레나의 시선은 먼 바다 수평선이나 발 아래 모래밭을 더듬는 게 거의 전부였다. 하지만 어느 날 하늘에서 휘날리는 연을 발견하고 그 연을 날리는 여자아이를 만남으로써 레나의 시선은 아이가 날리는 연을 좇아 하늘 높이 올라간다. 바닷가에 나와 연을 날리는 아이는 어머니를 잃은 뒤 세상에 자신을 닫아걸었다. 연은 그런 사연으로 말을 잃어버린 아이가 세상을 향해 띄워놓은 유일한 교신 통로인 셈이다. 자신의 고통에 갇혀있는 여자와 자기 안에 웅크려 숨은 아이의 시선이 각각 연을 좇아 높이 올라가 하늘에서 마주치면서 그들의 이야기가 시작된다.

마하발리푸람 마을 바닷가에서 연 날리는 아이는 《세 갈래 길》에서 스미타가 새로운 삶을 찾아주기 위해 데리고 도망친 딸 랄리타이다. 하지만 랄리타는 남쪽의 이 낯선 땅에서 어머니가 죽음을 맞게 되자 자기 안에 웅크려 숨어버렸다. 첫 소설에서 삶을 향한 그 고난의 여정 중에 비슈누 신을 찾아가 딸과 함께 머리카락을 봉헌하며 간절한 기원을 올렸던 스미타의 모성은 《연》에 와서 레나에게 이어진다. 레나는 랄리타에게 삶을 찾아주려고 글을 가르치고, 나아가 교육받을 기회를 마련해주기 위해 학교를 세우려 한다. 이렇게 보면 《연》은 《세 갈래 길》의 스미타 이야기의 후편처럼 우리에게 다가온다.

카스트 제도와 종교의 영향으로 여성에 대한 혐오와 차별이 뿌리 깊이 자리 잡은 인도 사회에서 불가촉민이면서 여자라는 조건은 최악일 수밖에 없다. 《연》에는 그처럼 겹겹의 위협에 포위당했으면서도 그 상황에 굴하지 않고 맞서는 이들이 등장한다. 억압과 수시로 닥치는 폭력에 맞서 자신의 삶을 지키려는 여성 공동체 '레드 브리게이드'와 그들을 이끄는 단장 프리티이다. 사랑하는 사람을 잃고 그와 함께 모든 종류의 열정을, 삶의 목표까지 잃어버린 레나에게 달리트 여성 공동체는 삶을 위해 적극적 행동에 나서는 용기를 일깨워준다. 프리티와 레드 브리게이드의 존재를 버팀대 삼아 레나는 자기 안에서 교육의 열정을 되살리고 살아갈 힘을 길어낼 수 있었다. 이런 레나의 모습에서 우리는 작가의 전작 《여자들의 집》의 주인공 솔렌을 떠올릴 수도 있을 것이다. 변호사 솔렌은 번아웃 증후군이라는 진단이 내려질 만큼 삶의 의미를 잃은 처지였지만 여성 궁전에 와서 고통에 맞서 함께 싸울 이들을 만나 더불어 살아갈 힘을 얻었다.

래티샤 콜롱바니는 지금까지 세 편의 소설 작품을 통해 일관되게 여성의 삶을 이야기하고 있다. 2021년 9월에 열린 서울국제도서전 작가의 시대 부문 연사로 초청되어 소설가 조우리 씨와 화상으로 진행한 인터뷰에서 래티샤 콜롱바니는 첫 소설부터 여성의 이야기를 꾸준히 파고드는 이유가 무엇이냐는 질문을 받자 세상에는 여전히 불평등과 차별로 고통받는 이들이 있고, 여성이 바로 그런 대표적인 이들이기 때문이라고 대답했다. 억압과 차별을 겪게 되면, 즉 삶이 위협당하면, 누구라도 맞서 싸울 수밖에 없다. 여성은 그처럼 삶을 위한 투쟁에 내몰린 이들이며, 그래서 작가는 여성에게서 이야기 주제를 발견한다는 것이다. 사실 여성 작가가 여성의 삶을 이야기하는 일이 특별한 관심사가 되는 자체가 여성의 삶을 이야기해야 하는 이유를 보여준다고 할 수 있다. 남성 작가에게는 그와 같은 질문을 하지 않으니까 말이다.

우리가 여성의 이야기를 읽고 그 삶을 이야기하는 건 여성이 억압받고 차별당하기 때문이다. 단지 여성이라는 이유로 인간으로서 누려야 할 기회와 권리를 거부당하기 때문이다. 인간 존엄에 위배되는 비인간적인 것들이 전통이라는 이름으로 고착되고 문화로 포장되어 일상적으로 자행될 때 그 희생자가 오로지 여성만일 리 없다. 차별과 억압이 우선은 여성을 겨냥한다 해도 그 폐해는 인간 전체에 미친다. 여성을 이야기하는 일이 인간을 이야기하는 일이 되는 건 그런 이유이다.

래티샤 콜롱바니가 그려내는 인물들은 고통받고 좌절하기도 하지만 끝내 삶을 포기하지 않고 일어선다. 《세 갈래 길》은 '나는 여기 살아있어. 그래, 오늘 이렇게 살아있어. 앞으로도 오랫동안 살아있을 거야.'라는 사라의 다짐으로 끝난다.

《여자들의 집》의 마지막 구절은 '이제 삶이 시작된다.'였다. 이 작품 《연》의 마지막 구절 역시 '그래도 역시 삶은 계속된다.'이다. 삶을 포기했던 레나와 삶을 거부당한 수많은 랄리타와 프리티들, 그들은 서로를 가족으로 선택하면서 삶을 위해 함께 싸워나갈 것이다. 이 책은 이렇게 삶을 위한 연대를 이야기하고 있다.

인도 불가촉민 여성이 감당해야 하는 극도의 궁핍 상황, 조혼이나 결혼 지참금 같은 악습이 그저 자극적 이야기 소재로 소비될 수는 없다. 현실을 살아가는 그들의 이야기가 내 이야기의 어느 한 부분일 수 있기 때문이다. 지금 우리가 그들의 이야기를 읽는다는 건 그들의 편이 되어 함께하겠다는 선언이기도 하다. 그래서 여성의 이야기를 읽는 시간은 구경꾼이 아닌 주체가 되는 시간이다. 나아가 삶을 위해 싸우는 이들에게 보내는 응원이 내 삶에 보내는 응원이 되는 시간이다. 우리 각자가 삶을 위한 연대의 작은 고리가 되는 시간이다.

임미경